不甲斐ないことに、いつまでたっても情熱が起こりません

「赤字つづきだ」と妻が言った。

用もないのに、
ふと気が付く
便所の中へ
這入っている。

才能が
ないのではないか

〆切本

❖目次

締／切　白川静……008
はじめに……010

I 書けぬ、どうしても書けぬ

机　田山花袋……012
文士の生活／執筆／読書と創作ほか　夏目漱石……016
はがき　大正二年／大正六年　島崎藤村……022
作のこと　泉鏡花……024
はがき　昭和六年　寺田寅彦……026
手紙　昭和二十一年　志賀直哉……027
私の貧乏物語　谷崎潤一郎……028
新聞小説難　菊池寛……031
『文藝管見』自序　里見弴……032
無恒債者無恒心　内田百閒……038
手紙　昭和二十六年　吉川英治……044
遊べ遊べ　獅子文六……046
はがき　大正十五年　梶井基次郎……049
三つの連載長篇　江戸川乱歩……050

書けない原稿　横光利一……052
日記 昭和十二年　林芙美子……057
友横光利一の霊に　稲垣足穂……058
日記 昭和三十一年　古川ロッパ……062
私は筆を絶つ　幸田文……064
人生三つの愉しみ　坂口安吾……066
日記 昭和二十五年／昭和三十五年　高見順……068
仕事の波　長谷川町子……074
手紙／はがき 昭和二十三年　太宰治……078
清張日記 昭和五十五年　松本清張……080
文士の息子　大岡昇平……081
手紙 昭和二十七年　小山清……084
身辺雑記　吉田健一……086
仕事にかかるまで　木下順二……089
私の小説作法　遠藤周作……092
ガッカリ　山口瞳……095
退屈夢想庵 平成四年　田村隆一……097
作家が見る夢 吉行淳之介×筒井康隆……099
吉凶歌占い　野坂昭如……103

なぜ正月なんかがあるんだろう　梶山季之……108
私の一週間　有吉佐和子……111
解放感　藤子不二雄Ⓐ……115
食べる話　後藤明生……135
作家生活十一年目の敗退　内田康夫……137
罐詰体質について　井上ひさし……141
著者校のこと　佐木隆三……145
自宅の黙示録　赤瀬川原平……149
書斎症候群　浅田次郎……154
作家の缶詰　高橋源一郎……159
おいしいカン詰めのされ方　泉麻人……165
怠け虫　大沢在昌……171
締切り忘れてた事件　新井素子……175
受賞の五月　吉本ばなな……177
肉眼ではね　西加奈子……179

II　敵か、味方か？編集者

自著序跋　川端康成……182

編集中記　横光利一……184
『「近代文学」創刊のころ』のこと　埴谷雄高……186
〆切哲学　上林暁……191
手紙 昭和二十七年　扇谷正造……194
流感記　梅崎春生……196
歪んでしまった魂　胡桃沢耕史……201
編集者残酷物語　手塚治虫……205
似た者談義 憂世問答
深沢七郎×色川武大……208
編集者の狂気について　嵐山光三郎……212
〆切の謎をさぐれ!!　岡崎京子……214
パートナーの条件　阿刀田高……220
約束は守らなければなりません　永江朗……223
編集者をめぐるいい話　川本三郎……225
喧嘩 雑誌編集者の立場　高田宏……229
ドストエフスキー
『賭博者』解説　原卓也……239
植字工悲話　村上春樹……241

III 〆切りなんかこわくない

私の発想法　山田風太郎……246
北国日記　三浦綾子……248
なぜ？　山口瞳……250
早い方・遅い方　笠井潔……253
早くてすみませんが……　吉村昭……258
〆切り　北杜夫……262
「好色屋西鶴」書き始める　中島梓……267
何故、締切にルーズなのか　森博嗣……271

IV 〆切の効能・効果

のばせばのびる、か　外山滋比古……276
勉強意図と締め切りまでの時間的距離感が勉強時間の予測に及ぼす影響　樋口収……284
子午線を求めて　跋　堀江敏幸……297
締切の効用　大澤真幸……299
〈ひとやすみ付録〉締切意識度チェック　まずは自分の性格を知ろう……302

V　人生とは、〆切である

イーヨーのつぼの中　小川洋子……304
自由という名の不自由　米原万里……308
書かないことの不安、書くことの不幸　金井美恵子……311
村の鍛冶屋　車谷長吉……316
大長編にも、数行の詩にも共通する文章の原則　轡田隆史……322
締め切りと枚数は守れ　池井優……324
締め切りまで　谷川俊太郎……326
作家の日常　星新一……331
明日があるのは若者だけだ。黒岩重吾……334
時間について　池波正太郎……335
世は〆切　山本夏彦……341
作者おことわり　柴田錬三郎……345
著者紹介・出典……353
『文章読本』発売遅延に就いて　谷崎潤一郎……368

締

白川静

テイ

むすぶ・しめる・むすぶ

❖解説　形声。音符は帝《てい》。帝は大きな祭卓（神を祭るときに酒食を載せて供える机）の形で、机の下の脚を交叉《こうさ》させて安定させている。その祭卓の交叉させた脚を結んで締めることを締といい、「むすぶ、しめる、しまる」の意味となる。

❖用例　締結・締約　かたく結ぶこと。条約や協定を結ぶこと／締交　交わりを結ぶこと。交際を始めること

切

セツ・サイ

きる・きれる・せまる・するどい

❖**解説**　会意。七《しち》と刀とを組み合わせた形。七は切断した骨の形。これに刀を加えて、「きる」の意味となる。［詩経《しきょう》、衛風、淇奥《きいく》］に「切するが如《ごと》く磋《さ》するが如し」とあり、［毛伝］に「骨を治するを切と曰《い》ふ」と、切は骨をみがくこととする。それで切磋《せっさ》（骨や玉石をみがくこと）という。切迫《せっぱく》（さしせまること）・緊切（きびしく迫り近づくこと）・適切（ぴったりとあてはまること）・切諫《せっかん》（強くいさめること。また、きびしく叱ること）のように、「せまる、ちかづく、するどい」の意味に用いる。

❖**用例**　切断　物を断ち切ること。截断《せつだん》／切望　心から望むこと／親切　人情のあついこと

「常用字解」より

しめきり。

そのことばを人が最初に意識するのは、おそらく小学生の夏休みの宿題です。青空に照りつける太陽、たちのぼる入道雲。残りの休み日数と手つかずの宿題を思い、

「あーあ、もうあきらめちゃおっかな」

と、手放しかけたときに〆切というヤツは鬼の形相でギロリと目を光らせるのです。

「馬鹿者。ここでふんばって乗り越えろ」と。

そして、デッドラインの瀬戸際でどきどきしながらも新学期までに宿題を終えたときの安堵感ははかりしれません。あれほど追いつめられて発狂寸前まで苦しんだはずなのに、いつの間にか叱咤激励して引っ張ってくれている、〆切とは不思議な存在です。

本書は明治から現在にいたる書き手たちの〆切にまつわるエッセイ・手紙・日記・対談などをよりぬき集めた〝しめきり症例集〟とでも呼べる本です。いま何かに追われている人もそうでない人も、読んでいくうちにきっと「〆切、背中を押してくれてありがとう！」と感じるはずです。だから、本書は仕事や人生で〆切とこれから上手に付き合っていくための〝しめきり参考書〟でもあります。

どの書き手も最終的にはすばらしい仕事を完成させてきたことは、読者にとって僥倖というほかありません（たとえ、それが本来の〆切のちょうど一年後であろうとも）。

書けないときに
書かすと云ふことは
その執筆者を
殺すことだ。

I章　書けぬ、どうしても書けぬ

机

田山花袋

書斎の机に坐って見る。

筆を執って、原稿紙を並べて、さていよいよ書き出そうとする。一字二字書き出して見る。どうも気に入らない。題材も面白くなければ、気乗りもしていない。とても会心の作が出来そうに思われない。もう日限は迫って来ているのだが、「構うことはない、もう一日考えてやれ。」と思って、折角書く支度をした机の傍《そば》を離れて、茶の間の方へと立って来た。

「また、駄目ですか。」

こう妻が言う。

「駄目、駄目。」

「困りますね。」

「今夜、やる。今夜こそやる。……」

こう言って、日当りのいい縁側《えんがわ》を歩いたり、庭の木立《こだち》の中を歩いたりする。懐手《ふところで》をして絶えず興の湧《わ》くのを待ちながら……。

T雑誌の編集者の来るのが、そうなると恐ろしい。きっとやって来る。そしてどうしても原稿を手にしない中は承知しないという気勢《けはい》を示す……。「貴方《あなた》はお早いんだから……。」こういう言葉の中にも、複雑したいろいろな気分が雑《まじ》る。書く、つまらぬものを書く。それが世の中に出る。批評される……こう思うと、体も心も隅《すみ》の隅の隅に押しつめられるような気分になる。と、今度は、もうどうしても書けないような気がする。焦《いら》ゝ《いら》して来る。今まで出来たのは不思議なような気がする。材料も何も滅茶滅茶になってしまう。かつて面白いと思ったことも、つまらないつまらないものになってしまう。どうしてあんな種を書く気になったろうと思う……。

「駄目、駄目。」

「どうしても、出来ませんか。」

妻も心配らしい顔をしていう。

「こうして歩き廻っているところを見ると、どうしても動物園の虎だね。」

「本当ですよ。」

妻も辛《つら》いらしい。本当にその辛いのを見ていられないらしい。それに、そういう時に限って、私は機嫌がわるくなる。いろいろなことに当り散らす。妻を罵《ののし》る。子を罵る。

「ああ、いやだ、いやだ。小説なんか書くのはいやだ。」

「出来なければ仕方がないじゃありませんか。」こうは言うが、妻は決して、「好い加減で好いじゃありませんか。」とは言わない。それがまた一層苦痛の種になる。

ところへ、T君がやって来る。

「どうも出来ない。今度は出来そうもないよ。」

「それじゃ困りますよ。当てにしているんですから。出来ないと、そこが空《あ》いてしまうんだから……」

「だって、出来ないんだから。」

「じゃ、もう一日待つから。」

こう言ってT君は帰って行く。

また、机に向って見る。やはり出来ない。終《しまい》には、筆と紙とを見るのが苦しくなる。筆と紙と自分の心との中に悪魔が住んでいるように思われる。

妻は気にしてソッとのぞきに来る。それも知れると怒られるから、知れないように……そして筆を執って坐っていると安心して戻って行く。

「書けましたか?」

「駄目だ。」

「だって、さっき書いていらしったじゃありませんか。」

「……」

ところが、ふと、夜中などに興が湧いて来て、ひとりで起きて、そして筆を執る。筆が手と心と共に走る。そのうれしさ！　その力強さ！　またその楽しさ！　見る中《うち》に、二枚三枚、四、五枚は時の間に出来て行く。その時は、さっきの辛い「稼業」などと言った愚痴《ぐち》は、いつか忘れてしまっている。心は昔の書生時代にかえって行っている。暗いランプの下で、髪の毛を長くして励《はげ》んだ昔の時代に……。その時には文壇もなければ、T君もなければ、世間も何もない。唯、筆と紙と心とが一緒に動いて行くばかりだ。

文士の生活

夏目漱石

執筆する時間は別にきまりが無い。朝の事もあるし、午後や晩の事もある。新聞の小説は毎日一回づゝ書く。書き溜めて置くと、どうもよく出来ぬ。矢張一日一回で筆を止めて、後は明日まで頭を休めて置いた方が、よく出来さうに思ふ。一気呵成《いつきかせい》と云ふやうな書き方はしない。一回書くのに大抵三四時間もかゝる。然し時に依ると、朝から夜までかゝつて、それでも一回の出来上らぬ事もある。時間が十分にあると思ふと、矢張り長時間かゝる。午前中きり時間が無いと思つてかゝる時には、又其の切り詰めた時間で出来る。

障子に日影の射した処で書くのが一番いゝが、此家ではそんな事が出来ぬから、時に日の当る縁側に机を持ち出して、頭から日光を浴びながら筆を取る事もある。余り暑くなると、麦藁《むぎわら》帽子を被《かぶ》つて書くやうな事もある。かうして書くと、よく出来るやうである。凡て明るい処がよい。

執筆

時間、時季、用具、場所、希望、経験、感想、等

執筆時間は連続的に過ぎても苦痛。断片的に過ぎても困難。其時《そのとき》の身体《からだ》の具合、脳の健康状態に依りて適宜なるが本当の所ならん。

日中と夜間とにて難易の差なきやうなり。

季によりて感想は大に異なり。

必ずペンを用ふ。

執筆の場所は自分の書斎に限る。但《ただ》し特別の場合は除く。山の上海の辺書斎よりもよき所あるべし。又必要の場合とあれば衆人稠座のうちにても用を弁ずべし。

読書と創作

どうも閑がなくて、読書がされなくて困つてゐる。新聞社の小説を書いてゐる間は、忙《せは》しくて、勿論読んで居られず、それを漸《や》つと書いて了《しま》ふと、今度は、それまで更に手を着けずに放擲《うつちや》つて置いた、西洋の雑誌三四種に、日本の雑誌もあり、その他外国に注文して置いた書物も来てゐるから、それも読んで見たいと思ふし、その間には若い人達が書いたものを持つて来てこれを読んで呉《く》れよとか、批評せよとか言つて来るし書信の往復もせなければならず、且つ来客への応対もあり、それは随分忙しい。

人は、あゝして家に許《ばか》り閉ぢ籠つてゐるのだから、定めし閑《ひま》だらうと思ふかも知れないが、如何《どう》して其那《そんな》訳ではない。私は、学校に出てゐる時の方が、今より来客も少《すくな》し、余程閑であつた。兎《と》に角《かく》焜《こん》麼《な》風で致方《しかた》がないから、その間々《あいだあいだ》の暇を利用して、読書するやうにはしてゐるが、実際余り読めなくつて困つてゐる。

それで、近頃読んでゐる物は、無論西洋物許《ばか》りであるが、それも小説のみに限らず、一体、私は何種《なにしゅ》の書物でも、読むといふことは好きであるから、倫理、心理、社会学、哲学、絵画に関する書物なども、好んで読むやうにはしてゐるが、何《いず》れかと云へば、私は朝は遅し、夜は早く床に就く方であるから、丁度《ちょうど》来客もなく、読書するに尤《もっと》も都合の好い――其《そ》様な夜は、今度は自分の身体《からだ》が許さぬといふやうなわけで、無論横になれば、直ぐ眠つて了うから、床の中で本を見るといふやうなことも更になく、全く私は読書する暇は僅かしかない。

創作の方は、書かなければならぬといふ義務があれば、筆を執る気にもなるも、筆をとれば多少の感興も湧いて来ると云ふ丈けで、非常の興味も感じなければ又特に非常な苦しみも感ぜない。

書き始むると、筆は早くもなし、遅くもなし、先づ普通といふところであらう、原稿は一度書いたまゝで後にテニヲハの訂正をする位のもの、時間は、夜でも朝でも昼でも、別に制限はないが、何時にしても、筆を執つてゐる間は、相応な苦しみはある。併し私は、書き始めると、殊更ら勿体をつけて、態《わざ》と筆を遅らすと云ふやうなことは断じてせない。

手紙／はがき　明治三十八年

十二月三日（日）　高浜虚子　宛〔手紙〕

拝復

十四日にしめ切ると仰せあるが十四日には六づかしいですよ。十七日が日曜だから十七八日にはなりませう。さう急いでも詩の神が承知しませんからね。（此一句詩人調）とにかく出来ないですよ。今日から帝文をかきかけたが詩神処ではない天神様も見放したと見えて少しもかけない。いやになった。是《これ》を此《この》週中にどうあってもかたづける。夫《それ》からあとの一週間で猫をかたづけるんです。いざとなればいや応なしにやつゝけます。何の蚊のと申すのは未だ贅沢を云ふ余地があるからです。桂月《けいげつ》が猫を評して稚気を免かれず抔《など》と申して居る恰《あたか》も自分の方が漱石先生より経験のある老成人の様な口調を使ひます。アハ、、、。桂月程稚気のある安物をかく者は天下にないぢやありませんか。困つた男だ。ある人云ふ、漱石は幻影の盾や薤露行《かいろこう》になると余程《よほど》苦心をするそうだが猫は自由自在に出来るさうだ夫だから漱石は喜劇が性に合つて居るのだと。詩を作る方が手紙をかくより手間のかゝるのは無論じやありませんか。虚子君はそう御思ひになりませんか。薤露行抔《など》の一頁は猫の五頁位と同じ労力がかかるのは当然です。適不適の論じやない。二階を建てるのは驚きましたね。明治四十八年には三階を建て五十八年に四階を建てゝ行くと死ぬ迄には余程建ちます。新宅開きには呼んで下さい。僕先達《せんだつ》て赤坂へ出張して寒月《かんげつ》君と芸者をあげました。芸者がすきになるには余程修業が入《い》る能よりもむずかしい。今後の文章会はひまがあれば行くもし草稿が出来ん様《よう》なら御免を蒙《こうむ》る。　以上頓首

十二月三日　　金

虚子先生

十二月十一日（月）　高浜虚子宛〔はがき〕

時間がないので已《やむ》を得ず今日学校をやすんで帝文の方をかきあげました。是は六十四枚ばかり。実はもつとかゝんといけないが時が出ないからあとを省略しました。それで頭のかつた変物が出来ました。明年御批評を願ひます。猫は明日から奮発してかくんですが、かうなると苦しくなりますよ。だれか代作が頼みたい位だ。然し十七八日まではあげます。君と活版屋に口をあけさしては済まない。

夏目金之助

はがき　大正二年／大正六年

島崎藤村

十一月二十三日（日）　パリより博文館編集部宛

その後は非常に御無音に打過ぎました。「文章世界」毎々御送り下され、郷国諸君の消息を知るのたよりと相成りなつかしく拝見いたし居ります。御約束の「桜の実」走稿のことにつきては当地へ着早々起稿の筈《はず》なりしも、参って見れば予期に違《たご》ふこと多く、甚《はなは》だ面目なき思を致して居ります。又自身もどかしく思つて居ります。種々なる事情を御察し下され御許しを願ふの外ありません。

さて甚だ勝手がましけれど、右起稿は来春一月より始めることに願ひたう御座います。生は一月の中《うち》に第一回を御送りし、来年一ぱいには全部を書き終りたいと思ひます。丁度《ちようど》一年だけ後れる訳になりますが、物を書こうと思へば語学の稽古などにも身が入らず困りました。……十一月二十三日

八月二十七日（月）　土屋総蔵宛

この秋、公にする旅行記「燕のごとく帰る」を一月もかゝつて、漸く三十三枚しか書けませんでした。小生の身体《からだ》の具合は、これでもつて大凡《おおよそ》御想像がつかうと思ひます。右にも関《かかわ》らず、小生は力《つと》めて健康の回復を計って居ます。御心配されし会の方の義務も、右様の始末で今日まで多く果たし得ず、甚だ申訳なく存じます。

これよりは季節も好く、果すべきを果したいと思ひます。不取敢《とりあえず》御詫《おわび》まで

八月二十七日　　藤生

作のこと

泉鏡花

人はどうか知らないが私は丁度いま頃がいちばんいけない。春から夏にならうとする若葉の頃、はつきりとしない外界の空気に触れると、どうも創作をするのに気が乗らない、筆が渋つて来て思ふ様に書く事が出来ない。

いつたい何時が物を書くに好い時季だなどと、そんな贅沢を言つては居られないのではあるが、私には真夏或は大寒の様に暑いなら暑いで、寒いなら寒いでその極《きよく》が好いやうに思はれる。此れを一日で言へば昼よりも夜の方が余程筆が早い、昼の間に五枚書くとするならば、夜になつて十五枚といふ位の割合に当つてゐる。

昼の間は机に向つて筆を取つても、何かの用事で家の者から呼ばれる、「御飯です」と言はれればその時は下へ下りて飯を食はねばならぬし、豆府屋が来て、何か話すのも、二階まで聞えて来るのも有難くない。

昼の間といふものは、時間の経過が気になる。また時間を知らす様な事件が多い。それが夜になると時間の気を一切ぬく事が出来て始めて落着いた気分になる。

時間の経過はその時々の心持で、同じ時間でありながら、非常に長時間であると感じられもするし、又驚く程短くも思はれる。仕事がとん〳〵と運ぶ場合には、時間の経過の早いのに自分ながら呆れる事がある。

一寸書き始める時に、外へ使を出したのが瞬く間に帰って来る、恐しく早い、宛《まる》で嘘の様だと思つて、時計を見ると二時間も三時間も経つて居たのだといふやうなことは、私には決して珍しくない。それが反対に思ふ通りに筆の動かない時になるといつになつても、時計が動かないかと疑ひ度《た》く成る程時の経つのが遅い。

私は筆を取つたとなると、一気に何枚でも。……それでも大して疲れる事はない、尤《もつと》も書き上げてからはそれ相応な疲労を覚えないでもないが、一度紙に書いたもの若しくは印刷になつたものを写しとるとなると、それが如何に短い文であつても非常な倦怠と疲労を覚えて耐らない、疲れるばかりで無く大分時間がかゝる。

一つの書かうとするものを持つて筆を取つた時、私は幾らでも早く書ける、写字をするよりも早く書けることなどもある。

はがき　昭和六年　寺田寅彦

九月二十四日（木）　円地与四松宛

拝啓、扨《さ》て御約束の原稿の期限が参りましたが、先日来例の胃の工合《ぐあい》が少し悪くて時々痛み、ぼんやりして居ればよいが、少し頭を使ふと痛くなるので思うやうに進行せず、三回分位は書いたのですが此れだけでは纏《まと》まらず、どうかもう少し御延期を願度と存じます。日支事件で新聞は満腹でしやうから、閑文字《かんもじ》は当分御不用ではないかとも想像致しますが如何でしやう。」あすは航空行を失敬して少し休息しやうと思つて居ますが、もし腹の工合がよかつたら稿をつゞけ度《た》いと思ひます、どうか悪しからず願ひます。病気は大した事はなく、遊んで居ればいゝといふ誠に我儘《わがまま》病で慚愧《ざんき》の至《いたり》であります。」どうか社の方へ悪しからず御取なし願ひます

手紙　昭和二十一年　志賀直哉

十月三十日（水）上司海雲宛

一昨日東京から廻送して来た君の手紙と此所《ここ》宛のハガキと同時に拝見、観音院大繁昌の御様子大変だと思ひました、自分が散々君に迷惑をかけて置いて、他人が同じ事をしてゐると、君の心身の疲労に同情したり、辻褄合はぬやうだが、主一人で、対手《あいて》は無数なのだから、却々大変です、自愛を祈る、

此所へ来て、久しぶりで制作慾を感じやつてゐます、十一月五日の〆切を十日に延ばして貰ひやつてゐますが、よく遊びもしてはかが行きません、此間広津夫妻一泊で来て、里見と四人三チャン、その日は里見の方に五人の泊客あつて、おまけに土曜で宿屋一杯で大変でした　今日久保田万太郎夫妻（五六日前結婚した）帰り、明日は里見も帰るので僕一人になります、日がないので少しヤキモキしてゐるので、遊対手なくなるのも却つていいと思つてゐます、

私の貧乏物語

谷崎潤一郎

それから、こゝにもう一つ、私が貧乏してゐる重大な原因は、遅筆と云ふことに存するのである。これは原稿の催促に来る記者諸君にはいつも訴へてゐるのだけれども、その程度が如何に甚しいかと云ふことを本当に諒解してくれてゐるのは、私と起居を共にする家族の人達だけであつて、記者諸君などは好い加減に聞いてゐるらしいのが残念でならない。実は私も、凝り性とか彫琢《ちようたく》の苦心とかを看板にしてゐるやうに思はれるのが嫌であるから、くどくは説明しないのであるが、私の遅筆はそんな殊勝な理由よりも、主として体力の問題なのである。私はじつと一つことを考へ詰めると、精神的にも肉体的にも直きに疲労する。だから二十分とは根気が続かない。これは若い時分から糖尿病があるせゐなのだと思つてゐるが、兎に角そんな次第であるから、原稿用紙に向つても、煙草を吸ふとか、湯茶を飲むとか、小用に立つとか、十分二十分置きぐらゐにいろ〳〵な合の手が這入る。さう云ふ風にして一息入れては気を変へないと、思考を集注することが出来ない。それで、たま〳〵或る一箇所に行き悩むと、此の、立つたり、坐つたり、飲んだり、吸つたりが、いよ〳〵頻繁に繰り返される。一服吸つてみて五分か十分じつと原稿を睨みつけて、巧く行かないと今度は茶を飲んで又睨める。それでも駄目だと小用に立つて、ついでに庭を歩いて来てから又原稿にしがみ着く。行き悩み方が激しい時には、原稿が私を撥ね返してゐるやうに感ぜられて、ほつと溜め息をつきながら仰向けに臥轉《ねころ》んでしまひ、天井を視詰めたまゝ三十分、一時間を空費する。かう云ふことは私ばかりに限らないであらうが、私は殊に此の習慣がひどいのであつて、一時間のうち正味執筆に費す間は十分から十五分を出でまいと思ふ。尤《もつと》もこれは創作の揚合で、随筆の時は別だけれども、此の計算が誇張でない証拠には、文字通り一日かゝつて、と云ふのは、洗面と、食事と、入浴と、朝夕の新聞を読む時間以外は原稿と取つ組み合つてゐて、最も成績のよい時が四枚、悪い時が二枚なのである。若い時分には十枚と云ふレコードもあつたが、此の数年来はますく衰へるばかりであつて、最近の記憶を辿つてみても、「春琴抄《しゆんきんしよう》」と「蘆刈《あしかり》」が三枚半乃至《ないし》四枚、「夏菊」が二枚半乃至三枚と云ふ程度である。が、未だに苦しかつたことを覚えてゐるのは、「盲目物語」を書いた時であつた。あの時は高野山に立て籠つて訪客を避け、一意専心に没頭したにも拘《かか》らず、あの二百枚の物語を脱稿するのに、最後まで日に二枚と云ふ能率を越すことが出来なかつた。だからあの作品は、準備の時間は別として、百日以上、多分完全に四箇月を要してゐるのである。さうしてこれは、昼夜兼行、時には夜中の二時三時まで机に向つてゐての成績で、もしその間に客に接するとか、手紙を書くとか、散歩に出るとかしたならば、忽《たちま》ち影響を来たすのである。

＊

もしも私に遅筆の病がなかつたならば、今の私が百を費して書く分量を午前中にでも書き終へることが出来たならば、午後の半日は悠々自適出来るのであるから、特に「遊びの時間」と云ふものを設けるには及ばないであらう。事実、多くの作家達はさう云ふ風にして日々一定の仕事をした後に、散歩をするとか、読書をするとか、友達に会ふとか、雑務を処理するとか、してゐるのであらう。又、人に依つては一箇月の仕事を一週間か十日の間にカタメて果たしてしまひ、残余の時日をのんびり暮らすと云ふ方法も取れよう。ところが私はさう云ふ時間の使ひ分けが出来ないのであるから、少し長いものを書き始めると、享楽方面のことは勿論、冠婚葬祭の義理までも欠くやうになる。それが一と月にも二た月にもなると、さうは世間と没交渉でゐられないから、いろ〳〵邪魔が這入つて来る。さうするといよ〳〵仕事が後れる。すると今度は、やつと仕事が片付いても遊びの時間を取る暇がなく、次の仕事にかゝらなければならぬ。斯くの如くにして昨今の私は、時間の上に遊びと仕事とのけじめが付かなくなつてしまひ、毎日机に向ひながら、その間にちよつと手紙を書いたり人に会つたり散歩に出たり、座右にある書物を拾ひ読みしたり、と云ふやうになりつゝある。従つて、仕事の方も遊びの方もしんみりと身に着かないで、始終そは〳〵してゐるのである。

新聞小説難

菊池寛

今自分は「陸の人魚」と云ふ新聞小説を書いてゐる。凡《およ》そ、自分達の仕事の中《うち》で、新聞小説ほど骨の折れる仕事はない。作家地獄の中では、この新聞小説地獄と云ふのは、一番苦しいところである。「真珠夫人」などを書いたときには、精力旺盛でさう苦にもならなかつたが、今度は、つい愚痴がこぼしたくなつたのである。

碁打でも将棋指しでも、それが商売になると、少しも面白くなくなるさうだが、自分達も、創作と云ふことは、可なり苦しくなつてゐる。十枚二十枚の短篇を書くのにも、とりかゝる前に三四日、後で三四日は、無駄になつてしまふ。それだのに新聞小説は、毎日一回宛《づつ》は、どんな天変地異があつてもかゝなければならないのである。いやでもおうでも書かないと、東西百何十万の新聞紙の小説欄がブランクになるのである。こんな責任のある仕事はない。自分は朝だけしか仕事が出来ない。新聞小説は、四枚書けばいゝのだが、とりかゝる前に、二時間や三時間は、直ぐ潰れる。後は、仕事が苦しいだけに、二三時間は、ボンヤリする。結局、一日の働く時間は、全部その方に取られてしまひ、他の仕事は何にも出来なくなる。殊に、運びが行きつまつたりしたときの苦しみは、骨を刻むやうな苦しみである。

『文藝管見』自序

里見弴

雑誌「改造」の主幹、山本實彦君から、何か連続的な読ものをと望まれて、私は一寸思案した後、自分の、文芸に対する管見を述べよう、と約束して了《しま》つたのは、大正十年九月の末頃だつた。これよりさき、私にはこんな考があつた、――自分で書き綴るほどの気にもなれないが、どこかに、私のやうな若輩にも聞かうと云ふ団体があつて、連続講演でも依頼されるやうな場合があつたら、出来るだけ秩序的に、ちつと大袈裟に云へば、私の「文学論」とでも云ふやうなものをまとめ上げて話して見たい、そしてその速記に補正を加へた上、それだけの自信がもてたら、出版してもよい、と。私にこの考を抱かせるやうになつたもとはと云へば、あければ一昨年、即九年の歳尾《くれ》に、修善寺の新井旅館で、そこの主人から借りて読んだ「華椿尺牘《かちんせきとく》」だ。一体吾々《われわれ》文学に志を同じうしてゐる人々の間にも、その風格に於て、何んとなく、平作家《ひらさくか》と云ふ感じの人と、さうでない人とが区別される。平作家とは、(たゞ作家だ、それより他の何者でもない)と云つた感じの人で、もう一つ詳しく云へば、どんなに有名にならうとも、どこの新聞社から聘《へい》せられるでもなければ、どこの学校から教授を依頼されるでもない、――作家として立つてゐるよりほかには、全くつゝぶしの利かない、と云つた感じの人を指すのだ。現存の、その感じの著しい作家を例するならば、徳田秋声氏、正宗白鳥氏、泉鏡花氏、若いところでは久保田万太郎氏などを挙げることが出来る。なかで久保田氏は、現在慶應義塾に教鞭を執つて居られるが、私の云ふのは、実際問題よりも、その風格、――一体の感じにあるのだ。この反対の感じの作家を云ふなら、故《もと》の夏目漱石氏とか、兄、有島武郎とか、若いところで芥川龍之介氏とかは、自分でさうあらうとさへ思へば、作家以外にも、十分立場のある人たちだ。ところで私は、と云へば、もとより菲才ことにも堪へないのだが、自分では大に平作家のつもりでゐるのに、思いもかけないことには、彼は文壇政治家だ、と云ふやうな蔭口を聞く。が、そんな他人の口はどうでもいゝとして、平作家を以て自ら居る私は、出来るだけ仕事の間口を狭めなければならない、と思ひながらも、頼まれるとついその気になる軽薄な性分から、舞台監督だの、講演だのと、余計な時間をつぶしてゐる次第だ。

「華椿尺牘」を読んだ時にも、崋山は云ふまでもなく当時の一大新知識で、恐らく「平作家」の感じとは正反対の頂点に立つてゐるやうな人物だが、その画論の平明で、飽《あく》までも実感的なところは、全く平《ひら》の画家たる感じで、そして、その上に、芸術のことは、なんと云つても、直接その芸にたづさはつてゐる作家のみがよく説き得るのだ、と今更ながらつくぐ〵感心させられたのだ。実際それまでは、自分の文学に対する考をまとめてみようなどとは、夢にも思はなかつた私だが、――つまりそんなことは、批評家の側か、よし作家がやるとしても、あたまゝを組織的な働きに習慣づけられてゐる人たちに任せて置けばいゝので、自分などの平作家には、試みたところで、とても出来さうもないことと思ひ込んでゐた私だが、これはさうばかりも云つてはゐられないぞ、是非近いうちにまとめてみよう、と思ひ出したのだ。それにもう一つには、あちこちの雑誌社から問題を与へられたり、或は時折々の感想を、新聞雑誌に寄せたものが、散々《ちりぢり》ばらぐで、あまり不秩序で、自分ではそこに一脈の思想があるつもりだが、読者にとつては、結局責任を重んじない放言に終つてゐるだらうことも惧《おそ》れられた。その証拠と云ふでもないが、私の感想文の殆ど総ては、思ひもかけない反感を買ひ、全く見当違ひの理解に立つた駁論に出遇つてゐる。そのたびに「もの云へば唇さむし」の感慨もないではなかつたが、さうかと云つて、一々それらに答へてゐる暇もないけれども、私の性分としては、やつぱり馬耳東風とすましこんでゐられないのだ。

これを要するに、私のやうな平作家は、黙して、創作三昧に耽つてゐることが、一番本流かも知れないのだが、どこか、性根《しようね》からの平作家でないところでもあるせいか、第一には自分のために、また、ごく少数ではあらうが、幾分ひとのお役にも立つ自信をもつて、これまで散々《ちりぢり》ばらぐに発表して来た私の文芸に対する考を、ひとまとめに仕上げて置かうと思ひ立つたわけである。ところが、前に云つたやうな、私に聴かうとする団体もなく、随つて連続講演の機会も来なかつたために、一方にはさう云ふ企をもちながら、相変わらず、片々たる感想文で、雑誌社との約束に、纔《ひたた》にその責をふさいで来たわけだ。実際私としては、いろ〳〵な意味から、さう云ふ仕事が一番したくないのだが、関係してゐる人間社の社是に順《したが》つて、当分創作は「人間」以外の雑誌には載せないことになつてゐるので、——それならば全然ほかの雑誌からの依頼を謝してゐればいゝのだが、私の弱い性分からも、また経済上からも、さうピタリとはきめられずに、づる〳〵と今日に至つたのだ。

さう云ふ際に、山本君からの依頼をうけたのだから、私は即座に決心して、来年正月から一ケ年に亙《わた》つて、「改造」の紙面を、私の怪げな文芸観のために割いて貰ふ約束をして別れた。爾来二ケ月、私はこれまでに全く経験のない、組織的な記述に用意するために、あれこれと、二三参考になりさうな書物を考へたり、それらを読んで置かうと思つたりしながら、引越のゴタクサや、初めての田舎住居に、すつかり心長閑になつて、ぶら〳〵と暮してゐたために、たうとう正月号の締切が目の前に迫つて来て了つた。そこで、大慌てでかゝつてみると、解り切つたことだが、これまで時折々の感想を書いたのなどとは、到底比べものにはならないむづかしさだつた。あちらから筆をつけてみたり、こちらから書き起してみたり、決して暈《かさ》ばつたものでもない自分の考の周りを、徒らにドウ〳〵環《めぐ》りをしてゐるばかりで、どうしていゝのかわけが解らなくなつて了つた。あせり気味になつて、どうにでもやつつけやうとすると、一ケ年はおろか、一と月分にも足らない、ほんの四五枚に片づいて了ひさうな来もして来る。続いては、こんな仕事で苦しむのが、頭から馬鹿らしいことに感じられもする。私は幾度か人間社同人にかけ合つて、創作禁止の令を解いて貰はうと思つたか知れないが、折角思い立つて満一ヶ年の間、多少ともそこに思ひを潜めて来た文芸観の発表にも未練がないことはない。そこで勇気を鼓《おこ》して、またやりかける、そんなことで、だん〴〵に締切を延して貰つて、もう明日は五日と云ふ今夜に迫つて了つた。

今夜と云ふ今夜は、自分のしかけてゐるこの仕事のくだらなさで、私のあたまは一杯になつて来た……。私は思ふ、——人は誰でも、何事によらず、自分のことは、実際にあたつて自分のあたまで考へ、自分だけに処理して行くのが一番いゝのだ。例へば、地理を学びたいと思ふなら、初めて尋ねる人のうちでも探すやうに、東京なり、日本ぢゆうなり、世界ぢゆうなり、自分の足で歩き廻つてみるに越したことはない。それが暇つぶれで、実際には行ひ憎いと云ふところから、——便利重宝を尊ぶ意味から、学校の教室で、居ながらにして全世界を説くのを聞くとか、本を読むとかして間に合せておくのだ。だから、ろくになんにもわかりはしないのだ。芸術の修行などは、とりわけ自分一個の問題で、結局は日々の心がけ一つにあることで、はたからではどうしやうもないのだ。——さう云ふ言葉が既に、私自身のこれまでのやり方から割り出されてゐるだけの「真理」なのではないか。それだのにお前は、渡辺崋山などとは、比べものにならない下根の生れで、おまけに、やつと十年やそこらの修行で得たほんの僅かばかりの経験を、早くも人の前に説かうとするのか。お前は心が傲《おご》つてゐるのではないか。静に考へ直してみろ……。

無恒債者無恒心

内田百閒

小生越年の計に窮し、どうしていいのだか見当もつかない。台所から提示せられた請求金額は一目見ただけで、望洋の歎を催さしめる。借金するには時機がわるい。此方の頼み込む理由が、即ち先方の謝絶の理由になるから、年の暮れの借金は、先ず見込がないのである。しかし、ほうっても置かれないので、苦慮千番の後、ついに窮余の窮策を案出した。原稿を書いて、その稿料を越年の資にあてようというのである。人並に考えれば、極極普通の計画に過ぎないけれど、小生に取ってはその結果は甚だ覚束《おぼつか》なく、且つこの思いつきによって、歳末奔走の煩を免れんとするところに、聊《いささ》か奇想天外の趣もある。小生は雑誌社の編集所に旧知の某君を訪れた。

「承知しました」と某君が云った。「しかし大体お出来になっているのですか」

「いや、これから書くのです」

「それで間に合いますか」

「間に合わなければ僕が困ります」と小生は他人事《ひとごと》のようなことを云った。「是非お金がいるのです」

「それは承知しましたが、しかしこちらの仕事は二十八日までで、それからお正月にかけて、ずっと休みになりますから、それまでにお出来にならないと、どうにもなりません」「大丈夫です」と請合って、小生は家に帰った。胸算用して思えらく、先ず二百円、これで足りると云うこともないけれど、これだけの金を人に借りようとしても、この押しつまった今日となっては、中中出来にくい。恐らく何人も貸してくれないだろう。そういう風に考えて、今年の暮はまずこの二百円で我慢する事にしよう。小生はそういう事にきめて、早速仕事に取りかかった。文士気取りで一室に閉じ籠り、瓦斯《ガス》煖炉を焚き、続けざまに煙草を吸い、鬚も剃らずに考え込んだ。

一日たったら頭が痛くなったから、瓦斯煖炉をやめて、電気煖炉にしようと考え出した。そこで街に出て、電機屋の店を一軒一軒のぞいて歩いて、最後に半蔵門の東京電燈の売店に行って、どの型がいいかを検した。しかし、お金がないので、買うわけには行かないから、見ただけで帰って来て、家を知っている近所の崖の下の電機屋に交渉を始めた。尤《もっと》も、店に這入って見たら、電気ストーヴはたった一つしかなくて、二三年前の物らしく、後の反射面に田虫の様な汚染《しみ》が出来ていた。使って見てよかったら買う、お金は後で、と云うことに話がきまり、電機屋の亭主がすぐにストーヴを持って来て、取りつけてくれた。

小生は電気煖炉を焚き、瓦斯煖炉を消して考え込んだ。暫らく考えていると、鼻の穴がいくらか硬くなった様な気持がして、おまけに、ところどころ引釣るらしい。指を突っ込んで掻き廻して見ると、内面がぱさぱさに乾いている。そうしている中に、眼も乾いて来たらしい。目玉と瞼の裏側との擦れ合い工合が平生よりは変である。これは電気煖炉ばかり焚くからいけないのだと気がついたから、今度は電気煖炉を消して、瓦斯煖炉を焚き、その上に薬罐をかけて、湯をたぎらした。しかしあまり長く瓦斯煖炉を焚くと、頭が痛くなるから、適当の時に消して、今度は電気にする。電気を余り長く続けると、鼻の穴や目玉が乾くから、また適当な時に消して、瓦斯にする。その方の調節に気を取られて、到頭《とうとう》その日もその晩も、結局仕事はなんにも出来なかった。

その内に、鬚ものびて来るし、小遣いはなくなるし、じっとしているので、おなかの加減もわるく、また次第に余日がなくなるから、なんとなく、いらいらして来だした。一体、原稿を書くということを、小生は好まないのである。自分の文章をひさいで、お金を儲けるとは、なんという浅間《あさま》しい料簡《りょうけん》だろう。おまけに、こうして幾日も幾日も一室に閉じ籠り、まるで留置場にでも入れられたような日を送りながら、なんだか当てもないことを考え出そうとして膨《ふく》れている。こんな目に合うよりは、方方借金に歩いて、いやな顔をされてもお金を借りて来る方が、余っ程風流である。電気も瓦斯も両方とも消して、こんな性に合わないことは止してしまえと考える。

しかし、借金するのに都合のわるい時期であることは、原稿稼ぎを思いつく前に、既にあきらめたことである。また自分の都合で頼み込んだ話にしろ、一たん雑誌社の某君と約束したことなのだから、このまま有耶無耶《うやむや》にしてしまうわけにも行かない。第一そうなったら越年の資を何処にもとめる。矢っ張り書かなければ駄目だと思い返していやいやながら机の前に坐ったけれど、ちっとも、らちはあかない。

到頭《とうとう》二十八日の朝になって、稿未だ半ばならず、急にあわて出して、先ず第一に、雑誌社へことわりに行った。

「どうも申しわけありませんが、駄目です」

「お出来になりませんか」

「まだ半分に達しない始末ですから、諦めます」

「一月は六日から出ますから、それまでにお出来になったら、拝見しましょう」

「左様なら」

帰り途に、落ちついて考えて見たら、二十八日までという期日は、小生がお金がほしくてきめて貰った日限であって、雑誌の編集の都合からいえば、何も二十八日に原稿を受取らなくてもよかったのである。小生は自分の困惑について、他人におわびしに来たようなものである。

その日は一日、連日連夜の心労を慰するために昼寝をした。何となく重荷を取り落したようで、甚だ愉快である。但し小生の午睡中に、これから二三日の間の借金活動に要する運動資金を調達するため、細君に、彼女の一枚しかないコートを持って、質屋に行くことを命じておいた。そうして熟睡した。

　翌日寒雨をついて、小生は街に出た。先ず流しの自動車をつかまえて、談判した。折衝の結果、最初の一時間は一円五十銭、以後は一時間を増すごとに一円三十銭と云う約束が成立した。小生は、割合に新らしい自動車のクッションにおさまり、煙草を吹かしながら、窓外の寒雨を眺めた。運転手に、二十哩《マイル》以下のなるべく平均した速力で馳《はし》る様に命じた。何も急ぐ事はない。また時間契約だから、ゆっくり馳らしても、運転手の損にはならないのである。先ず荻窪に行き、神保町に帰り、阿佐ヶ谷に行き、日暮里に廻り、また西荻窪まで行った。例の無名会が、借りられないことになっているので、それを借りてもいいように諒解を得たり、許可をもとめたりするための奔走なのである。そうしてついにその目的を達し、百五十円借り出していいことになって、最後にその係りの同僚の私宅を訪ねたのである。やっぱり原稿を書いたりなんかするよりは、こういう活動の方が、晴れ晴れとしていて、私の性に合うと思った。そうしてその係りの同僚のうちへ行って見たら、年末だから、皆さんがお入り用だろうと思って、用意しておいた金を、次から次から持って行かれて、もう後には一円二三十銭しかないと云う話だった。

「もう今日は二十九日じゃありませんか、あんまり遅すぎますよ」とその友人が云った。

　三十日も三十一日も、朝から夜まで歩き廻って徒労であった。運動資金の自動車代は、始めの一日でなくなってしまったので、後の二日は電車や、乗合自動車で駆け廻った。大概の相手は留守であった。折角来ていないとわかると、がっかりすると同時に、何となくほっとするような気持が腹の底にあった。そうしてまた勇ましく次の相手の家に向かった。

大晦日の夜になって、小生はぐったりして家に帰った。あんなに馳り廻らなかったら、その自動車代だけあっても、新聞代やお豆腐屋さんは済んだのに、という細君のうらみも肯定した。

表をぞろぞろ人が通る。みんな急がしそうな足音である。自動車の警笛がひっきりなしに聞こえる。小生は段段気持が落ちついて来だした。一体何のために、この二三日、あんなに方方駆け回ったか。今急に買いたい物があるわけでもなく、歳末旅行をしようと思ってもいない。別にお金のいることはないのである。いるのは、借金取りに払うお金ばかりである。借金取りに払う金をこしらえるために、借金して廻るのは、二重の手間である。むしろ借金を払わない方が、借金をするよりも目的にかなっている。じっとしていて出来る金融手段である。大晦日の夜になっても、まだ表を通る人は、そこに気がつかないらしい。みんな、どこかでお金を取って来て、どこかからお金を取りに来たものに渡してやるために、あんなに本気になって駆け回っている。気の毒なことである。しかし気がつかないのだから、止むを得ない、と小生は考えた。

間もなく除夜の鐘が聞こえ出した。もう一度来るといって帰った借金取りも、もう誰も来そうもない。また何も、忙しい中に、小生の家ばかり顧みて貰わなくてもいいのである。小生は借金の絶対境にひたりつつ、除夜の鐘を数えた。

手紙　昭和二十六年

吉川英治

河上君　今日　じつは自分が社に伺ふか　又は晋でも頼まうか　いろいろここ数日間　考へてゐたのだけれど　手紙にしました　手紙でないと　君には　面とむかふといつもなかなか云ひ切れないものだから……

小説

どうしても書けない　君の多年に亙《わた》る誠意と　個人的なぼくへのべんたつやら　何やら　あらゆる好意に対しては　おわびすべき辞《ことば》がないけれど　かんにんしてくれ給へ　どうしても書けないんだ　反対に　近頃しきりに　無常観じみた気もちやら　現代に滅失を覚えるやうな　弱い心の芽ばかりが　吹いて　責任の重い小説欄へタッチするやうな意気はすつかり萎《しぼ》ンでゐる

こなひだ笑談に　年のせゐをいつたけれど　考へてみると六十だ　笑談でなく　ほんとに生理的でもあるらしい

健康も　妻に　余り正直にいふと心配するから　いい、いいとは云つてゐるけれど実さいは　週期的なゲリはなかなかほらないし　まつたく　老いたりを時々感じて

ゐる始末
　何よりは　新聞を書く内容の燃焼が欠けてゐる　これは　事実なんだ　だから　ちつとも　構想も用意もできない　こんなぼくぢやなかつたのだけど　此頃は　身辺雑事だの机辺の何やかやのウルサ事にもすぐ気負けして片づかない　何もかもほつたらかしが山積してゐるなど　時間的にも　とてもほかへ今以外の仕事はできないのですあはせる顔がないが　次に会つたらお詫びする　どんなにでも　君に万謝を以てしても足らない気もちで　百拝するしかない
　この間から　いや先々月　先月中からも　女房と　困つた困つたばかり云つてゐるうちに　つい先頃は、高木さんを遠路までを煩はせてしまつて　進退谷《きわ》まる思ひだけれど　どうか御憫恕《びんじょ》をねがふ
　おゆるしをたのむ
　更に　切にその事に就て　私からもおわびするからといふので　山妻にこれをもたせました　悪しからず悪しからず
拝具
二月二日
英治
河上英一様　侍生

遊べ遊べ

獅子文六

私の関係してるある団体で、五人の作家を招いて、委嘱《いしょく》したいことがあったので、一夕の会合を催した。

五人のどの作家も、四十代あるいは以下で文壇では中堅とか、若手とかいわれる人々だった。中には、全国の若い読者から、ワンワン騒がれている人も、いま売出しのパリパリした新進流行作家も、入っていた。

そして、会合の時刻に、私が料亭へ出かけると、(私も少し遅刻して出かけたのだが)、世話人だけがポカンとして、まだ、どなたもお出でになりませんという。

文士の遅刻というやつは、ツユに雨がふるよりも、定例的なものであるから、私も一向驚かなかったが、その未だ来らざる客の数が、ことによると、ただ一人かも知れないという事実には、少しアキれた。

「すると、今夜の出席者は、A君一人だけなんですか。B君は、必ず出席のはずだったじゃないですか。C君はウチと特別関係者なのに、出席しないのですか。D君はどうしたのです。そして、E君は……」

「それがその……」

世話人は恐縮して、事情を説明した。

B君は必ず出席のはずだったが、急な原稿の依頼で、雑誌記者が次ぎの間《ま》にガン張っていて、夕方七時までは、手が放せぬというのである。この人は小説、劇作、映画、ラジオ何にでも関係して、日本で最も忙がしい人の一人かも知れない。C君に至っては、一世を騒がす評論を書いたり、大当りをとる西洋古典劇の翻訳をしたり、絶えず雑誌に寄稿して、やせた体をもっとやせさせる働きに、日もこれ足りない。世話人は数日前から自宅に電話して、出席の依頼をしたところ、仕事が多忙で自宅にいないばかりか、彼が執筆に利用する二つの旅館のどこにも姿が見えない。どこかでハチ巻をしながら、原稿を書いてることは確かだが、行方不明でまったく連絡がつかない。D君は最大の売れッ子で、講演で旅行中だから仕方がないにしても、東京にいるE君が出てこないのもおかしい。とにかく文士は非常な盛況で、盛況を通り越して殺況ともいうべきメチャクチャな多忙さの中に、生きているらしい。A君ももちろん多忙なのだが、律気《りちぎ》な人なので、定刻一時半遅れくらいで出てくれたのである。結局、A君一人では会にならないから、B君が原稿書くのを待って、出席してもらって、やっと形をつけたが、私なぞは一生涯を通じて、そんな多忙さを経験したことはないから、少し考え込んでしまった。

日本の文士がこんなに忙がしくなったのは、有史以来である。結構なことだが、文士が働きアリのように、まっ黒になって、朝から晩まで仕事をするというのは、少し変態ではないか。タイプライターで原稿を書くアメリカの文士でも、そうは働かないだろう。昔の日本文士は、ナマケモノと相場がきまっていた。現代文士が急に働き出したのは、生活が苦しいからとも思われるが、如上の文士諸君はナニそれほど働かなくても、食える人ばかりである。また、頼まれると断れないという好人物ぞろいでもない。どうも私には理由がわからない。恐らく、この忙がしい世の中に、自然と歩調を合わせているのだろうか。それならつまらない。こんな世の中につき合ったって仕様がない。こういう世の中だから、遊んでやろうという方が文士らしい。一体、文士というものは、遊びが本業だという説もある。私は健康のためにゴルフなぞ始めたが、このごろ考えるに、健康なんていうのはウソで、ゴルフで一日遊ぶと、自分が文士だったような気がするためらしい。まあ、月に一度ぐらいは遊びなさい。女中さんにも、定休日というのがある。

はがき　大正十五年　梶井基次郎

九月十五日（水）　近藤直人宛

昨日東京へ帰つて参りました。新潮の作は書けませんでした。〆切が五日のところを、十五日迄延ばしたのですが、とうてい書く気が出ず上京して断りました。大へん苦しいことだつたです。そのため大阪でもなにも出来ずあなたにも会ひそびれてしまひました。昨日まだあなたがいらつしやるかと思つて瀧の川へ御伺ひしましたが、遅かりし何とかでお叔母さまとお話少々いたしました。そのうちに三重ちやん、昌ちやんが帰つて来ましたが三重ちやんはまた以前のやうにやせましたね。後便おまち下さい

三つの連載長篇

江戸川乱歩

私は三十年の作家生活の間に、非常に多作であった時期が二、三度あるのだが、この大正十五年度は最初の多作期であった。専業作家となった十四年度も、それまでに比べると多作であったが、それでも短篇小説十七篇、随筆六篇にすぎない。大正十五年には、それがグッとふえて、長篇五つ、短篇十一、随筆三十三という数になっている。尤《もっと》も長篇のうちには、年末から始まって翌年に続いたものが二つと、三、四回で中絶したものが一つあるがそれにしても、年初には同時に月刊一つ、旬刊一つ、週刊一つと、非常に忙しい仕事をする覚悟をしなければならなかった。また年末には、他の連載に加えて、新聞小説が始まったのである。着想の乏しい私としては、この程度でも手に余る仕事であった。

十四年度に「苦楽」に「人間椅子」を書き、それが読者投票で第一席になったためか、編集長川口松太郎君は、同誌十五年正月号から、私に生れて初めての長篇連載を註文してくれた。私は、もともと短篇作家型の性格であって、長い物語の筋を考えるのが不得手なので、今日に至るまで首尾一貫した本当の意味の長篇小説を、一度も書いていないのは、そのためである。それでいて、どうかして、死ぬまでには、新形式の本格長篇探偵小説を、一つだけでも書きたいものだという野心を、いまだに捨てかねている。

この「苦楽」の最初の長篇依頼も、純粋な考え方からすれば、むろん断るべきであった。しかしここでもまた、私の売名家的、ジャーナリスト的第二性格がのさばり出して、虚栄心にかられて、実力にお構いなく引受けてしまった。（これには、そんな純粋な考え方をしていたのでは、職業作家としての生活が出来ないだろうという、誰にもある困った問題が、一方にあったことはいうまでもない）

そこで、ともかく引受けて、第一回分四十枚ばかりを書いた。結末がどうなるかという見通しは全然ついていないのである。むろん大いに考えてはいたのだが、考えがまとまるまでに、第一回原稿の締切りが来てしまい、ともかく発端を書かなければならなかった。実に無責任な話である。私は物語の発端だけは、なかなかうまい男で、後年探偵作家の連作などの場合、私はいつも第一回を受持っているが、それも、発端のうまさを買われたのかも知れない。この「苦楽」の長篇の第一回も、川口編集長には大いに好評であった。第一回の原稿を渡して、その雑誌が出るまでの間に、川口君と一緒に六甲苦楽園の温泉に入ったことを覚えている。その湯の中で、お互いの裸を眺め合いながら、川口君は私の第一回の原稿を、谷崎潤一郎ばりだね、などとほめてくれたものである。

書けない原稿

横光利一

私は朝はぼんやりとする。何かの本に三月生れのものは、朝の数時間は孤独でゐなければいけないと云ふことが書いてあつた。その通りである。私は朝誰かに訪問されると、その日はもう何も出来ない。朝の数時間の間に浸入するべき事柄の総てに私の頭は浸入を続ける。午後になると私は此の浸入から解放されてぐつたりとなる。かう云ふときには私は訪問者の聞き手となるだけだ。二十五六までは私は気候や其の日の天候のために気色の変るやうなことはなかつた。しかし、此の頃は天候が身体の細部に亙《わた》つて影響する。してみると、天候は三十を過ぎた人間の運命を支配して行くと云つてもいい。私は頼まれると、一応頼まれたものは引き受ける。が、殆どそれを実行することが出来ないで不義理をかける。こんなことはあまり前にはなかつた。が、天候が身体に影響し始めてからは、殊にそれがひどくなつた。私は頼まれたものは一応その人の親切さに対しても、引き受けるべきだと思つてゐる。が、引き受けた原稿は引き受けたが故に、必ず書くべきものだとは思つてゐない。何ぜかと云へば、書けないときに書かすと云ふことはその執筆者を殺すことだ。執筆者を殺してまでも原稿をとると云ふことは、最早やその人の最初の親切さを利慾に変化させて了《しま》つてゐる。引き受けて書かないでゐると、多くの場合、後で品格下劣な雑誌は匿名で悪戯をする。しかし、さう云ふ雑誌は必ず朦朧雑誌に限つてゐる。しかし、それとは反対に、気質の高邁な記者に逢ふと、例へ書けなくて不義理をかけても、必ずいつか気に入つたものの書けたときこちらから送らねばすまなくなる。かう云ふ意味でもいい原稿の集まつてゐる雑誌には、必ずどこかに清朗な人格者がひそんでゐるにちがひないのだ。人格者のゐない所に、いい雑誌の生れる筈はない。私は或る雑誌から頼まれ、然も毎月三度ほど足を運ばせ、一年ほど書けないことがあつた。その記者を見ると、どうかして無理にでも書かうとしたくなるのだが、これほどまでにされて、無理をしてまでも下らない原稿を出すと云ふことは、その人に対して失礼でもあり心苦しくさへなつて来るので、ますます私は書けなくなり、たうとう一年間原稿を出さなかつた。しかし、一年の後、その年で書いたものの中、一番気に入つたものが出来たとき、早速私から持つて行つたことがある。私はそれで長い間の負債を払つたやうな気になつた。或る人になると、「どんなものでもいいから」と云ふが、どんなものでも良いなら、何もわざわざ天候まで見はからつて書かなくてもよい。こちらとしては、若い癖にどんなものでもそのまま抛り出すと云ふやうな傲慢な心掛けには、なかなかなれるものではない。実際、一つのセンテンスにうつかり二つの「て」切れが続いても、誰でも作家は後で皮を斬られたやうな痛さを感じるものである。記者の苦心も分らぬではないが、それは向うの苦心でこちらの苦心ではない。こちらの苦心が向うの苦心に引き摺られたら、金ではとり返しのつかない不快さが後に残る。私は小説を書くときは締め切り一週間前に出来上つてゐないと出す気がしない。出来上つたときは自分の作に対する客観性が少しもないので、人の批評を聞いた時すぐぐらぐらする。が、書き上げてから一週間眼の届かぬ押入へ入れておき一週間其の作については盡《ことごと》く忘れ、そこから取り出して読み始めると、漸く欠点が見えて来る。しかし、その時にはもう書き直しが出来ないほど締切が迫つてゐる。結局、てにをはは位を訂正して出すやうな始末になり、一週間の忍耐が何の役にも立たなくなるが、その一週間の後押入から出して窃《ぬすみ》に読んでゐるとき、偶然誰か訪問者があつたりして家の者に声をかけられる。すると、今迄読んでゐた作に対する客観性が中断される。もう駄目だ。再びもとの客観性を取り返す迄には又更に一週かからねばならぬ。然し、かう云ふ様な事をしてゐるといつ迄もきりがない。が、其《その》きりのないことをきりのない迄遣《や》りたくてならぬ。もし悠々とさう云ふことをしてゐられれば、私はさも子供のやうに幸せになれるだらうと思ふ。が、生活がある。金が必要だ。だから我々は生活の方が芸術よりも大切だ、と自分に意見をし始める癖もふと出るのだが、そんな意見がそれ程大切なものであるならば、私はこんな生活なんかはしたくはない。ここに理論と感情がプロレタリアの芸術のやうに滅裂を来し出す。もしも生活に重きを置くか、芸術に重きを置くか、其どちらかに定めてかかれば運命もそれと一緒に定つて了《しま》ふ。だが、私は自分の運命を定めたくはない。此のたつた一度よりない人生の上へ、其やうに簡単に自分の運命を乗せたくはないとしてみれば、生活と芸術とを両足に履いて、跛《ちんば》を引きながら歩くより仕方がない。此の跛を引き摺つて歩くリズムの音階から、濁つたり澄んだりしながら作品が生れて行く。その間に天候と雑誌記者が踊つてゐる。例へば、今迄私の坐つてゐた此の部屋の空間は汗の出るほど暑かつた。が、突然雷電が閃き、雨が沛然《はいぜん》として降つて来た。すると、私はくしゃみをした。もう私は筆を持つのがいやになつた。「ああ、涼しい。」と云ふ。私は必死にペンを動かしてゐた間、全く暑さを忘れてゐた。が、くしゃみをして涼しさを感じると、此の涼しさだけなり感じてゐたいと思ふ。試みに見給へ。此の文章は必ずここから調子が変つて行くに違ひない。調子が変ればそこから私の運命も変化して行つてゐるのにちがひない。かう云ふとき、私はいつも風の威力を感じる。風は実に意志を変化させる上に此の上もなく力を持つてゐるものだ。私は今そはそはとしてゐる。風がいつの間にか雨を含んで吹き込んで来たからだ。私は風が嫌ひだ。それ故に平和を愛する素質が十分にあるとも云へる。が、（かう云ふ平和を愛する心を確かめてゐるときに、今、雨の中を、例の雑誌記者が駈け込んで来た。）私は応接室へ出て行つた。彼は率直で勇敢で若々しくて善良だ。彼は私の詰らぬ一篇の小説をとる為に、是で三ケ月前から六度目の足を運んでくれた。それにまだ私は一日に一枚づつで漸く五枚より書いてない。彼の事を思ふと私は先日から机の前へ坐り込むのだが、どうしても頭は蒸気のために動かないのだ。六度目の彼の足数に対してでも私は書きなぐりたくはない。彼は正宗白鳥氏の小説が到頭《とうとう》駄目になつたから参つたと云ふ。正宗氏の様な優れた作家が私と一緒に出てゐれば、私は少々詰らぬものを書いても楽な気がする。が、さう云ふ安心の出来る作者が脱《のが》れると、又こちらは書けない時であるだけに困つてしまふのが常である。が、書けない時と来た日には、どうしても書けるものではない。私は家の中を歩き廻る。用もないのに、ふと気が付くと便所の中へ這入つてゐる。おや、こんな所へ何をしに来たのかなと思つて又出て来る。と、今度は格子に頭を叩きつけながら、「うーん、うーん、」と云ふ声を出してゐる。然《しか》しかう云ふことを書いて何になるのか。これは只《ただ》労働の記録に過ぎない。

日記　昭和十二年

林芙美子

早朝四時起床。改造の原稿にかゝる。九時半までに二十一枚書きあげる。ひるより改造の水島治男氏来訪。このひとと十年近いつきあひだけれども、いつまでも青年的で元気がいゝ。相変らず大きいパイプ。もう少し待つていゝといふことで吻《ほ》つとする。様子をみにきたのですよといはれてほろりとする。感謝しなければならないと思ふ。西原小まつ夫人来訪、水島さんと三人で三福ですきやきをたべ、伊勢丹のまへでみんなに別れる。紀伊国屋で、河盛好蔵著訳のマノンレスコオを買ふ。岩波文庫はいちばん安くて良心的でいゝ。ムサシノ館で、ドイツとソビエットの軍隊のニュースとヒマラヤに挑戦してを見る。夕刻より小雨はれたり。新聞をみると憂うつでしかたがない。だが、なんにしても戦争はヤバンだ。林大将に大命降下といふことになつた由。こつこつと仕事をしませう。それよりほかに道なしといふところなり。（一月三十日）

友横光利一の霊に

稲垣足穂

新感覚派始末――横光利一の霊を呼びもどすために――私が横光利一に逢ったのは、たぶん、一九二二年九月だったと記憶する。まてしばし話はさかのぼる――と書いたのは去年の人間喜劇八月、してまてしばし。

＊

とある夜の新宿の酒場、夜の風景を股覗《またのぞ》きして、私はピストルが欲しいとわめいていたのである。美少女を討ち果して戸塚の球場の照明塔から飛下り自殺、もう足穂の魔術は色あせたとの専《もっぱ》らの評判。

突然長髪の青年が現われて――やあ足穂さん、僕相手が美少女ならピストルを捧げます。十九世紀前期のしろもので、象眼細工の、握りはコバルト色で、十発うてば八発は不発で、だけどケースは三発しかない――と早大仏文の学生でウエクリ君、少し気も怪しい人生股覗き組で、その後、私のホテルの部屋に忍び入り水をのんでは寝ている。二日に一度位固形物をとる位の金の欠乏らしく、さて、ピストル持参の約束の日、私の鶴巻町放浪の留守におとずれて、一つの包みを置いて逃走した。神戸のユーハイムの菓子折りに、玩具のピストル、煙硝、紙片、それに曰く――コバルト色の宇宙論目がけて轟然《ごうぜん》とぶっぱなして下さい――

その昔、海港のハイカラー党を以て任じていた私が、これを懐しまずにいれようか、私の未来派心酔時代、上京の一九二一年の秋お世話になった衣巻省三氏の昨日きた便りを前に、ユーハイムの名に懐しむ私は――空白な私は――矢張り人間はこのままでいいであろうか？　かかる空しき次第で生涯が終りになるとは考えられぬ――死におびやかされつつ、

エナメルの玩具の高層建築の町、点滅する広告塔、夢二の神秘の儚《はかな》さを銀河系に――と天体望遠鏡ごしに股覗きの罰、鋭角と思った表現の罰、カストリは震える指先に益々、紙幣の重さを加え

股覗きの横光君、君の死以来

あなたは死に近く静であって、それだけに再度繰り返そう。

横光君！　あなたはよく戦ってくれた。

私は臭素加里の臭気をふんぷんと撒布《さんぷ》し孤影憂悶の日を、早稲田の一ホテルに不安に送り迎える。死んでしまった貴方たち、富の沢武田両麟太郎、倉橋弥一、牧野信一の生きてた日の不幸がしみてくる私に、せめても、ブランクの日を埋めたい。今や未来派も新感覚派も悲しく、私の宇宙論はメランコリヤに閉されて、横光君！　死に近き頃、神秘精神の君の道徳、独自の

限定と構成、君は戦いすぎた。異神を追いて世界性の喪失、日本インテリゲンチャの悲劇であった。宇宙霊の目に見えざる波長は、君をえらんだのだろうか。

＊

この月報の原稿を約束の日、今日五月十日間に合わなかった私は、大輪さんという人から頼れたというウエクリ君に、もう生理的欲求の酒をのんでいる処を掴えられ追われ追われ書いている。十八歳の薄幸で死んだ美少女の遺影に、デフロンデスを唱え筆をとったものの乱れに乱れている。

死んでいった貴方たちが私に遺した風は、私を疲れさせた。

＊

横光君、君の立派なだけに、恰《あたか》も何やら悲劇の花影を落した葬列の日、私は酔態で現われ、川端氏だけに会ったと記憶する。君の霊にぬかずくこともなくとぼとぼと引きかえさねばならなかったし――友横光利一の霊に捧ぐと書いたハトロン紙の封筒は一番見すぼらしかったんだ。けど、此の時代、――キネマの月巷《ちまた》に昇る春なれば……こよいアスファルトの上を、あの甘い悲しい匂のエグゾーストを吐いて走らす自動車、……富の沢の気高いドイツローマン派も何処に求む？　美少女も美少年も。しかし私も年老いた。私はへばってはならない。

死者の霊に、生ける者の為に、くり返しデフロンデスを唱えよう。

主よ永遠の安息をかれらに与え、絶えざる光をかれらの上に照し給え、かれらの安らかに憩《いこわ》んことを、しかあらしめたまえ！

五月二十三日（水曜）曇

九時一寸前に、自発的起床。入浴、ＰＨ殆んど見ず。朝食、アートのパン・トースト、スープ。今日も亦、フィリップ・モリス、クールなど喫《の》む。今日も外出の用なし。又々のんびり暮すべし。鈴木伝明より教はりし、糖尿薬メゾキサン、漸く入手、今朝第一回三錠服用す。「小説新潮」へ、「食道楽」三枚半をたのまれてゐるから、それを片付けてしまはうと思ひつゝ、何うにも書けず。三時半頃、来々軒の叉焼麺とりて食ふ。それからも書く気はあるのだが、材料なく、つひに夕方になってしまひぬ。必要ありて、去年の日記出して、見る。俺は、全く進歩なし。同じことを、今年もくり返してゐるなり。禁煙を恋ひ、努力なき人生を嘆いてゐる、貧乏に喘いでゐる、情なし。電話あり、今夕六時、宝塚映画のカツラ合せ、東宝劇場へ来いとのこと。又、堀井は、二十六日位でなければ、「あちゃらか誕生」の金が出ないと言ふ。かくて貧困は、何時迄つゞくか。五時半、タクシー出て、東宝劇場へ。ヅラ合せ。舞台事務所で待ってる間、シナリオ読む。舞台の「恋すれど」ではカゲになってゐた大殿様といふ役で、ほんの二三シーンしか出てゐない、こいつは楽だ。だが、キャストを見ると、僕の役なりし、袖下島右衛門という家老の役は、金語楼になってゐる。芝居でやった役を、ひとにやられるのは気持はよくない。誰の案なのか、俺を落さうくとしてゐる奴がある。俺も、最低と思ってゐたが、まだく落ちつゝあることを自覚せねばならない。くさりつゝ、アマンドへ歩く。堀井と、金語楼のとこの日吉が来て、金語楼は役を受取ったが、これはロッパの役だからと辞退したとか、又、エノケンも、新しき役、山賊の親分で、もとの役は、有島一郎がやることになってゐるので、むくれてゐるとかいふ話だ。エノケンは、主役だったのだから、気が悪からう。金語楼があの役に出ないとなると、可笑しなことになるぞ。一人、隅田ずしへ。サントリー角一本買はせ、鯛の皮付き、こはだ、いかなんどを肴に飲みはじめる。八時すぎて、蔣さんと根岸来り、津田も一緒、こゝで飲み食ひ。そして新宿のスリースターへ。暗きところでハイボール飲み、タクシー帰宅十一時すぎか。アド二服み、消燈。

私は筆を絶つ

幸田文

父の死後約三年、私はずらずらと文章を書いて過して来てしまいました。私が賢ければもつと前にやめていたのでしようが、鈍根のためいままで来てしまつたのです。元来私はものを書くのが好きでないので締切間際までほつておき、ギリギリになつた時に大いそぎで間に合わせ、私としてはいつもその出来が心配でしたが、出てみるとそれが何と一字一句練つたよい文章だとか、いろいろほめられたりするのです。やつつけ仕事ともいえるくらいの私の文章が人様からそんなにいわれると、私は顔から火が出るような恥かしさを感じました。自分として努力せずにやつたことが、人からほめられるということはおそろしいことです。このまま私が文章を書いてゆくとしたら、それは恥を知らざるものですし、努力しないで生きてゆくことは幸田の家としてもない生き方なのです。

私はほかの作家の人たちのことを思つても、書くということはあらゆる努力を集中して、やつと出来る仕事だと思いますし、またそれでなければ本当の文章だとはいえないのだと思います。私が文章を書くのはもち論努力はしましたが、父が死ぬまでの間私が生き抜くためにして来た努力に比べれば、それは努力とはいえない底のものでした。私は努力にも段階があると思うのですが、私が文章を書く努力は私として最高のものではなかつたような気がするのです。それでは本当の文章とはいえないでしよう。

ではなぜ私が書くようになつたのかといいますと、父の死ぬ少し前に私にものを書くようにといつてくれた人があつたのです。その時の私のうれしさ、父のことも子供のことも忘れ果ててぼう然とする位でした。というのは四十何年の間、私は終始、みそッかすで、たれも私を認めず、私は父の下でいつもオドオドして何をしても叱られるばかり。ほめられたことは一度もなく、たまに御飯の出来がよくても「わしのいう通りにやつたからだ」といわれる始末で、ほめられたり、特に私というものが認められることは全然なかつたから〝私に〟といつて、書くようにすすめられた時はほんとうにうれしかつたのでした。私はこの時にはじめて人の愛に触れたと思いました。

人生三つの愉しみ

坂口安吾

私の酒は眠る薬の代用品で、たまらない不味を覚悟で飲んでいるのだから、休養とか、愉しみというものではない。私にとっては、睡る方が酒よりも愉しいのである。

しかし、仕事の〆切に間があって、まだ睡眠をとってもかまわぬという時に、かえって眠れない。ところが、忙しい時には、ねむい。多分に精神的な問題であろうけれども、どうしてもここ二三日徹夜しなければ雑誌社が困るという最後の瀬戸際へきて、ねむたさが目立って自覚されるのである。アア、こんな時に眠ったらサゾ気持よく眠れるだろうなア、と思う。ついにその場へゴロリところがって、一滴の酒の力もかりずに眠れることがある。

眠るべからざる時に、眠りをむさぼる。その快楽が近年の私には最も愛すべき友である。眠るべからざる時に限って、実に否応なく、切実のギリギリというような眠りがとれて、眠りの空虚なものがどこにも感じられないのである。天来の妙味という感じである。子供のころ、試験勉強などの最中にも、同じような眠りはあった。しかし子供のころは、そんな眠りの快楽よりも、ほかの生き生きとした遊びの快楽の方がより親しくて、眠りなどにはなじめない。それが当然なのかも知れない。こんな眠りが何より親しい友だというのは賀すべきことではないようだ。そのバカらしさを痛感することもあるのだ。

日記　昭和二十五年／昭和三十五年

高見順

❖四月十二日（水）

仕事場。

仕事できぬ。

平野君のところへ行ったが留守。仕事場の帰りに小泉さんに会い、本多君のところへ行く。

平野君がいる。やがて堀田君来る。

夜、三雲祥之助夫妻と会食。

❖四月十三日（木）

臥床。

夕方、鎌倉に妻と散歩に出、市民座で「愛の調べ」を見る。シューマン夫妻の物語。

❖四月十四日（金）

仕事場。

どうしても書けぬ。あやまりに文芸春秋社に行く。
熱海の大火で、北原武夫君の家がどうかと、スタイル社に寄る。無事だったという。広津さんの家は類焼。（新宅は無事。）

❖四月二十日（木）
仕事場。文春別冊の原稿、どうしてもといわれるが、筆が進まぬ。
午後、大佛次郎氏の芸術院賞受賞祝賀会（もみぢ）に出る。

❖四月二十一日（金）
仕事場。三時までいる。
夜、五所平之助、島の両氏来宅。好々亭で会食。（姫田君も呼ぶ。）両氏、好々亭に泊る。

❖四月二十二日（土）
好々亭で五所氏と話す。

❖四月二十三日（日）

仕事場。

午後、池田君を見舞う。緒方君と会い、ともに菊岡君をヒロ病院に見舞う。手術後の経過良好。「権五郎」（すし屋）で緒方君と飲む。鎌倉駅に酔っ払いのアメリカ兵横行、無抵抗の日本人にさかんにいたずらをする。私も生卵をぶっつけられた。口惜しかった。

❖四月二十四日（月）

臥床。

平野君来宅。ともに本多君のところへ遊びに行く。

❖四月二十五日（火）

朝、文春の山本君来宅。その案内で築地の「清水」へ行く。カンヅメである。カンヅメなるものを非難拒否していたが、やむにやまれずカンヅメされることを受諾。

発病以前に「新潮」のために書いた小説を手に入れて「文春」別冊に渡すことにした。かきかけの小説は放棄。

夜、山本君、中戸川君と飲み、私は「清水」に泊る。

❖四月二十六日（水）

「清水」で仕事。

❖四月二十七日（木）

原稿渡す。

高鳥君と会い、「よし田」で飲む。文春に電話し、稿料を貰う。筈見、伊藤基彦君、ブーちゃんと会い、貰った稿料で飲む。

＊

❖二月十五日（月）

「三喜」へ行く前にコーヒーを飲むくせがついていて、今まで西銀座の「コロンビア」（七十円）か、新橋交叉点のコーヒー店（名を忘れた。ここは六十円。モーニング・サービスと言って午前中は五十円）か、どっちかへ寄っていたが、後者は店内改装で休業。この間、大久保君と東銀座の「ブラジル」へ寄ったが、五十円でもおいしいコーヒーなので、昨日も、そして今日もここへ寄った。

風強し。陽気は暖かになったが、風は冷たい、

『現代』第三回にかかる。

この仕事は、ことわろうと思えばことわれたのだが、こういう中間小説の仕事をしないと、生計がなりたたないのである。去年の末から今年はじめにかけて、『世界』『文学界』『群像』だけの仕事をしていたら、これらは一枚千円なので（しかも一月かけて一誌に三十枚ぐらいしか書けない。『文学界』の稿料は枚数を多くして計算してくれるという特別の計らいで一枚千五百円ぐらいだが）

「赤字つづきだ」と妻が言った。

大久保君（『群像』編集長で同時に『現代』編集長）が、去年の暮、冗談の口調で、こう言った。

「文学雑誌ばかりに連載とは、よほど貯金がおできになったんですな」

『世界』は文芸雑誌ではないが、まじめな雑誌なので稿料は安い。――やはり、中間小説を書かないと、食えない。よその人のように、月何百枚と書けるのだったらいいが（この間死んだ火野葦平君は月三百枚から四百枚だったという。これでも多い方ではない。）私みたいに遅

筆の人間は、ほんとに困る。

遅筆の人間が、時間潰しのこんな日記書いている。

時間が潰れると思って、今まで書かなかった。

今、これは、仕事にかかる前に書いている。頭のウォーミング・アップのためにかえって、いいかもしれない。


『世界』の小説は今まで、実に書き渋って、苦しんだ。もうすこし楽に書けるようにしたいと思って、『文学界』の仕事をはじめたのだ。仕事がふえて、いけないようだが、『文学界』の仕事は、思い切って乱暴に書いてみたいと思ったのだ。抑制で疲れないようにして、強い主人公をのびのびと書いて行こうと思った。そして『世界』を書くときの抑制の苦渋から私を救おうとしたのだ。

日記を書くのも——時間潰しのようでも、筆の滑り出しのための効果があるかもしれない。

さあ、仕事にかかる。

15
サテ、話は、もどりまして今回は
仕事の波
1
今もってわからないのが案の波です。
こっ苦、べん励したからといって、オモシロいマンガができるわけじゃありません
2
と、いってむやみに出歩いてみてもムダ
べつにけんこうもカンケイない
3
ある時、むしんにサイホウ箱のせいりをしたりしている。
フッと案が、うかびます。
4
エンピツで下書きをして妹にみせます、この間《かん》、三分。
ゲラゲラゲラ
と、笑ったからヒットです。
5
清書する時はニギヤカな中が好きで食卓に、わりこんだりします。
うごかさないでよ!
じぶんのヘヤがあるじゃないの!

仕事の波　長谷川町子

サラサラと仕上げて、
がくげい部ですか？ゲンコウできました
6
7
洋画のいいのやってるのヨ、いってきまーす
ケーキ買ってきてー
と、いったしだい。
8
さア、案の出ない日ときたら、
きのうからうなりつづけ
9
努力すればするほど
どーもムリがあるわネ
考えすぎじゃないの？
10
時間ばかりがようしゃなくせまってきます。
しかたない、今日はこれで仕上げるか……
11

ふだんは二日まえに渡しますが、今日は電送。
あしたの朝刊に出るので清書なかばで「ゲンコウできました」と、朝日にデンワします
12
オートバイがかけつけるのに約、三、四十分。
ところができ上がったカツオの表情が、どうにも気に入りません。
13
スミマセン、描きなおすので一時間ほどまっていただけませんか
デンワおかりします
14
別に、つげ口するわけじゃないが、ウンユ部もたちばがあります。
いま長谷川町子さんのところですが、一時間まってくれっていうんです、ソーなんです ハイ・ハイ、では……
15
いそがしい人を待たせていると思うと、ドッと汗がふき出します。
そんなときにかぎって、ネコがねそべったりして、じゃまをする。
16
やっとできた。下にかけおりてスミをかわかす。
17

18
またかけあがって
19
エンピツの線をゴムで消す。
20
目だまがぬれててスミがはみ出る。
ホワイト！ホワイト！
21
こんどこそ仕上がり。フウトウをとり出す。
気に入らないほうは、四つに引きさく。
22
ハッ!!頭がつめたくなる。
描きなおしの方をやぶったのです。
バカだョあたしゃ……
23
さんざまってもらって不出来の方を渡したあとのその気分のわるさ。
お酒ののめる人は、はっさんできてウラヤマしい
どのミチきびしいものですネ

五月七日　津島美知子宛〈はがき〉

無事の由、安心。万事よろしくたのむ。荷物、石井君から受取る。リンゴは、もう要らない。ここの環境なかなかよろしく、仕事は快調、からだ具合ひ甚だよく、一日一日ふとる感じ。それで、古田さんにたのんで、もう五日、つまり十五日帰京といふ事にしました。十五日までに「人間失格」全部書き上げる予定。十五日の夕方に、新潮野平が仕事部屋（チグサ）で待つてゐて、泊り込みで口述筆記、それゆゑ、帰宅は、十六日の夕方になる。それから、いよいよ朝日新聞といふ事になる。からだ具合ひがいいので、甚だ気をよくしてゐる。

何か用事があつたら、チクマへ電話しなさい。

五月（日附不詳）　宮川剛宛〔手紙〕

拝復、
ただいま　大宮で　カンヅメになり仕事中です、からだは甚だ調子わるし、
そちらも、貧乏になつてしまつた御様子、こないだ二度ほど逢ひましたが、気配を察知してゐました、
しかし、人間といふものは　なかなかへたばらぬもので、窮すれば通ずる　といふ俗諺は、本当らしい、窮しても　ではなく、また窮すると　でもなく、窮すれば　というところ　味はふべし、必ず通ずる
旅行先で、こちらも懐中心細いので、弐阡円だけお送りします、借すのではありません

太宰　治

宮川剛様

清張日記　昭和五十五年

松本清張

❖九月十一日（木）

『文藝春秋』の連載「史観・宰相観」の原稿執筆が、角川書店の「古代史」の対談、中央公論社の「眩人」、新潮社の「岸田劉生晩景」、岩波書店『文学』の「古事記新解釈ノート」のゲラ手入れのために二日ほど中断。これまた締切りが遅れそう。ゲラ手入れだけでも徹夜になる。

❖九月十二日（金）

午後四時、岩波書店『文学』編集部の野口敏雄来宅。「古事記新解釈ノート」のゲラ手入れを渡す。訂正加筆が多いので再校ゲラを見せてくれるよう頼む。来週木曜日ごろになる由。

文士の息子

大岡昇平

生れた時から知っている自分の息子のことだから、書き易いような気がしていたが、やっぱり親の口からはいいにくいことが多いようである。

現在、満二十年と三カ月、慶応の文科二年生、背がばかばかしく高いというのが、一番目立った特徴である。ついでに知能の方も、もう少しなんとかならないものか、という気もしないでもないが、その年頃の私自身について、私のおやじがどう思っていたか、ということに思いを致すと、注文を出す気もくじける。

いまの新制大学二年なら、旧制高校の三年に当る。あの頃の私はもう小林秀雄や中原中也なんて、うるさい先輩を知っていたから、生意気盛りで、おやじにはとっくにサジを投げられていたようである。ところが私自身豚児貞一にサジを投げているかというと、そうでもないらしいことに、この文章を書きながら気づく。

彼は昭和十八年七月の生れだから、実に戦争中の物資不足の真只中にこの世に名乗り出て来たわけで、二十年の十二月、私が南方戦線、俘虜生活を経て復員した時まだ母親の乳を飲んでいた。満二歳になっても乳離れしないのは当時の育児の常識としても異常だったが、何分物資不足であるから、母親の体からただで出るものは、出来るだけ利用しなくてはならなかったのである。とにかくそれからさらに二年、疎開先の貧乏暮しが続いたにしては、今日、身長一八七センチの偉丈夫になったのは奇蹟といってもよい。

作家の生活なんて、子供の教育によいはずはない、とあきらめていた。大きくなったらなんになるかな、なんてことは、親は考えてもみなかった。しかし彼が中学の二年か三年の頃、作家の家庭を取材に来たラジオのアナウンサーが戯れに彼にマイクを向け、

「大きくなったら、やはり、お父さんみたいな仕事をやりたいですか」ときいた時、断乎として、「いやです」と答えた時には、少しドキッとした。

「なぜ、いやですか」

「ねむいから、いやです」

この返事は、伸び盛りの子供らしい無邪気な返事と考えられた。

「なるほど、お父さんみたいに徹夜で原稿を書くのはいやなんですね」とアナウンサーが追求した。

「それだけじゃありません。始終うそをついてあやまってばかりいなければならないからいやです」

父親の名誉のために急いで附け加えるが、私には原稿がいつも締切ぎりぎりでないと出来上らないという悪い癖があり、「すみませんが、もう一日待ってくれませんか」とかなんとか電話口で平身低頭ばかりしているのを見ているのである。

一枚も出来ていないのに、「十枚まで行ったとこなんですが」とか、「不意に客がありましてね」とか、風邪を引いたとか、腹が悪くなったとか、苦しい口実を発明する現場を見られていたわけである。

どうせこれは人にすすめられる商売ではない。私としても息子には文士にはなって貰いたくないが、こうはっきり言われてみると、やっぱりそうかと思いながらも、寂しい気がしないでもなかった。

ところがこの放送を桶谷繁雄先生が聞いていた。銀座で会って、「お宅の坊ちゃんは見込がありますね」とひやかされた時、まんざらいやな気持はしなかった。私はやはり親馬鹿の一人なのである。

桶谷先生の影響で、高校に入るとオートバイをやりたいといい出した。親父は「見込のある息子」のためにイイダクダク、ホンダの新車を買ったが、たちまち事故で一分間気絶なんてことを仕出かしたから、平身低頭して、四輪車に切り替えて貰った。

手紙　昭和二十七年

小山清

二月二日（土）　関房子宛

拝復
お手紙二通うれしく拝見しました。

「新潮」の原稿が遅れて、それにかゝつてゐたので、つい返事がおくれて、すみません。

やつと出来上り編集者に渡しました。

四月号に載る予定です。雑誌が出ましたらすぐお送りします。

いつぞやお話しした本が出ましたから、別封でお送りしました。

あなたの気持をうれしく思ひます。

どうか僕の力になつて下さい。

互ひに助け合つて行きませう。

文学に対する無理解とかなんとか、そんなことはすこしも気にしないで下さい。僕にはあなたの気持だけでたくさん。

僕も無一物ですし、これからも貧乏ですから。僕も大きな子供です。たゞあなたに助けられて、いゝ仕事をして行きたい。

互ひに無垢な心で送らして行けたら、そのほかのことはなにもいりません。

くりかへして云ひますが、あなたの気持をうれしく思つてゐます。

そちらで辛らいことも、またいやなこともあるかも知れませんが、もうしばらくのことですから、辛抱して下さい。

僕は筆不精なんですが、でもね、あなたには書きますよ。

昨日は雪で、寒かつたけれど、今日はいゝお天気です。

乱筆で失礼。僕の悪筆には驚いたでせう。

お軀を大事にして。それからあなたはあまり筆不精にならないで。

では又。

清

二月二日

房子様

身辺雑記

吉田健一

書くのが商売なのだから仕方がないようなものの、余り書かされてばかりいると時々、何のために自分がそんな目に会わなければならないのか解らなくなることがある。そうすることで原稿料、或は印税、或はその両方が入り、それで酒を買い、税金を払い、という風なことを考えてみても、もしそれが目的でこういうことをしているのならば、それで頭がぼんやりして、ものの味もはっきりしなくなるというのでは代償が大き過ぎる気がする。と言って、確かにそれが目的で書いているので、それ以外にこんなことをしている理由などあるはずがない。

先日、アメリカ人の友だちがニュー・ヨークから次のような漢詩の一部を書いて送ってくれた。

人生不相見
動如参与商
今夕又何夕
共此燈燭光
少壮能幾時

鬢髪各已蒼

これも言葉であって、従って誰かが或る時書いたものに違いない。併《しか》しこのように、それを書いた人間が息をしているのまで感じられる言葉に出会うと、もとはこういう言葉にひかれてこの書きもの商売を始めたのであるのを漸《ようや》くのことで思い出す。

今夕又何夕

字画が少い字を使ってこれほどの効果を収める、という風なことが出来るから、言葉も使い甲斐があるので、明日の午後三時までに四百字詰の原稿用紙で十五枚などというのとは訳がちがう。

つまり、この詩を書いた人間はこういうことを書く気がしたので書いたので、その翌日の午後三時にどこかの新聞社か出版社のものが息せき切って駈けつけたのではなかった。

もう一つ、或はそれよりも大事なことだが、むかし東籬《とうり》の下に菊花を採った詩人も、それをすることとそれを詩に仕立てることの間に越えがたいほどの溝はなかったものと想像される。羨しい限りではなくて、そうあるべきなのであり、生きている人間の見た言葉にも通わせ、そこからいつでも人間が生きている世界にまた戻ってくることが出来るのでなければ、言葉が相手の商売も大して意味がない。

Mein Lied ertönt der unbekannten Menge,

と「ファウスト」の初めに書いたゲーテも、言葉を相手にすることで生きるのを止めなかった人間の一人だった。

これには勿論、生活に追われていて、そのために書かされるというような不安がないという事情もあることを認めなければならない。

併しながら、忙しい思いをして書くので気持まで忙しくなったのでは、使いものになるものは書けないので、締切を控えての重労働である場合でも、悠久の天地と言ったものが常にそこに覗いているのであって始めて言葉が言葉と結びつく。ということは、我々の生活とも結びつくことであって、それで漸く書く仕事が生活を犠牲にしての無理な商売でなくなる。

つまり、無理をしてはものにならなくて、それでいて無理をする条件ばかりそろっているというのだから、日本で書く仕事をするものは恵まれているとは言えない。

ヘミングウェーが毎朝八時から十時まで仕事をして、後は他のことをして暮しているという話を聞いたときほど、羨しいと思ったことはない。

身辺と言えば、そんな考えが身辺に転がっているばかりである。そうすると、索莫としているということになるが、実際はそうでもない。この頃は寝ることと飲むことが人生の無上の幸福だと思っている。

仕事にかかるまで

木下順二

以前、外国の作家が仕事にかかるまでの癖を紹介した文章を読んだように思う。ように思うというほどのうろ覚えでしかないが、フォークナーか誰かは、鉛筆を何本も削ってばかりいるというのではなかったか。書きにかかる前に鉛筆を削るというのは、仕合の前に刀をあらためるみたいにカッコいい話で、というのではやっぱりないだろう。御当人とすればやはりぐずぐずとそんなことばかりしているという心境であるのに違いない。

鉛筆を削る代りにおれは何をしているのだろうと考えてみたが、まあ大抵誰でもしているだろうように、仕事と関係ない文字を読みちらかすこと——だという気がこれまで何となくしていたのだけれど、いま改めて気がついてみると、そういうとき、大抵馬書を私は読んでいるようだ。あるいは馬書のカードをとっている。カードというのは、馬書以外の蔵書についてはそんなことは夢にもしたことがないが、馬書だと一冊について最低四枚のカードをとる。書名、著者名、刊行年、分類。書名カードには時とすると目次を書きこんだり、それが珍書、稀覯《きこう》書であれば入手経路のデータをくわしくしるしたり、送ってくる古書展目録に所蔵と同じ本が出ていればその書名カードを出して来て展名・店名・日付と値段を書き入れたり、それに分類というのが本によって大変むずかしくて、私は自分の馬書をやっと三八項目に分類してはいるのだが、そこでしばしば学際的難問が発生し、そしてそれを無理にどちらかへ分類してしまうと後での検出に難渋したり、まあ何だかんだとあるけれども、考えてみるに何千冊だかのわが馬書のカードが曲りなりにもその四倍の枚数で揃っているというのは、それをもしまともにやろうかとかかっていたら、とてもできるはずのものではなかったと確実にいえる。仕事の前のぐずぐずの中で、やっとそれは揃って来ることができたのである。

そこで、そこのところで私が自分でもおもしろいと思うのは、そのようにしてそれらのカードをとったり、古板本やら横文字やらの馬書を読んだりすることを、私は決して嬉々としてやっているわけではないのである。これをやっておかねば、あるいはともかく読んでおかねばという——そんな必要はどこにもないのだが——いわれない義務感、今はこんなことやってるひまはないんだがなあという何ともいえぬいらだたしさ、あゝあ、もうこれだけ時間がたっちまったという腹立たしさ、それらや、もっといろんな感情のまじりあった甚だ極めて落ちつかない状態の中で、私はせっせとカードをとり、馬書を読んでいるのである。(月に最低一回はと自分に義務づけている実際の乗馬についても、似たようなことがいえそうだ。)

この短い原稿の場合だって、ずいぶんとそういう時間を書きだす前に使ったような気がする。ちょうど綿谷雪《わたたにきよし》さんの、畢生の仕事といってもいいだろう『増補大改訂武芸流派大事典』が届いていた。武芸十八般の諸流派の系譜をただあいうえお順に列記しただけの、味もそっけもない部厚な一冊に過ぎないと、素人衆には思えるだろう。〝素人衆には〟というのが言ってみたいところで、読みながら私が、日本古流馬術の項目を拾い出しては、そのページ数を、馬術、騎射、弓馬、要（実戦）馬術、水馬と分類しつつ書きとって行くと、関連項目が次から次に気になって来て、全巻九七〇ページのあっちこっちを次々にめくり返してみないわけには行かぬということになってくる。そしてそれら無数に近い関連項目が、微細な人名や年代に至るまでほとんどぴたりと整合している点を、やはり綿谷さん畢生の仕事であるだけのことはあると、甚だ胸に落ちる思いで感嘆しないわけには行かないのである。……

話が、書きだしのところで考えていたことから大分それて来てしまった。最初私が考えてみようかとしていたのは、仕事への取りかかりかたということであった。つまり自分のケースでいうと、常に何やらぐずぐずいらいらしながら仕事にかかって行くのだが、その、心ここにないような思いで馬書なら馬書を走り読みしている時間がだんだんにつくりだしてくる切迫感とでもいうもの、それがうまくつくり出せると、その日の仕事にうまくひょいと乗ることができるといってよさそうである。そこがうまく行かないとうまく行かない。一日じゅう落ちつかない思いで、仕事のまわりをただぐるぐる回って過すということにさえなりかねない。

私の小説作法

遠藤周作

健康の都合で、真夜中、仕事をすることはなくなってしまった。

朝たいてい九時には机に向かう。昼食の時間を除くと、日が暮れて窓のむこうが暗くなるまで腰かけている。しかし、その間、仕事をしているのではない。大半の時間は、机には向っているが、鉛筆をいじったり、パイプを掃除したり、同じ新聞を何度も何度も読みかえしたりしているのだ。正直な話、私は毎日、イヤイヤながら仕事をしているのである。

三日も書かぬと体がうずうずしてくるといった友人がいた。そのような感じを今日まで自分が持ったろうかと、胸に手を当てて考えてみるが、あまりないようだ。ずい分長い間、毎日、イヤイヤながら仕事をする状態が続いてきたように思える。そのくせ、仕事のことは毎日、朝から晩まで重苦しく頭にひっかかっていて、ふっ切れたことがない。正月の餅が腹の中で消化されず、重苦しいあの感じである。

書きたいという主題があっても、それを適当にひっかける一つのイメージがつかまらないと、どうしても筆をおろせない。鳥でもいい、樹でもいい、電信柱でもいい、自分がいま、書きたい主題にカチャリとあてはまるそのイメージを、私は鉛筆をいじったり、あくびをしながら、自分の心の中から発掘してこようとする。しかし、これは苦労や努力ではどうにもならぬものだということが、十年近い経験でどうやらわかってきた。

そういう時、外に出て、電車かタクシーに乗ったりする。電車や車の振動に身をまかせて、窓外の家や道をぼんやりながめていると、不意に自分の意思とは関係なく、捜し求めていたイメージが浮びあがってくることがある。これは全く、偶然によるものだから、いつどうしてと、はっきり前もってわかるわけではない。ただ、その偶然のチャンスを、待っているより仕方がないのである。

寝床の中で、毛布を頭からかぶって、半日じっとしていることもある。電車の中でと同じように、この時も自分の意志とは関係なく、主題に適切なイメージをふいにつかまえることがよくあるからだ。なぜ、電車や寝床の中が、私にこういう作用を与えてくれるのか、分析したことはない。

つかまえたイメージを、小説のどの部分にそう入するかがつぎの作業である。主題がもっとはっきり浮びあがる場面で、そのイメージを活用せねばならない。この作業が頭の中で組みたてられてから、はじめて原稿用紙に向う。

だから私にとっては、書いている時よりも、書く前が苦しい。書いている時、樹からいくつもの枝がのびるように、うまく第二、第三のイメージが発生してくれることがあるが、この時は、いいようのない快感がある。

しかし途中まで書いて、この小説はダメだと自分でわかる時は、本当にダメな小説だが、うまく進んだと思う場合でも、翌朝、読みかえしてみると、欠点だらけでガッカリすることがある。編集の人に渡したあと、あそこはこうすればよかった、ああすればよかったと考えなかったことはない。そんな時、なぜ締切りという制約が日本の作家にはあるのかと恨めしくなるが、しかし締切りがなければ、私はいつまでも机に向って鉛筆を削ったり、あくびをしたりして、ぐずぐずしているかもしれない。

小説を書きだしてから、ずいぶん長い歳月があったような気がするが、進歩したという自信はない。自分は小説家としてバカではないのか、才能がないのではないかと、悲観するのは、新しい小説にとりかかる前、いつも感じる気持である。かわいた手ぬぐいから水をしぼり出すような苦しさを味わうたびに、ああもうタマランと思う。純文学を三十枚書き終ると、三キロは必ず体重が減っているので、健康にこの仕事が悪いことはつくづくわかる。

ガッカリ

山口瞳

向田邦子は遅筆だった。遅筆にも二種類あって、ギリギリまで書かないが書きだせば早いという人と、原稿用紙に向って呻吟するタイプとがある。彼女は前者だったと思われるが、締切日を過ぎてから書きだすというのだから恐れいってしまう。『週刊文春』の七枚余の原稿を二度か三度にわけて渡すというのを聞いて、惘《あき》れてしまった。家が近い（彼女の家は青山）人はいいなあと思い、度胸の良い人だなあとも思った。

「今月は大変なんです」

と、編集者が言う。

「井上ひさしがあるの？」

「違います。向田邦子があるんです」

「そりゃ大変だ」

これは、売れっ子になってからの会話ではない。最初から、そうだった。これで作品がツマラナかったら一発でお払い箱になったろう。私はハラハラしながら見守っていた。

そのうえに稀代の悪筆だった。とても読めたものではない。私は、よく、

「あなたは字が下手なんじゃない。ぞんざいなんです。もっと叮嚀《ていねい》に書きなさい」

と言ったものである。テレビを見ながら書くことがあったという。わからない漢字はカナで書いて、あとから埋めるという話も聞いた。

注文が多過ぎて、一時間に五枚も六枚も書かねばならず、やむをえず文字が汚くなるというのではなかった。彼女は、初めから、大家や流行作家と同じことをやっていた。それで通ってしまっていた。

最初に向田邦子から貰った手紙には切手が貼ってなかった。郵便受けに乾いた小さな音がして、扉を開いてみると、一通の白い封筒が見えた。切手がないということは、彼女自身が持ってきたとしか考えられない。しかし、まだ昼前である。ちょっとおかしい。おかしいと思って、裸足で通りへ出てみた。誰もいない。

あとでわかったのであるが、彼女の自動車で運ばせたのだという。

退屈夢想庵　平成四年

田村隆一

❖九月四日（金）晴　猛暑

昼食後、一時間ほど仮眠をとり、黒狐こわさに『45』の雑文を書かんとした瞬間、美女二人、ハンサム青年、ドヤドヤとわが仮眠所に押入り、「今日の午後三時というお約束で伺いました。毎日グラフの取材です」。

ぼく、ビックリ仰天。あわててパジャマをぬぎ、洗面所でヒゲを剃り、シャツとズボン姿になって、小さな庭で撮影。美女の一人、インタビュアー。毎日新聞のベテランならん。要点を矢つぎ早に質問。ぼく、余計なことまでペラペラ喋っているうちに、「これじゃ、イロ呆けの老人」となってしまうと瞬時にさとり、『ぼくのピクニック』という文庫本を贈呈。この雑文から、適当にご引用くださって、あとは「お気に召すまま」に。すっかり忘れていたのは、ぼくのセイなのだから、常日ごろの台詞、「おいくら、いただけますか」と発するのを忘れてしまった。小商人の息子にあるまじき仕儀。夕刻、スマートに三人組帰社。「なにしろ、印刷所の〆切りが明日なものですから」と半玉さんの一人。いまや、印刷所の〆切りで、雑誌は編集され、その〆切りが雑文業者に及ぶ、ということを、やっと実感する。その夜は、十時に就寝。この分で行くと、わが「半玉帳」は、続、そしてまた続をつくらなければなるまい。「半玉帳」ばかり重版、それも私家版で、わが偉大なる著書はいっこうに重版なし。（アタリマエヨ、と半玉さんの一人の声、夢の中で聞く）

作家が見る夢

吉行淳之介×筒井康隆

吉行　筒井さんは夢からずいぶん作品のヒントを得る、と聞いていますけれど……。

筒井　ずいぶんでもないです。

吉行　ありがたい夢というのは、そう見ないものですね。ぼくもわりあいに夢に頼るほうなんだけれど、一年に二つか三つ見りゃいいほうでしょう？

筒井　そうですよ。それだけ見ればたいしたものです。

吉行　随筆で片付いてしまう夢と、もっと根の深い夢とがありまして、根の深いほうの夢はよくて一年に一回、だいたい三年に一回くらいしか見ない。……ああいうのをどんどん見るとラクでいいですがね。

筒井　小説に書けなくて、しかし面白い夢というのは見ます。

吉行　書けないという意味は、差し障りがあるという意味ですか。

筒井　そうじゃなくて、非常に個人的な……。

吉行　通用しないという……。それは個人的なものを普遍的に直していくという手口が使えないような夢ですか。

筒井　駄目でしょうね。というのは、ぼく自身が、いま作家でありながらまだ大学時代の試験で苦しんでいるというような夢なんですね。その感じ、普通の人にはわからないと思うんです。

吉行　そういう夢はぼくもタマに見る。ぼくは大学を中退しているということが影響しているらしくてね。高校で大学の受験勉強を盛んに強いられているわけです。オレはすでに大学を中退したはずなのに、なぜ高校で大学受験の勉強をしなくちゃいけないのか、という矛盾で苦しんでいる。そのうち目が覚める。そういうのは二年に一度くらいは見ますよ。

筒井　起きて、冷や汗ビッショリですか。

吉行　でもない。理不尽な目に遭わされているという感じは、とてもするけれど。

筒井　ぼくの場合は冷や汗をかいていますね。父親が非常に厳しかったから。

吉行　なるほど。

筒井　作家で原稿を書いていて、締切に追いまくられて、そのために大学に行けないわけです。出席日数が足りなくて落第しそうになる。さあ大変だというんで、親爺におそるおそる相談するんですがね。また一年落第しそうだというと、普段なら怒るはずの親爺が怒らない。まあ落第しても、いまのお前なら原稿料で一年分くらいの学費は払えるだろう（笑）。……確かにそのとおりだと思って、ホッとするわけです。

吉行　かなり奇抜な夢だね。

筒井　でも、ちょっとこわいですね。

吉行　そこでこわいというのは、親爺さんが相当厳しかったせいもあるわけでね。締切に追っかけられる突飛な夢は見たことないですか。

筒井　そりゃもう、いっぱいです。

吉行　ぼくも何度かあるなあ。自分がなぜかオーストリアにいて、突然週刊誌の連載小説をやってたはずだということを思い出すんだけれども、もうどうしようもない。これから航空便で送るにしても、なに書いていたか、続きがよくわからない（笑）。これはかなり苦しいね。あなたの場合のお父さんに匹敵するほど、ジャーナリズムの締切のキビしさに対する苦しみがあるんだろうな。

筒井　寝てるときに、締切が迫っているという電話がかかってくる場合があります。ぼくは締切日をよくおぼえていないほうなんで、迫ってきたら電話をしてくれといってあるんですね。だからその時はハイハイといって電話を切って寝ちゃう。ところが起きてから、どこからかかってきて、何日の締切で、どういうものなのかということを全然思い出さない（笑）。なにか電話がかかってきたらしいということはわかるわけです。というのは、締切に迫られている夢を見るんですよ。起きてから、ああいう夢を見たんだから、どこからか電話があったにちがいないと……。そのとき、非常にこわいです。それから、締切に追われているときの、原稿を書いている夢。原稿用紙のマス目の数が明らかに違うわけですよ。縦二十字以上、横を見たらワアッと何十行もある（笑）。それをあしたまでに二十枚、というのはこわいです。ぼくは原稿用紙の枚数を稼ぐ方法なんていって、自家製のマス目の少ない原稿用紙を作ればなんてことを考えたりしているから、夢で逆にバチが当たるんだな（笑）。誰でしたっけ、有名な文学者で、兵隊を出せばいいといった人がいた。

吉行　あれは武者小路さんが言ったという説ですね。兵隊を整列させておいて、「一」「二」「三」「四」……「十」まであって、それで十行。それから、また「番号元へ」という（笑）。

筒井　いい手ですね。

吉行　しかし一回しか使えない。ぼくは一度、週刊誌の連載小説を書いているときに梶山季之のまねをして、句点がきたら自動的に次の行に移ることをやってみた。十五枚の原稿で二枚しか違わないですよ。二枚しかというべきか、二枚もというべきか……どのくらい違うかと思って、ためしにやってみたらそれほどではない。その原稿はそれまで書いてきたのと同じスタイルの行替えに戻しましたけどね。

筒井　しかし、月産千枚をこす人であれば……。

吉行　なるほど、かなりですね。夜一割三分だから、百三十枚は違う。

筒井　やっぱり違うわけです。

吉行　カネにしたってずいぶんちがうな。いや、これは関係ない。夢にもどりましょう、夢に。

吉凶歌占い

野坂昭如

試験が近づくと、奇妙に病気になる子供がいる、試験など誰だっていやだから、いっそ風邪でもひけばいいと、考えるものだが、この子供、決して成績がわるいわけではなく、よく準備して、むしろ待ち望んでさえいることが多い。つまり、自分でも気がつかない、潜在意識の中に、逃げたい心のある時、病気となってねがいがかなうらしい。ごんた坊主が、必死に寝冷えたくらもうと、彼は本音のところで試験の結果など高くくっているから、病気にはならないのだ。

そして、この場合の病気が、下痢とか扁桃腺炎なんていうものなら、わからないでもない、神経を苛立たせて、こういう症状になるのはしごく当然だけれど、さらに怪我をすることさえあって、これは、逃げたい一心が、鉄棒から逆おとしにさせたり、二階からころげおちるような事故をひき起すらしい。

こういう話をきいた時、その事故は単なる偶然であろう、宿題や試験もいやだが、だからといって、無意識に骨折をのぞむなど、信じられないと、ぼくは考えたのだが、近頃、この認識あらためざるを得なくなった。

というのは、三年前の秋に、はじめて書き下し長篇、といっても三百枚ほどのものだが、期限つきで依頼され、調子よく引き受けたものの、さあ、締切切迫すれども、何をどう書いていいか、見当がつかぬ。ぼくの処女作は、長篇だが、これはまず短篇として発表したものを、延ばしたので、比較的気楽だったが、今度はまったく手がかりがない。

しかもこれは、雑誌創刊号の掉尾《ちょうび》を飾るもので、書けなければ、スタッフの一年近く費やした準備すべて水泡に帰する、書けなきゃ書けない旨、早く自首すれば、二号目の執筆者に少々の御無理おねがいすることも、考えられないでないが、ギリギリ決着の十日前ではいかんともなしがたいのだ。

明け暮れ針のむしろに在る如く、もとより編集長以下必死の形相裂帛《れっぱく》の気合で催促なさり、するとぼくは、事故で右手の小指を折ってしまった、小指一本でも、シーネと称する細長い餅網状のもので肘から固定され、とても筆は持てない、実にどうも恥ずかしいことだけれど、小生雀躍して、「折れちゃった、書けないよ」と告げ、しかし、締切は一週間延びただけで、前後の事情いっさいかかわらず、骨折後二日目に、シーネをはずし、とにかく字を書きはじめた、自己流に、割箸折って小指にあて、ゴムバンドでとめて。

半分ほどすすんだら、そしてそれまで無精きめこみ、のび放題の鬚をそろうと、カミソリの刃をとりかえ、あやまってまったく骨折と同じ箇所を、骨のみえるほど、切ってしまったのだ、五針縫って、さすがこの時は、編集長、徴兵忌避者ながめる憲兵の如き眼つきとなり、ぼくも何もいわず、邪魔な包帯かなぐり捨て、医者にみせると怒られそうだから、自分で折りをみて抜糸し、なんとか大長篇書き上げたのだが、おかげで、右の小指は関節半分ほどみじかくなってしまったし、鋭利な刃物で傷ついたにしては、みみず状の跡が残った。

次ぎは、去年の二月であって、前の年にあれこれ注文された原稿、その「来年早々に頼む」といわれたのを、来年といやまだ先きのことだとのんびりかまえ、松の内は酔い痴れ、七草過ぎてまだ気がつかず、中頃から旅行にでかけ、末にもどってすでに催促矢の如く、ぼくはまことに小心だが、しかし決して細心ではなく、ここにいたりようやく書くべき枚数計算したら、九百六十枚、残酷にも二月は二十八日しかないのである、一日ざっと三十五枚の勘定、いや、二月中に、大阪へ二度、九州へ一度行かねばならず、まあ、五十枚の心づもりが必要なのだ、ぼくは一時間に五枚のスピードで、三時間保つ、つまり十五枚書き上げると、げんなりして通常なら二時間うとうとし、これをくりかえすこと四回が限度、すなわち十八時間に六十枚とにかく字で紙うめつくせば、まあ後十時間くらいは、呆然としてしまう。二十八時間に六十枚、だから、一時間二枚と思いさだめればいいのに、凡夫の浅墓さで、つい一時間五枚と錯覚し、この計算で、意志の弱い受験生の、勉学スケデュール表を、赤や青色とりどりに作る如く、時間割こしらえて机の前に貼り、なんとなく一仕事すませたように思ってしまう。

娯楽雑誌の締切は、毎月上旬に集中し、実はこんな時間割など、屁の支えにもならないから、さあ、月があらたまると、きりきり舞いして、このさなかに、自動車事故にあったのだ。追突をこっちがしたので、ぼくは座席の前にねじれこみ、その場はなんでもなかったが、翌朝、起きようとして、左胸に激痛が走り、てっきり心筋梗塞と医者に自ら電話したら、「あほ、そんな病人が電話かけられるかい、肋間神経痛か、でなかったら、おかしな態位でやったんちゃうか」ようやく事故に思い当り、調べると肋骨二本にヒビが入っていた。コルセットしたら、息苦しくて机に向かえず、健さん風晒の腹巻きも同じこと、しかたないから関取り用絆創膏を脇腹に貼り、以後二十一日間、ほとんど机と寝床以外に体はこばず、ふだんならいくらせっぱつまっていてもつい飲んでしまう酒を、厳に遠ざけ、適当な痛みがねむ気覚まし、なんとかノルマを果し終えて、この場合はしみじみ天の配剤と、感謝する気持があった。

ヒビが入らなければ、書けなかったと思う、たとえば九州行きは、中止になり、座談会、対談も延期されて、ずい分時間的にたすかったのだ。そして、去年の暮れ、まったく同じような状態に追いこまれ、ぼくは足をこっぴどく捻挫した。ぼくは、またまた軽そつにも、手に余る原稿を引き受け、何故引き受けるかといわれれば、よくわからぬ、しごく書くものの質が低下していると、こういういい方自体不遜なことだが、十分に心得ていて、一方では死してのちやむみたいな、斬り死にあこがれているような面があり、十二月中に店頭へ出た雑誌の中で、月刊誌八誌に小説を書き、週刊誌は三種に小説、二種に雑文を連載し、月刊誌五誌で対談座談会を行い、グラビアで三誌、この間、ステージ四つ、TV番組六つで歌を唄って、他に司会者として四度登場、ラジオのレギュラー番組が一つある。

しかも、年末はすべて立て混むから、一時に集中し、つまり十五日過ぎは逆におそろしく暇になったのだから、かなりすさまじい状態であり、これをたすけるように、足をいためたのだ、一週間近く歩けず、また家に閉じこめられて、雑念入りこむすきなく、また、映画出演やらなにやら先きに延びて、時間も稼げた、このたびの捻挫は、取材先きでいためた足首を、家の前の道わるに突っこんでひどくしたもので、たしかにこれも天の配剤だけれど、こうつづくと、妙な気がしてくる。

あるいはぼくは、締切から逃げるわけではないけれど、つい、引き受けて手に余る原稿なんとかこなすために、また、書かねばならぬとわかっていながら、ひょこっと飲み、飲んだが最後どうでもよくなる酒を断つため、怪我することを潜在的にのぞんでいるのではないか。さらに考えれば、同情求めてるのかも知れぬ、こっちが怪我じゃ、締切直前仏も鬼にかわる編集者だって、そうきびしくたしなめ難いだろう、ひょっとすると、来月まわしにしていただけるかと、期待し、これはいかにもいやらしい心情で、われながら認めにくいけれど、どうも、締切と怪我の間になにかつながりあるように思えるのだ。

なぜ正月なんかがあるんだろう

梶山季之

その文士劇が済むと、なんとなくあわただしい師走《しわす》が訪れて来るぞ……という実感が湧く。なぜなら十二月にはいると、新聞や週刊誌などの締切り日が軒並みに繰り上ってくるからである。なにしろ年末から年始にかけては、印刷会社が休みだから、そのために早く原稿を渡し、年内に新年に出す雑誌を完成しておかねばならない。

編集者も辛いが、執筆する者も辛いのである。私は怠け者だから、ギリギリにならねばペンを持たない。現在は、比較的に仕事のスケジュールが楽になったが、去年あたりまでは、凄惨そのもののスケジュールだった。

殺人的なのである。なにしろ、二十日くらいまでに、新聞は翌年の六日くらいまで、週刊誌は翌年の二週分くらいまでを書いて渡さねばならない。

そのシワ寄せを食って、毎月二十五日締切りの月刊雑誌までが、締切りを繰り上げてくる。大晦日のギリギリまで仕事をしている銀行や、デパートの人たちもたいへんだが、私はよく年末になると、

〈なぜ正月なんかがあるんだろう。なぜ、正月にはいっせいに休まねばならんのだ？〉

と、心のなかでボヤいたものである。

それで今年は、月刊誌を休載するし、なんとなく落着いた師走を迎えられる……と思っていた。ところが来年早々、アメリカに取材に行かねばならないことを、失念していたんだなァ。来年は、週刊五本（週刊文春、週刊新潮、週刊読売、プレイボーイ、週刊小説）と対談一本（アサヒ芸能）の仕事に上半期はしぼる予定だった。

二週間の旅行とすると、たかだか二百枚だと安心していたら、帰国が遅れる可能性があるから、全部、年内にお寄越しください……と各社ともおっしゃるんだよ、コレが！　私は、泣いた。ええ、泣きましたとも。

原稿書きは私の宿命のようなものだから、けっして苦にはしていない。しかし、あしたは遠足だと楽しみにしていたのに、雨に降られてオジャンになったような心境を味わったことだけは、たしかである。なぜ歳末があり、新年があるのであろうか？

鴨長明だったか兼好法師だったか忘れたが、大晦日と元旦とは、たった一夜の境いであり、別に大した違いはないのに、なぜ新年になると心改まるのであろうか、不思議であると書いていたが、なるほど、その通りである。なぜ、新年を祝うようになったのだろうか。いや、どうして歳末は忙しいんだろう。なにか、キリをつけるという意味で、大晦日はあるのかも知れない。借金を支払い、すべてサッパリした気持で除夜の鐘を聞き、新しい年を迎える。そのために大晦日があり、元旦があるのだろう。

だが、子どものころ味わった正月の、なんというか家族的な団欒《だんらん》は、現在の日本にはなくなったようだ。ただあわただしさだけがあるのみである。

〽もう幾つ寝たら、お正月……

お正月にはタコ上げて……。

といった風情は、ドル・ショックの歳末にはどこにもない模様である。

私の一週間

有吉佐和子

日曜　午後三時起床。お風呂に入って、御自慢のキラキラ光る青貝の着物を着る。安っぽい銀ラメが流行しているときに、自然の青い真珠母を砕いて織りこんだお召を着るなんて、私には分不相応の贅沢をしているような気分がして嬉しい。五時に舞台装置家長坂元弘氏のお宅で、先生御自慢の手料理をごちそうになり、八時にＮＨＫテレビのスタジオ入り。推理番組は、また今日も当らなかった。そのあと吾妻徳穂女史の誕生祝いに駈けつければ、すでにして皆々さまは御酩酊である。私は志操堅固にジュースを飲み続けて、すっかり悪酔いしてしまった。

月曜　午後二時起床、胃の工合がひどく悪い。母に報告したら、胃薬を飲まされた。三時と、五時半と、七時に来客がある。長年来の友人と、週刊誌の編集部と、東宝演劇部のひとと、職種が違えば話題も変る。話が面白いから私は引止めるし、引止めた以上はサービスしようと喋べるものだから、夜になるとクタクタになっている。一休みしてから「紀ノ川」第四部にかかる。一回三十枚の十二カ月連載は私には気が抜けてしまって駄目だが、かといってこの一回八十枚から百枚で五カ月続ける「紀ノ川」となると、これも大変なものだ。でも今年の前半の仕事は、これだけでもいいと思っている。
気がのっているところへTさんが深夜とびこんできた。かなりエキサイトして、聞いてほしい話があると云う。もう何日もロクに眠っていないと青い顔をしていた。それではと布団を敷いて枕を並べ、寝ながら彼女の話を聞いたが、喋べって気のすんだ彼女は他愛なく寝息をたてて眠り、私はその横で書きかけの原稿を恨めしく眺めながら就寝。

火曜 Tさんは十一時間ぐっすりと眠って、さよならと帰って行った。私は又もや忙がしく着かえてイタリヤ歌劇を観に出かける。ヴェルディの「椿姫」が今日の演目。トウッチのヴィオレッタは私には凡演に思われたし、アルフレードのヤイヤ氏は何を唄ってもマーチみたいで失望。感激したのはジェルモン役のプロッティだった。聞いたことのない人だったが、プログラムの解説を読むと新進バリトン歌手で、ワグナーの歌劇など得意とするとある。道理で声量は素晴らしかった。この前もそうだったが、私はワグナリアンには無条件で敬服するところをみると、キメの細かいのよりは力強いものに感激するということになりそうだ。文楽は山城少掾《やましろのしょうじょう》より津大夫《つだゆう》ファン。考えてみると津大夫は文楽のワグナリアンだ。

水曜 午前中、私の眠っている時間に、三和会の野澤喜左衛門《のざわきざえもん》師が見えられたそうだ。母が私を起そうとしたところ、「いいえ、まだお休みと知ってうかごうたんです」と、ウィスキーを置いて帰られたという。母はそのウィスキーを仏壇の亡き父に捧げてしまった。私が、それは喜左衛門師の意志に反することだと力説したが、「くさるものじゃないのだから大丈夫よ」と彼女にはチもナミダもない。それにしても、文春の安藤さんが口をきいて下さって、喜左衛門師と組んで仕上げた新作文楽が芸術祭賞をもらったのに、お礼に出かけるのが遅くなってしまい、逆に喜左衛門師の訪問を受けるなんて、恥しい話だった。しかし「紀ノ川」を仕上げてからでなくては演舞場へもオチオチ行かれない。そう悟ってからは一心不乱で書く。就寝午前六時。

木曜　午後八時まで来客と話し興じ、一休みしてから仕事は昨日の続き。先月末に東宝ミュージカルの台本で苦労した皺よせが今になって現われ、他の連載ものも全部締切りがズレて来ている。

金曜　演舞場の千秋楽である。今日を逃すとまた当分喜左衛門師に会えないから、息せき切って駈けつけようと思ったら、週刊誌Mからグラビヤにする写真を撮りにカメラマン氏が現れたので、その車で演舞場に送ってもらう。楽屋に行って、改めて喜左衛門師、つばめ大夫さんに心からのお礼を申上げる。あの作曲、あの演奏、今思い出しても胸迫るものがある。正直に云って作詞の手柄なんか考えられなかった。

舞台はちょいちょいのぞいて見ただけで、ゆっくり鑑賞する気にはなれなかった。なにしろ仕事が予定通りに進行していないのである。この気楽な顔をした私が、原稿の前で呻吟している図は誰にも想像できないらしく、非情無情の矢の催促である。

「書いてる最中よ、怒らないでよ、努力してるんですから」「昼間電話したら演舞場へお出かけということでした。締切の日に文楽を見ていられるなんて、御立派な神経ですよ、まったく」「そうじゃないんですったら」大声で悲鳴をあげたら、母が驚いて顔を出した。真夜中の電話は小さな声で話せと叱られる。すみません、お母さん。

土曜　ラジオ九州の武さんと、演劇プロデューサー吉田史子さんと、前々からの約束で三時かっきりに現われたが、今晩「紀ノ川」を仕上げた私は、三時はまだ眼が開かなかった。大分待たせてしまって本当に悪いことをした。もっとも二人とも仕事はヌキの閑談である。八時まで女三人で喋べり抜いた。後味は爽快である。女のひとの上品ぶって根性の下司なのとはつきあいきれないが、ザックバランで思ったことを遠慮なく云い合って心を通いあわすことのできる友だちは、ボーイフレンドより貴重な存在である。夜は婦人公論の新女大学「勤倹貯蓄を旨とし」を書く。省みて平和で無事な一週間だった。来週は名古屋と大阪へ講演旅行、座談会、対談、ミュージカル舞台稽古とぎっちり日程がつまっている。

解放感（『まんが道』より）　藤子不二雄Ⓐ

解《かい》放《ほう》感《かん》
足塚《あしづか》くん！今夜《こんや》は　ぼくたちもつきあわせてもらうよ！このふたりは手《て》があいていたので応援《おうえん》につれてきたんだ！

ドッガ

ふつうなら家《いえ》に帰《かえ》ってゆっくり寝《ね》ている時間《じかん》なのにきみたちのおかげでこうしてここへ泊《とま》りこみをしなきゃならん！

ほかの先生《せんせい》の原稿《げんこう》は全部《ぜんぶ》はいってもう残《のこ》っているのはきみたちの分《ぶん》だけだよ
すみません……

すすみません……

ところで今《いま》何《なん》ページまでできてるんかい？

えーと昨日《きのう》から徹夜《てつや》してこれだけ上《あ》がっています
1ページ……2ページ……3ページ……

6ページ7ページ8ページ

9ページ 10ページ 11ページ 12ページ
13ページ
14ページ
14ページか！ あと残《のこ》り 6ページ だね！
は　はいっ！
山崎《やまざき》くん きみたち この14ページを すぐ印刷所《いんさつじょ》へ 持《も》っていって くれたまえ
はい！
こ　こんな 夜中《よなか》に 印刷所《いんさつじょ》やって いるん ですか？

印刷所《いんさつじょ》の人《ひと》も徹夜体勢《てつやたいせい》できみたちの原稿《げんこう》がはいるのを待《ま》っているんだよ！
エエーッ！
きみたちが原稿《げんこう》おくらしたことでいかにいろんな人《ひと》に迷惑《めいわく》をかけたかよく考《かんが》えたまえ！
は　はい！
そう思《おも》ったらすこしでも早《はや》く原稿《げんこう》を仕上《しあ》げてくれたまえ！
は　はい！

角野記者《かくのきしゃ》の
座《すわ》りこみにあおられて、
満賀道雄《まがみちお》と才野茂《さいのしげる》は、
最後《さいご》の追《お》いこみに
かかった！
カチ
カチ
カチ
カチ
カチ
カチ
カチ

おかをこえ……
ロサルバ！
こたえておくれロサルバ！
あっあのひかり
これでどうだ
こうだ！
ああっ
ひきょうもの
もっともっと
ゴロゴロ
ロサルまたあえたね

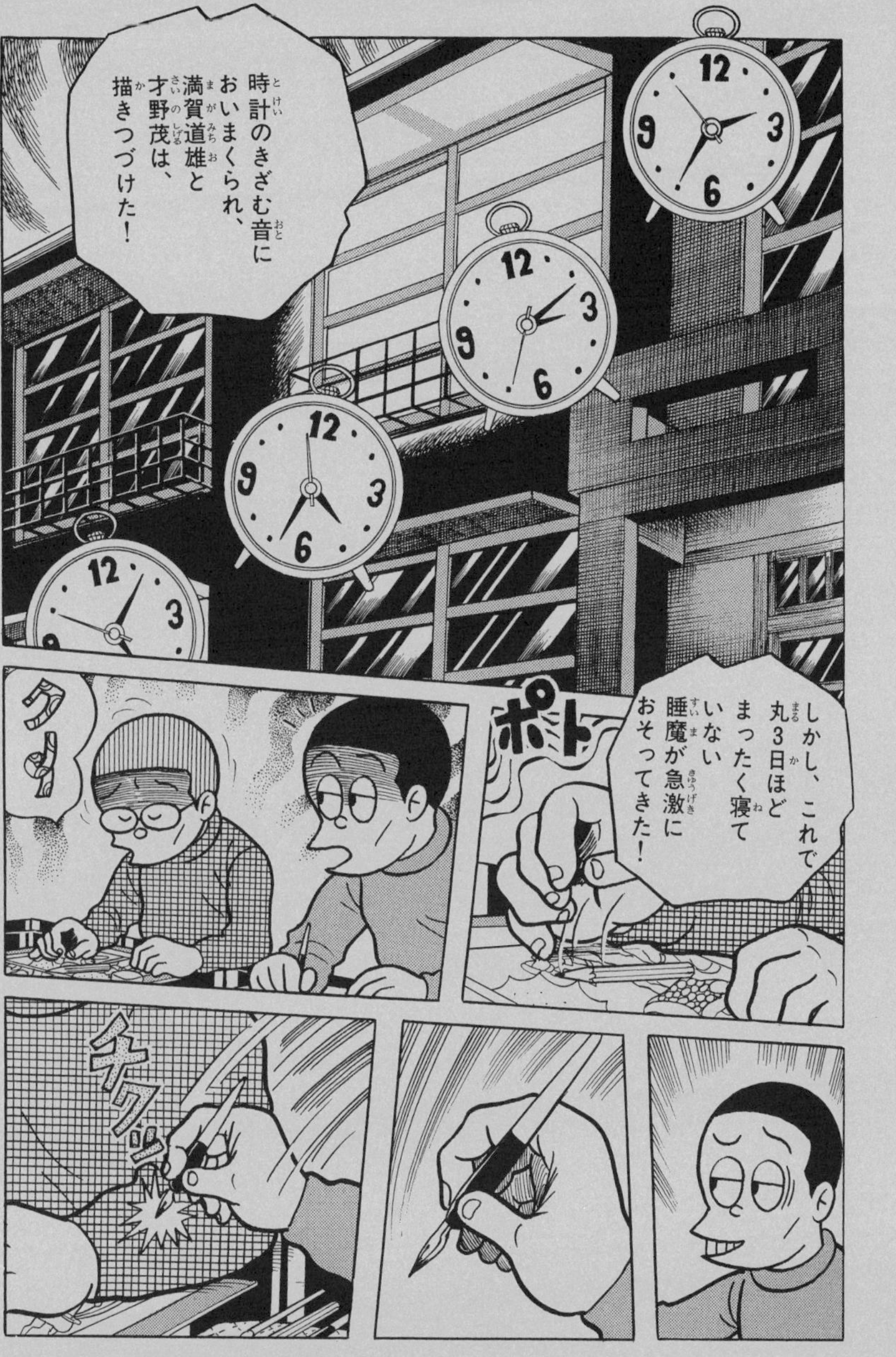
時計《とけい》のきざむ音《おと》においまくられ、満賀道雄《まがみちお》と才野茂《さいのしげる》は、描《か》きつづけた！
ポト
しかし、これで丸《まる》3日《か》ほどまったく寝《ね》ていない睡魔《すいま》が急激《きゅうげき》におそってきた！
クー
チクッ

アチィーーッ
おーいた〜〜〜
もうすこしの辛抱《しんぼう》だ！寝《ね》ないでがんばろうぜ
うん！おかげで目《め》がさめたよ
カリ
カリ
カリ
カリ
カリ
カリ
カリ
カリ

クー
チク!
アチー!
おーいてて……
もーちょっとの辛抱《しんぼう》だからがんばろうな
う　うん!

ゴロゴロ
ロサルバ！
ロサルバ
また
あえたね
かわいそうに
気《き》をうしなっている
あっ
バラの
小川《おがわ》の
みなもとは
ここだったのか
うたが
きこえるわ
……
ほんとだ！
ふしぎだなあ
こんな
山《やま》おくに
いって
みよう
まあ
すてきな
バラ！
いちめん
バラの
野原《のはら》だ

めぐりくる春

クー
おい！あと1ページ仕上《しあ》げるとおわりだぞ！
うん！
この最後《さいご》の1ページふたりで仕上《しあ》げよう！
おれがまず上半分《うえはんぶん》仕上《しあ》げするからおまえ残《のこ》りやれよ
うん！
だれ？

だまって！

あの うたは………

野辺《のべ》にさく うるわしの バラよ おさなごの えがおにも にて……

おかあさま！

だれ？

ロサルバ！

おかあさま！

それから…… 3人《にん》は山《やま》をおり 2つの国《くに》を いっしょにして しあわせに くらしました

ロザルバ！
おうじさま！
だれ？
午前《ごぜん》7時《じ》10分《ぷん》、ついに『バラとゆびわ』の最終《さいしゅう》ページを描《か》きおわった！
おわったな満賀《まが》……！
うん！

角野《かくの》さん!
角野《かくの》さん!
う　うん?
いや――
ごくろうさん!
ずいぶん
予定《よてい》より早《はや》く
でき上《あ》がったね!
ほんとに
よく　がん
ばったね!
ぼくもいろいろ
いったけど
これも　きみたちに
ハッパをかけるつもりで
いったことだから
気《き》にするなよ!
角野記者《かくのきしゃ》が、
はじめて
笑《わら》った!

ほんとにおそくなってすみませんでした！
じゃあ
トキ
トキ

ああ～ぁ
ああ～ぁ
どうする？
これから
すぐ寝《ね》る？
それとも……
すぐ寝《ね》るの
もったいない
から
その辺《へん》すこし
散歩《さんぽ》しようか
そういえば
ここに越《こ》して
きてから
近所《きんじょ》を散歩《さんぽ》なんか
したこと
なかったなあ
電話局《でんわきょく》の前《まえ》を、
西武線椎名町《せいぶせんしいなまち》の
方《ほう》へいくと、
静《しず》かな住宅街《じゅうたくがい》が
あった。

しかし あの別冊《べっさつ》64ページを描《か》きおえたなんて夢《ゆめ》のようだなあ
ああ ほんとになあ おれは途中《とちゅう》で もしかしたら でき上《あ》がらないんじゃないかと思《おも》ったんだ
おれも そうさ! でも締《し》め切《き》りは おくれたけど 最後《さいご》まで 描《か》きおえて よかったよ……
うん! 今度《こんど》の仕事《しごと》は くるしかった けど やれば やれるという 自信《じしん》がついたな!
いや! これがひとりだったら きっと『バラと指輪《ゆびわ》』は 完成《かんせい》しなかったと 思《おも》うよ! 第一《だいいち》 締《し》め切《き》りにまに あわなかったさ!
そうか! おれたち ふたりでひとりって ことが 大《おお》きな力《ちから》を 発揮《はっき》したわけだ!

食べる話

後藤明生

十月十九日に谷崎賞のパーティがあった。今回の受賞は藤枝静男氏で、受賞作は『田紳有《でんしんゆう》楽《らく》』である。

わたしは、この種のパーティには割合い義理堅く出かける。知人、友人、先輩の場合には、だいたい出席していると思う。今回の受賞者藤枝さんは、わたしたちの間では「長老」と呼ばれている。そういう呼び方をはじめたのは、たぶん立原正秋だったと思う。藤枝さんは、以前わたしたちがやっていた同人誌「犀」の顧問だったのである。

それで、当日〆切だった原稿を一日延ばしてもらうよう電話で編集者にお願いして、電車に乗った。正確にいうと、その原稿の〆切は十八日だった。それを十九日に延ばしてもらっていたのであるが、藤枝さんのパーティに出かける時間までに出来上らなくて、もう一日延ばしてもらったのである。編集者は、承知してくれた。しかし、電話をかけ終ったあと、わたしはすぐに、原稿は結局、二十一日まで延ばしてしまうことになるのだ、と思った。

パーティの時間は、授賞式を含め五時から八時半までである。だから、そのまま帰って来れば、約束の原稿は翌日までに間に合うだろう。しかし、そうはゆかぬことは、九分九厘間違いなかった。まことに、われながら情ない話であるが、それはもうはっきりしていた。出かけたが最後、どうしても一次会だけで切り上げて来るということが、わたしには出来ない。

忠ならんとすれば孝ならず。とわたしは腹の中でそんなことをつぶやいてみた。しかし、もともと約束の原稿は十八日までだったのであるから、もちろん誰が悪いかははっきりしている。忠も孝も、ないのである。ふつう、こういう場合に出て来るのは、自己嫌悪という言葉だろう。しかし、どうもこの言葉、余り好きではない。ニキビ面の青年ならいざ知らず、一人前の男の使う言葉ではないような気がする。嫌悪は、他人に委せる方が潔よいというものだろう。

わたしは有楽町で電車を降り、もう一度編集者に電話をかけ、二十一日までの延期を願った。すると、とつぜん空腹をおぼえたのである。それで、駅の近くの食堂に入って、カレーライスを注文した。パーティの前にカレーライスというのはおかしな話かもわからないが、わたしはパーティの席では何も食べない。特に、立食式のカクテルパーティでは、そうである。会場に山と積まれた山海の珍味は、遠くから眺めるだけである。

作家生活十一年目の敗退

内田康夫

ことし、ぼくは作家になって十一年目を迎える。新たな気持ちで再スタート――と景気よく花火でも打ち上げたいときなのに、こともあろうに、ぼくは本年度から当分のあいだ、雑誌・新聞への執筆をすべて辞退することにした。つまり、書下しに専心するというわけだ。そう決心したのは、去年の八月――時あたかもイラクのフセイン大統領がクウェート侵攻に踏み切ったころのことである。

去年の春から夏にかけて、ぼくは多いときは月に七〜八本の連載をかかえて、四苦八苦していた。ぼくは「旅情ミステリー作家」の烙印をおされている関係もあって、取材旅行に時間を取られる。おまけに、書下しの作品も仕上げなければならない。そういう中での七、八本は、なかなかに辛いものだ。

自分で蒔いた種だから仕方がないといってしまえばそれまでだけれど、締切が迫ってくるごとに寿命の縮む想いに苛まれたのである。いや、譬喩ではなく、ほんとうに胃と心臓にこたえた。このままでゆけば「推理作家殺人事件」が起きそうだと、真剣に思った。最近は「過労死」の労災認定がよく話題にのぼるけれど、作家にはそんなものは絶対に適用されることはないだろう。そう思うと、愛する妻のためにも（！）滅多なことでは死ねない。

世の中にはぼく以上に多い執筆量を誇る作家が何人もいる。それを思うと、泣き言は言えない——と頑張ったものの、ついに、敗北宣言を出さざるをえなかった。それも、一誌でも例外をつくっては他誌に申し訳ないので、完全撤退することにした。フセインさんが孤軍奮闘しているのとは、雲泥の差で、何ともだらしがない。

もともと、ぼくのような怠け者には雑誌連載など、大それたことは似合わなかったのかもしれない。十年前、作家になった当座は、ぼくは小説とはコツコツ、一作ずつ仕上げてゆくものだとばかり思っていた。いくつもの雑誌に、同時進行で、いくつもの作品を書けるなどとは思いもよらなかった。だから、ぼくの初期のころの十数作品は、いずれも書下しばかりである。

そのうちに雑誌掲載の注文がきた。それも最初は、いわゆる「一挙掲載」というやつであったが、こうなると、連載の執筆依頼がくるのは時間の問題らしい。気がついてみると、ぼくは何本もの連載を引き受けて、編集者からの電話や怒号におびえる日々を送る身分になっていた。

作家業をやってみるとよく分かるのだが、新聞や車内吊り広告などに雑誌の広告が出て、そこに自分の名前が、錚々《そうそう》たる巨匠たちと並んで印刷されているのを見るのは、ほんとうにいい気分のものである。雑誌の目次を開いたときも同様だ。作家をやっているんだなあ——という感慨に浸ることができる。だが、その瞬間から、彼は恐ろしい蠱惑の世界に引きずり込まれ、得体の知れぬ魔力にがんじがらめに縛られてしまうのである。

それでも、忙しかったり、胃や心臓に悪かったり――という程度なら、どんな職業でも似たようなことはあるだろうから、我慢もできる。しかし、作品の質の問題となってくると、話は深刻だ。

実際、連載に忙殺されているころ、ぼくは信じられないようなミスを連発した。それも、笑ってすませるような失敗談ならまだしも、「いまだから話せる」といった性質の致命的な誤りを何度も犯した。A誌の作品とB誌の作品とで、人物の名前を取り違えたこともある。また、どの雑誌のどの作品とは言えないけれど、連載第二回で死んだはずの女性が、第三回で「未亡人」として堂々(?)登場したりもした。

そんなふうだから、連載を終えたあとの著者校正が大変な騒ぎである。書き直し、書き加えが百枚を超えることはザラであった。一週間、ぶっ通しで、最後は徹夜までやって、なんとか出版計画に間に合わせたことも数度に及ぶ。作家は自業自得だからまだいいけれど、編集者が気の毒だ。ぼくの手を離れたあとも、印刷所にへばりついて、眠い目をこすりこすりして、最後の校正に取り組む。涙なくしては見られない、雄々しくも悲しい姿である。

で、ぼくは戦線を離脱することにした。鬼軍曹のような編集者は「卑怯者!」とでも言いたそうな白い目で、ぼくを睨む。中には、原稿料の値上げを通達してくれる出版社もある（遅いんだよね）。しかし、問題はそういうことではないから、ぼくの決心は変わることはない。

新しい年を迎えて、いまのぼくは、締切の恐怖を感じることのない、爽やかな朝の訪れが楽しくてしようがないのである。

罐詰体質について

井上ひさし

「罐詰体質」と簡単に書いてしまったが、これはむしろ「罐詰病」と言うほうが正しいだろう。特別の場合を除いて「死ぬ」というところまでは立ち至らないが、この病いは風邪に較べれば傍《はた》迷惑の度合が著しく、腹痛や下痢と比較すれば、より長期間にわたり、盲腸手術程度の金もかかる。言ってみれば風邪や腹痛や下痢よりも重く、盲腸とは同程度の、そして腸捻転や肺結核よりは軽い、一種の職業病なのである。

この罐詰病の原因ははっきりしている。原稿の依頼を引き受けることが因《もと》である。もっと詳しくいえば、小説・戯曲・雑文などの註文を引き受け、締切日が決定した途端に、病原菌が体内に潜伏する仕掛けになっている。病原菌の潜伏期間は患者によってさまざまであり、その上、同一患者であっても、註文物の長さ、すなわち原稿用紙の枚数によって長短がある。また、締切日までの残余日数や、註文物に対する患者の意気込みなどによって、この潜伏期間は影響されるが、これらの諸因子の潜伏期間に対する関係は、一般的にいって左の如き一個の等式によって表わすことが出来るはずである。

$$S=\frac{G^2\times N\times I\times M}{H}$$

右に於て、Sは潜伏期間であり、Gは原稿用紙の枚数であり、Nは締切日までの残りの日数であり、Iはその作物に対する患者の意気込みであり、Mはその作物を完成した場合に患者の受ける報酬（いうまでもなく原稿料のことだ）である。つまり、枚数が多く、したがって、締切日までの日数も長期にわたり、その作物に対する患者の意欲（たとえば「日本文学史のどこかに一行でもいいから作品名の残るような作物にしたい」「ベストセラーズにしたい」「批評家にほめられたい」「とにかく金が欲しい」など）が大であり、原稿料も多額であればそれだけ潜伏期間が長くなるわけだ。

ところでHとはなにか。これは編集者の原稿取立て術の巧拙である。つまり編集者の原稿取立て術が上手であればあるだけ潜伏期間が短くなるわけだ。

さて、潜伏期間が過ぎれば病原菌が、当然のことながら活動しはじめるが、この罐詰病の症状は次の四つに大別される。最初に来るのが異常な昂奮を伴った躁症状で、患者は、

「こんど書くのは傑作で」

「わたしのライフワークで」

「きっと売れます」

などと触れ歩くから、素人にも見分けがつく。

締切日が更に接近すると、中期の症状、すなわち異常な睡眠をむさぼる期間がやってくる。患者は、寝てなどいるものか、作物の結構や筋立てを考えているのだと訴えるが、そのじつ仕事部屋やホテルの一室でたいてい大口あいて眠っている。

更に締切日が切迫すると、異常なほどの放浪癖が目立つようになる。家族や編集者の目を盗んで盛り場をうろつく。要《い》りもせぬものを買い込む。映画やストリップを見てまわる。酒場で白ら白ら明けを迎える。これが第三期患者の特徴である。

さて、締切日がくると、患者は自信喪失の極に達し、たいてい編集者に、

「次号廻しにしてください」

「殺してください」

などと申し出る。編集者のほとんどがこの場合「どうぞ」とか「では殺《や》ってあげますか」とかいわぬようだ。これは賢明なことである。なぜというに、この病気はとにかく書かなければいかない、いっかな治らないからである。

編集者たちは、自信喪失という末期症状をする患者を病院ならぬホテルや自社の会議室へ収容するが、ここに於て、じつに奇妙なことが起る。ほとんどの患者が自力で立ち直るのだ。し

てみると、これは一種の幼児性に属するのかもしれぬ。

いずれにせよ、どんな大部な医学書にも載っておらず、そしてわたしが締切日の近づくたびにかかる「罐詰病」とは右のようなものである。幸いわたしは下らぬ探究心に恵まれているので、持病であるこの奇妙な病いを徹底的に研究し、その成果をしかるべきまっとうな手段で医学界に発表しようと思っている。おそらくそのときこの病いは、研究者の名をとって「井上氏病」などと呼ばれることになるだろう。つまり医学史に名が残るわけだ。文学史に名を残すのは無理なので医学史に名をとどめようというのは、ひょっとしたら悪い心掛けかもしれぬが。

著者校のこと

佐木隆三

著者校というのがある。校正刷が出たのを、著者が朱筆を入れることで、ふつうの校正とはちがう。原稿どおりに印刷されているかどうかチェックするのが校正であり、著者はすでに原稿を渡したところで、彼の役割は終っている。原稿そのものにまちがいがあるばあいは、編集者が校正してくれるし、校正者がチェックする。著者としては、原稿を書く作業がすべてで、まア、「一字一句まちがいなく印刷してくださいよ」と、言いたければ、言ってもよろしい。

ところが、はたしてあの原稿でよかったのかどうか、ずいぶん気になる。それでなくても、原稿を渡すときは、書いた当人がついて行きたくなるものなのだ。全身全霊を注いだ作品に愛着があるから……と言いたいところだが、あいにくその逆である。あそこが足りなかったのではないか、あれは削るべきではなかったか、といった具合に最後まで未練がましい。

それなら、原稿をきちんと書けばいい。推敲に推敲を重ねて、この表現しかないと、練り上げた文章にして、初めて差し出せばいいのだが、なかなかそうは参りませぬ。とりわけ小説のばあいは、手の作業に入る前に頭の中であれこれ構想を練る。この構想に時間をとられすぎて、つい原稿に着手するのがおくれてしまい、しめきりに遅れるのです。

だから推敲を校正刷でやるのが、著者校なのである。

これはかならずしも、しめきりにルーズな人間がやるという意味ではない。ほんとうにギリギリまで遅れてしまえば、著者校の時間さえもなくなる。きちょうめんな人は、むしろ早めに原稿を入れて、校正刷が出るのを待ち、推敲する。

なぜなら、原稿用紙に書いた自分の字を読むときと、活字になった自分の文章を読むときとは、だいぶ印象がちがうからだ。素顔のときと化粧した顔……というのともちがう。録音した自分の声を聞く……のともちがう。ちょっと、どう説明していいか分らないが、原稿で気づかなかった欠点が、活字で発見できるのだ。

もう、およそ十年も前になるが、奄美大島に居られた島尾敏雄さんを訪ねたときに、著者校が出来ないから奥さんに清書してもらっている、と聞いた。離島の不便さ故だが、原稿がいったん他人の字になると、校正刷の効果があるらしい。島尾さんのばあい、わざわざワン・クッションおいてらっしゃるわけで、怠け者は爪の垢でもいただいて煎じて飲まねばならぬ。

わたしは、小説のばあい、著者校をなるべくやらしてもらっている。どこでも校正の専門家がいて、きちんと原稿ミスまで校正しているところへ、ノコノコ著者が出かけて行くのだから、そんなに歓迎されるはずはない。

学校のテストなどでは、パッとひらめいて最初に書いた答えが正解であることが多い。あれこれ考えすぎて失敗するように、文章だっていじればいいというものでもないのである。だが、分っていても、つい、いじってしまう。

この文章のいじりかたも、いろいろある。冗漫なところに気づいて、どんどん削るばあいと、ことばが足りなくて、どんどんつけ加えるばあいである。

「ヤレヤレ、いい加減にしてくれんかい」

わたしには、著者校のとき、溜息まじりの声が、どこかから聞えてくる。

もう十七年も前の話だが、わたしは、いつも叱られてばかりだった。八幡製鉄所で、社内報『くろがね』の仕事をするようになったのが昭和三十五年一月で、このとき校正刷にやたら書きこみをやって、印刷掛の人を困らせたのだ。

『くろがね』は、新聞と同じ大きさで四ページ、十日に一回の発行であった。発行部数はそのころ五万五千部で、会社の印刷所でまかなっていた。わたしたちは、カメラを持って取材に行き、原稿を書き、印刷所へ運び、小組み、大組み、校正にぜんぶタッチするのだった。

印刷所では、活字を拾うところから、見ている。新聞だから十五字詰めで、二十行の記事を書けば、いったんそれを拾って、活字をヒモで束ねて小組みにする。その小組みを、割付用紙と見くらべ、モノサシで測り、新聞大の大組みにはめこんでゆく。

その過程で校正刷を取り、朱筆を入れる。誤植は印刷所の責任だとしても、文章をここで書き改めると、ひどいことになる。一字ふやして次に送るばあい、ピンセットでつまんで、活字をずらさなければならない。いくらベテランでも、これはやっかいな作業なのである。

「である。でも、であろうでも同じようなもんじゃないか！」

と、原稿の訂正を叱られる。だが、こちらは生意気ざかり、「正確がモットーなんです」なんて言い返し、そんなことなら、原稿の段階できちんとすればいいものを、同じことをくりかえしたものだった。

活字の組みかたそのものは、十七年前も現在も、基本的には同じだという。ただ、わたしは印刷所へ行っても、校正室の机を借りて朱筆を入れる。これがもし、社内報のときのように植字の現場で職人さんの横でやるのだったら、申し訳なくて腕がすくむことだろう。

自宅の黙示録

赤瀬川原平

「リーン……リーン……」

電話が机の横で鳴っています。私はヤレヤレとその前にたどり着き、受話器を、チン、と取り上げました。

「もしもし……」

「あ、スウェイです」

またこれだ。またこれを書いてしまった。もう今回こそちゃんとルポに徹して、こんな楽屋落ちのことなど書かないようにと誓っていたのに。スウェイという人は本誌編集長である。

「弱ったな、あのね、今回はもうね、こういう電話などはねェ……」

「もしもし……あの……スウェイです」

「いや、わかってますよ。だからね………」

「あ、原稿……いただきに……何時ごろ……よろしいですか?」

「いや、何時といわれても、まだ、あの……でも、構想はもうできましてね。自宅なんて糞っ喰らえ！　っていうの」

「ああ、いいですね。それ。元気そうで」

「そうでしょう。もうこれからはね、こういうね、決断的なルポというか、ハッキリしたのでいきたいですね」

「ええ、それはいいですねェ、少しぐらいは、まあ、ハッキリしてもらった方が……」

「いやもうね、ぜんぶハッキリとね、いっちゃいますよ。もう」

「ええ、それはまァ、ぜんぶハッキリというのは本当はみんなが望むことなんだけど、でもやはりうちの写真なんかあんまりハッキリはできないですよね。ハッキリというより、スケスケくらいが……」

「あ、そうか。そうでしたね、女体の場合はね。スケスケに、絹ごしみたいにスケないといけないんですね。あんまりハッキリしたのは、あの、毛、剃るんでしょ。T字型剃刀で……」

「ええ、まァ……」

「あのう、ぼくなんたまに床屋に行くでしょう、そうすると日本の床屋って、異常に深剃りするとお思いませんか？」

「あ、床屋はね」

「一通り剃るでしょ、するとこ今度はお肉をつまんで引張ってね、ひどいときには唇の中にまで少し指を入れて引張って剃ったりする」

「ああ、ありますねェ」

「あのう、スウェイさんも女体は深剃りするんでしょ?」

(この業界に於ては女体写真に陰毛が写ると犯罪となるので、あらかじめ陰毛を剃り落としておくナラワシがある。スウェイ氏はその係を受持っている。)

「いや……女体は……」

「やっぱり、あの、割れ目に少し指を入れて引張ったりして……」

「いや、テキトウですよ」

「そうかなァ、やっぱり相当深剃りするように思うんだけど。あのう床屋でもね、深剃りの成果というのは目では見えないもんだから、剃ったところを指で強くなでてみていますよ。ギュウッとね、指を押し付けて引張るようになでながらね、毛が残っていないかどうか確かめている」

「床屋はやっていますね」

「女体もやるでしょ。指であの、剃ったところをギュッと押しつけて引張ったりして……」

「あの、原稿の方は?」

「いいですねェ、深剃りのスウェイか」

「原稿の方……」

「恐怖の深剃り男」

「もしもし……」

「ああ、はいはい」

「……」

「ああ、ごめんなさい。いや、もうね、テーマは決まってね。自宅なんて糞っ喰らえ！　っていうの」

「それはもうさっき聞きました」

「いや、それでね、もうじっさいにね、糞は喰らわせてあるんですよ」

「あ、どうでしたか」

「いや、別にどうということもありませんでしたけどね。自宅なんてものは、案外あの、糞っ喰らえ！　ってやってみれば、喰らっちゃうもんですねェ」

「ああ、ねェ」

「ちょっと失望したというか、でも、こんなもんなんでしょうね」

「まあ、ねえ、自宅はねェ」

「それでまァ、ですからねェ、自宅なんて糞っ喰らえ！　っていうのはもうやったんで、あとはもう出て行けばいいんですよ、玄関から」

「あ、いいじゃないですか。もうそれじゃ出来るでしょう、原稿」

「でもね、出るのが難しくてね、玄関を出て行くその出方というのが」

「あのう、あまり難しく考えなくて、何でもいいんですけど」

「いや、それはもうよくわかってるんですけどね。でもやっぱり、難しいもんですよ。自宅なんて糞っ喰らえ！　っていった、そのあとというのがね」

いいかげんで電話はカチンと切れました。まったく何ということでしょう。仕事をただ停滞させるだけの自堕落な電話。いやこの電話、かけた人より書いた私がいけないんだけど、でも停滞した分仕事がはかどったような気もして、だけどこれから先どうしようか。

私はとりあえず靴を穿いて、玄関にしゃがみ込みました。自宅なんて糞っ喰らえ！　とじっさいにやっていながら、まだ玄関にしゃがみ込んでいる。目の前の玄関のドアが、トイレの白い壁みたいです。私はドアをじっと見つめました。力いっぱい見つめました。内面に、また何かドロドロしたようなものが、蠢《うごめ》いてきています。

書斎症候群

浅田次郎

日の出前に起床し、午前中は執筆と資料読み、午後は純然たる読書、というのが私の基本的な時間割である。

正確に配分されているわけではないが、おおむね就業が七時間、趣味が五時間というところであろうか。ただし、趣味と信ずる読書は結果的に仕事を担保することになるから、十二時間労働であるとも言える。ともかく半日を書斎で過ごすのはたしかである。

書斎は六畳の座敷で、床の間には「子曰学而時習之《しのたまわくまなびてときにこれをならう》――」なる軸が掛けてあり、東向きの付書院に文机を据えてある。

などと書けば、いかにもそれらしい文士の書斎をイメージするであろうが、実際には壁面をぐるりと書棚が繞《めぐ》っており、収納しきれずに溢《あふ》れ出た書物が猖獗《しょうけつ》をきわめており、むしろ職人の作業場と言うほうが当を得ている。床の間の軸も、前出の言葉に続く「不亦説乎《またよろこばしからずや》」は書物の山に隠れて見えない。まことに当を得ている。むろん付書院はただの書棚に堕落しており、明り障子からは満足に光も入らない。

書棚は私の定位置のすぐ背面にまで迫っているので、大地震がくればまずひとたまりもなかろう。要するに、消防法が個人の住宅にも適用されるとしたら、たちまち使用不可とされる書斎なのである。定位置の面積は文机の下の部分を含めても一畳弱であろうか。

ここに半日である。しかも締切間近ともなれば、前述の趣味の時間もことごとく執筆に充てられ、三度の食事も片手で食える握り飯や餅が届けられる。月末から月初めにかけての十日間はこれである。

「脱稿」とはよくぞ言ったもので、原稿を書きおえて書斎から脱出したときの解放感といったら、天にも昇るここちがする。まずは行きつけの健康ランドに車を走らせ、入念なマッサージである。

体はカチンカチンに凝り固まっている。原稿は手書きであるから、文机に肘を置いて体重を支え続けている左半身がことに凝る。かかりつけのマッサージ師に巌《いわお》のごとき肩と腰とをほぐされる気分といったら、天に昇ったのち天女の愛撫を受けているかのようである。凝っている部位は言わずともわかるらしい。ツボはけっしてはずさない。ところがしばしば、師はふしぎなことを言うのである。

肩も腰もカチンカチンですけど、足がひどいですねえ、と。

つらいという実感はないのだが、たしかに足を揉《も》まれると気持ちがいい。実にふしぎである。

この十日間というものトイレの往還のほかは使用せず、ほとんど達磨《だるま》のごとく退化しているであろうと思われる両足が、なにゆえ凝るのだ。

いや、締切だからというわけではなく、常日ごろからこれほど足を使わぬ人間もまず珍しかろう。一昨年の夏に愛犬パンチ号が鬼籍に入ってよりこのかた、散歩の習慣は絶えてなくなり、出かけるときも常に車である。競馬場でもパドックまで歩くのが億劫《おっくう》なので、もっぱらテレビモニターで馬を見ている。ちっとも自慢にはならぬが、それぐらい使用していない足が、なにゆえ凝るのだ。

思いがけぬ快感に身を委ねながら、ふと「書斎症候群」という造語が浮かび、私はたいそう暗い気持ちになった。

誰が名付けたかは知らないが、「エコノミークラス症候群」という病名はいただけない。アッパークラスとは無縁だという誤解も生ずるであろうし、いわんや書斎生活においてをやである。

『家庭の医学』によれば、正しい病名は「深部静脈血栓症」というらしい。曰く、「表面上は、下肢のむくみや表面の静脈が浮き上がって見える以外、強い痛みや発赤《ほっせき》などの静脈炎の症状を呈さずに下肢や骨盤内部の静脈内に血栓が知らないうちに形成されている病態を指します。血栓が静脈壁からはがれて血流に乗って、肺に到達して肺塞栓症《はいそくせんしょう》をひき起こします。右側よりも左側に発生する頻度が高いです」

読者に不安を与えるようで恐縮だが、飛行機の中は地上より気圧が低く、乾燥しているのでこの症状が発生しやすいらしい。

だとすると、わが書斎の環境はエコノミークラスの比ではあるまい。文机の前に胡座《あぐら》をかいたまま半日、それを締切前は連日、食事だって機内食同様に座席まで運ばれてくる。気圧はまあ地上と同じだろうけれど、紙類は湿気を吸収するから、書物に囲まれた室内はカラカラである。

ことに前掲書にある「右側よりも左側に発生する頻度が高いです」という記述に、私は青ざめた。左の肩と腰が凝るのである。適当な文章が思いつかぬときなどは、胸の痛みを覚えたり、息がつまるような気がすることもある。「エコノミークラス症候群」は多くの人々のリスクであるから、特定の病名までつけられて警戒されるだろうけれど、「書斎症候群」はたぶん百万人に一人くらいの奇病であろう。したがって誰も注意を促してはくれず、たとえ肺塞栓を起こしたところで自己責任は免れまい。

ちなみに、前掲書や機内のモニター等でも紹介されている予防運動は、

①片方のひざをつかみ、胸に引き寄せたり伸ばしたりする
②かかとやつま先の上げ下げ
③足くびや足全体をゆっくり回す
④ふくらはぎを軽くたたいたり、もんだりする

というものであるが、書斎で苦吟している最中にはこういうことを考える余裕もない。むろん、効果的な深呼吸をするどころか息をつめており、水分の補給等もまるで考えてはいない。これはヤバい、と思った。で、仕事中にときおりわが足を観察してみると、なるほど退化しているわりにはむくんでいるようでもあり、静脈が青々と浮き上がってもいるのである。

かくして昨日は、大方の締切もおえたことであるし、いや正しくは本稿を残して締切をおえたので、勇躍お散歩に出た。そう、「勇躍」とあえて書くほど私のお散歩は壮挙なのである。ほど近い多摩丘陵の頂に、梅の名所として知られる庭園がある。はじめは動物園に行くつもりで歩き出したのだが、動物を見ると亡きパンチ号を思い出して悲しくなるから、行先を庭園に変更した。

山道を登りつめ、雄大な関東平野を借景とする古い庭に立つと、久しぶりに血流を得た足が熱くなった。たそがれる春の庭で、私よりよほど健脚なお年寄たちが句を吟じていた。

どうやら私は、とんでもない勘違いをしていたらしい。書斎は創造の場であるが、想像する場所ではないのである。こんな生活を続けていたら、言葉も物語もきっと歩かざる足の静脈のように、狭窄《きょうさく》してしまうだろうと思った。

筆擱《お》きて　何もせんとや　月に梅

作家の缶詰

高橋源一郎

じつをいうと、つい昨日まで「缶詰」になっていたのである。デビューした時には「生々しい言語感覚」とか、「新鮮な作風」とかいわれても、十年とたたないうちに「缶詰」。これでは作家だか果物だかわからない。そうか、だから「ばなな」というペンネームになったのか。吉本ばなながが缶詰になったら「ばななの缶詰」だ。いや、それはともかく、わたしでも「缶詰」になったりするというわけである。

では、なぜ作家は好きこのんで「缶詰」になるのか。それは作家が仕事をしたがらない動物だからである。仕事が好きで好きでたまらない作家はうっちゃっておいても平気である。朝起きると「さあ、今日も仕事ができる！」と口走り、いきなりペンを握っちゃう作家をわたしは知っているが、そんな奇特な人物は例外である。ほとんどは、仕事をしたがらない。だいたい作家などというものは、通常の仕事も耐えられないから作家になったのだ。朝早く起きられない。満員電車の通勤に耐えられない。他人がこわい。力がない。こういう人間は作家にでもなるしかない。しかし、本来なにもしたくないのが作家的人格であるから、作家になったとしてもなるたけ仕事だけは避けようとするのが人情であろう。そこに編集者とのすさまじい葛藤が発生するのである。

電話がかかってくる。

「タカハシさん、あの、もう締め切りとっくに過ぎちゃってるんですけど」

「ええ、あの、ちょっと風邪気味なもんで、今日中になんとか」

電話がかかってくる。

「タカハシさん、まだですかあ？」

「いや、風邪はなんとか治ったんですが、こんどはワイフが風邪をひいちゃって、家事をしなくちゃいけないもんで。でも、今日中になんとか」

電話がかかってくる。

「タカハシさん、勘弁してくださいよ。これ以上、とても待てません」

「申し訳ない。ワイフの風邪は治ったんだが、ワイフの祖母が風邪をひいたんで実家に看病に行ったら、その間に猫が風邪をひいちゃって……」

書いてて、なんだかアホらしくなってしまった。これでは、朝学校に行きたくないので「お腹が痛い」と母親に訴える小学生とほとんど同じである。原稿が遅れているいいわけをどうしようかずっと考えているので原稿を書く暇がないと嘆く作家も多い。本当に世の中はうまくできていない。そんな虚しいいいわけをいくら聞かされても怒って暴れたりしない編集者はまさに神のような人柄といえよう。

有名な某作家は、本当に切羽詰まった状態になり、編集者から矢のように催促の電話がかかってきてそのたびに「あと二時間待って」といい続けたそうである。うんざりした編集者が、どうせ二時間待っても書いてないに決まってるから気をきかせて四時間待って電話をかけたら、その作家氏は「せっかく原稿を書いたのに、二時間たっても電話がかかってこなかったら、頭にきて破いちゃったよ。お前のせいだ」と文句をつけたそうだ。もう完全にやぶれかぶれである。これではいくら温厚な編集者といっても忍耐の限界があるというものであろう。とにかく、作家のいうことは信じられない（わたしが保証する）。

だから、必然的に電話は止めて、実力行使に出る。作家にぴったりはりついてしまうのである。だが、それで安心してはならない。これもまた、ある有名な作家の話なのだが、電話でいくら約束してもまったく守ってくれないので、その作家氏の書斎の隣の部屋で待つことにした。逃げ道を封じ、プレッシャーをかけるためである。耳をすましていると、原稿用紙をめくるサッという音が時々聞こえてきた。あっ、一枚。あっ、二枚。あっ、これで十枚目。朝までに、編集者氏が数えた枚数は数十枚に及んだ。嫌われるのをものともせず押しかけ、無言の威圧に訴えたかいがあった。「いや、先生、まことに失礼なことをいたしましたが、原稿さえできてしまえば、そんな苦労も水に流せます。ああ、よかった。ではちょっとお部屋に入らせていただきます」書斎に入った編集者氏は、その作家氏が一枚も書いていなかったことを発見して唖然とした。その作家氏は一晩中、一定の時間がすぎるとなにも書いていない原稿用紙をめくっていたのである。それくらい努力するならあっさり原稿を書いた方が楽ではないのか。そう思わないところが、作家の作家たる所以なのだ。

わたしの「缶詰」の話がどこかへ行ってしまった。まあ、わたしもいままで書いたような作家のはしくれであるので、ついに作家の「虎の穴」へ送り込まれてしまったのである。わたしが護送された場所は、某出版社の保養所であった。管理人のほかはわたしだけ。保養所に置いてあるのはその出版社の本だけ。電話をかけてくるのは編集者だけ。ごはんを食べに食堂へ下りていくと連日管理人の方から「A先生は先々月、ここに二週間おられて、百枚ほど書かれたそうです。それからB先生は先月、ここに三週間おられて、本を一冊脱稿されたそうです」と洗脳されるのである。これで原稿を書かねば人非人と呼ばれてもしかたあるまい。

❖一日目

夕方到着。早速、夕食。海に近いので、海の珍味が山盛りで死ぬほど食ってしまう。これではとても仕事などできない。早く寝ることにした。

❖二日目

ふだんとることのない充実した朝食をとったので、いささか眠くなる。携帯用ワープロをとりだすが、印刷用のインクリボンがないので仕事ができない。ぼんやりしているうちに充実した昼食をとる。昼寝。管理人さんに電気屋まで送ってもらいインクリボンを買ってくる。これで仕事ができるなあと資料をひろげていたら夕食。またしても山海の珍味。今日は早く寝て、明日仕事をしよう。

❖三日目

朝食。今日はなんとかなりそうだ。いざ、仕事をしようとしたらなんだか落ち着かない。ラジオを持ってくるのを忘れたのだ。それにお菓子も。管理人さんに電気屋とコンビニエンスストアに寄ってもらい、ラジオとロッテのＶＩＰチョコと明治のアーモンドチョコとマンガ雑誌を買う。帰って昼食。それから昼寝。ラジオをかけ、チョコレートをかじりながらマンガを読む。だんだん仕事をする雰囲気になってきた。夕食も今日は残した。さあやろう、と思ったが、いきなりとりかかってはうまくいかないので、ノートに予定表をつくっていたら、なんだか眠くなってきて、けっきょく寝た。

❖四日目

朝食。今日こそ書くぞ。いざ、仕事をしようとしてワープロをつけたら、ＦＭは雑音ばかりになりまるで音が聞こえない。困った。ラジオを消すと、波の音が気になってだめだ。布団に横になっていたら、昼食の時間になる。軽く昼食をとり、ラジオを諦め、いよいよ仕事にかかろうとしたら編集者氏から電話。「どのくらいできました?」と聞かれたので、なんだか創作意欲を失う。ワープロを消し、ラジオをつけて、ノートにいたずら書きをしていたら夕食。それにしてもなんとすごい勢いで食事の時間になるのだろう。この四日間、食べてばかりいたせいか下痢になった。トイレと部屋を往復しているうちに睡眠の時間になった。ああ……。

一週間の「缶詰」生活でわたしの体重は三キロ増えた。原稿は、あの、えーと……。

おいしいカン詰めのされ方

泉麻人

新刊本『街のオキテ』の書き足し部分を執筆するため、僕が矢来町の新潮クラブにカン詰めになったのは五月のゴールデンウィークであった。

カン詰めになる（される）――この用語は出版業界の俗語で、（なかなか仕事をしない）執筆者をホテル等に隔離して、よその仕事とか夜遊びとかをできないような状態にして書かせる――という意味合いのものである。つまり、執筆者にとっては、あまりありがたいイメージの言葉ではない。また編集者のほとんどはサド体質であるから、執筆者をカン詰めにしまくることに生きがいを感じているケースが多い。たとえば「いま、泉、カン詰めにしてんだよぉ！」とかいう台詞を吐くときの彼らの目は〝マゾヒストの美少女を飼育するS男〟の如くランランと輝いていたりする。

で、今回、僕を飼育してくださった旦那様は寺島という同い年の若手編集者である。同い年とは言え、過剰な童顔の僕よりはひと回りくらい上の年代に見える風格のある佇まいをしている。有名人で誰に近いかと言えば、元新自由クラブ党首の河野洋平とか、千代の富士がふっくらとした感じとか、石黒賢が老けこんだ雰囲気というか、まぁ良く言えば男っぽいタイプの好男子である。

そして今回の僕のカン詰め期間は四月二十八日～五月二日までの五日間。この間に〝百枚〟ほど書けば、とりあえずフィニッシュ、ということであった。

ここで「百枚」という数字について説明しておこう。小説などを中心にしたいわゆる文芸誌や単行本の場合、「百枚」と言ったら四百字詰め原稿用紙で百枚という意なのだが、「ポパイ」とか「アンアン」のようなファッション誌ノリの強い雑誌では二百字詰めで百枚のケースが多い。「ペラで百枚」というときも、文芸誌系の人はペラ＝四百字、ファッション誌系は二百字と解釈していることが多いので、この辺は良く確認しておかないと後で泣きを見ることになる。

新潮社出版部なるところの編集者がサラリと「百枚」と言ってのけた場合は、四百×百＝四万字、ということである。

それでは以下、日記風に五日間の過程を報告しよう。

❖四月二十八日

旅行鞄に文具、資料、着換え等を詰めこみ、愛車シビック25Rで新潮社へ。鞄詰めの時間は、バカンスに出掛ける前と同じように一応ワクワクする。〝夏場にホテルでカン詰め〟なんて場合のときは、海パンにサンオイルなども鞄詰めして、ますますバカンス感は高まる。

新潮クラブは新潮社から徒歩一分。牛込の閑静な住宅街の中にポツンとある。立派な開き門に、大きな松の木がそびえ、世田谷あたりに古くから建つ文豪の邸宅風の趣き。書き手をその気にさせるには、やはりこういった雰囲気づくりが大切であろう。

寺島がベルをピンポォン、と押すと、クラブの管理をする斎藤さんが悠然と現われた。斎藤さんは独特の雰囲気をもった女《ひと》だ。ほとんど何が起っても無表情、といった顔つきで、用件だけ低い、乾いた声で手短かに伝える。あれぇ姿が見えないな、と思い、ふっと後ろをふり返るとそこにポッと立っていたりする。沢野ひとしさんのイラストがぴったりと合いそうな風貌である。

書き手はダラダラとなかなか仕事をしないで最後のギリギリで一気にあげる追い込み型と、先にガーッと突っ走って二日、三日経過するごとに息切れする先行型とに分かれるが、僕はどちらかと言うと後者のタイプである。夏休みの宿題なんかも、はじまりの二、三日に徹夜してガーッとやってしまうタイプであった。

というわけで、一日目は斎藤さんの入れてくださったコーヒーを二口ほど飲み、着くや否やペンを執った。

❖四月二十九日

午前九時起床。斎藤さんの作ってくださった食事をとる。朝っぱらからゴージャスなタイの甲煮がデーンと出され思わず感激。斎藤さんの料理は、お世辞じゃなく、神楽坂の高級料亭並みにうまい。

夕方三時頃まで頑張るが、夕暮れとともに早くも人恋しくなる。寺島の見廻りもないので後輩の慶応の学生を呼び出して夕食へ。

「街のオキテ」は一年ほど前までポパイで連載していたコラムで、〝喫茶店でウンコをしてしまった場合の言い訳のし方〟〝渋谷における恥しい待合せ場所〟といったテーマをランキング表にして分析を加えるという内容である。よって、彼とのバカ話を参考に、新たに二、三のネタを思いつく。

❖四月三十日

午前十時起床。週刊文春に連載中の「ナウのしくみ」の締切日。(これも十二月に単行本化されるのでヨロシク)あせって原稿を片づける。カン詰め場所でヨソの原稿を書くのは、高校生が授業中にコッソリと深夜放送のリクエスト葉書を書くくらいの快感である。

❖五月一日

午前十一時起床。カン詰め生活というのは、徐々に起床時間が後ろにズレ込んでくるのが普通である。ところで原稿量は既に五十枚ほどに達している。「鳩よ！」で以前連載していた〝現在国語模擬試験〟やその他の雑誌に書いた、今回の単行本に収容できそうな原稿の文字数を計算する。総計八万字くらいになれば、どうにか本はできる。

書き手はダレてくると、この手の「あと何枚で大丈夫……」の計算ばかりするようになってくる。枚数的には、もうほぼ充分であることを知り、かなり明るい気分になる。

せっかくなので知り合いの女子大生を呼び出してアソビに行くことにする。カン詰め期間中に女アソビをしたりするのは、高校生が教室の隅で気弱そうな教師にガンを飛ばしつつショートホープを吹かすくらいの快感である。「ちょっと取材に出ますぅ。遅くなるかも知れません……」と斎藤さんに断わってクラブを出る。僕の上っついた表情を読みとってか、無表情な斎藤さんが「ニヤリ」と不敵な笑い顔を浮かべた。

❖五月二日

〝かっこいいゲロの素材〟について解説するパートで、デュラムセモリナ素材のパスタのブランド名を入れたくなって、近くのスーパーに探索に行く。数箇所の取材確認部分を残して、どうにか脱稿する。

午後、久しぶりに視察にきた寺島と構成を打合わせしてお開き。

＊

出版社によっては、このまますぐに原稿を印刷所に送って、脱稿から一か月くらいで本にしてしまうところもある。しかし、新潮社の場合は段取りが慎重で、また販売スケジュール等の問題もあって十二月刊行ということになった。

このあと、デザイナーの松尾多一郎氏と装丁（本の表紙のデザイン）の打合せをしたり、ゲラを読み直して、つまらない部分、ネタ的に古い部分（僕の原稿はアップトゥデイトな単語や言い回しが多いので）を書きかえたりして、一冊の本は完成する。

ここでは〝カン詰め〟の段階にスポットをあてたが、その裏で編集者は、「価格をいくらにするか？」「何万部刷った場合に損益分岐点は……」等の七面倒くさい作業などもされているわけである。

ところで別に「カン詰め」にならなくてもコツコツとやっていれば勿論、本はできる。しかし、小心でマゾ体質な書き手としては、編集者にムチを振るわれながら「ほぉれ！　カン詰めにしてやるぞぉ！」と責められると何故か身体がボッと熱くなってパワーが出てくるものなのである。

怠け虫

大沢在昌

労働を楽しいと思う人は少ないだろう。だがさほど苦痛には感じないという人はいるようだ。小説がお金になるようになって五年たつ。そのうちの二年間ほど、書くという作業と労働という意識が結びつかなかった。

強制的に物書きにさせられたわけでもなく、人から勧められたわけでもない。それどころか、痛切にプロの作家を夢見ていた。だから初めの二年は、仕事の依頼を受けると、喜々として書いたものだ。中学生の頃から、勉強をしているふりをしながら、親の目を盗んでは小説らしきものを書いてきた僕にとって、それは何より楽しい作業だった。

従って、小説を書いていても、生み出すときの苦しみは多少あろうとも、つらいとは決して思わなかったものだ。当時は、人から批評を受けることもなかったし、当然、読者から見はなされる恐怖というものもなかった。

お金になるようになって、書くことそのものの苦痛よりも、なんとか売れたい、という欲求が強まった。仕事の依頼が半年に一本とか二本、それも短いエッセイを含めて、という時期が一年半ほどあった。この先、同じ状態がつづいては、物書き一本では決して一生食べられない、と暗澹たる思いにとらわれたものだ。

就職を一度も経験していなかった僕には、自分で稼いで食べるということが意識の中に皆無だった。だが一生、実家の厄介者でいつづけることはできない。どうすればいいのだろうか、真剣に悩んだ。

もともと自分が怠け者であることは充分に承知していた。大学ですら、早起きして出かけていくのが苦痛で、休みに休み、ついにはクビになったほどである。従って、食うために、と勤めるのは何より嫌だった。売れない不安はあっても、片方では遅寝をゆっくり楽しみ、読みたい本に耽ることができる安楽な暮らしを手ばなしたくなかった。

働きたくない、と強く思った。書くという作業が働くという行為に結びついていなかった証拠である。

それが少し変わった。いや、大きく変わったというべきだろうか。

決して流行作家になったわけではない。本が売れに売れる――どころか、一向にあいかわらず、嫌になるほど売れないという状況は変わっていないのだが、仕事が少しずつ増えてきた。

幸運だったのだ。いつまでつづくかはわからないが、とにかく自分で自分の口を養うことができるようになった。

そうすると、これはひょっとして仕事ではないか、という思いが生じてくる。新聞の連載をひきうける、原稿料はびっくりするほどいい。それだけで充分にその期間食べていくことができるほどだ。枚数はそれほどのものではない。読者の皆さんも御存知だろう。たいていの新聞連載は、一回が四百字詰め三枚半だ。つまりこのエッセイよりも二枚分も少ない。毎日毎日、渡していくわけではないから、まとめて何回かを書き溜めるにしてもさほどの量ではない。

ところが、食べていけるにもかかわらず、他の仕事が来る。要らない、とはいえない。いえば、ああそうですかといって帰り、二度と注文してくれないだろう、と思う。だから書く。七十枚、いつまで？　はい、わかりました。

まあいいや。新聞の原稿をこれこれ、これ迄に書いておけば、などと考えていると、また注文が来る。四百枚、雑誌に一挙掲載だという。やり甲斐のある仕事だ、そのときは思う。やってみましょうと答えると、やってみるでは困る、やってもらいますから、と念をおされる。何とかなるさ、と考え、やりますと答える。

そこへまた来る。八十枚、六十枚、エッセイを十枚……。はい、はい、はい。

ボーゼンとした。えらい量だ、それでも書けなかった場合は、オレは干される。どうすればいいんだ――ひぃひぃ泣く。毎日泣きくれて、原稿のほうは一向にはかどらない。

それを見ていたある編集者がいった。

「あんたは大変な量だ、と勝手に思い込んでいるようだけど、他の作家はみんな、あたり前にそれくらい書いてますよ」

驚いた。なんてことだ、オレは今までなんと幸せだったのだろうか。これこそが仕事だ、労働だ。苦しいからこそ、お金が貰えるのだ、とはっきり知った。しかもこんな状態がいつまでつづくか見当がつかない。自分の中では、なに、たまたまさ、潮がひけば、じきに元の、暇に恵まれた日々に戻るさね、という考えがある。

そこへ先の編集者を含めた数人が口を揃えた。

「あと、四、五年でしょう、こういうのが」

「ま、待ってくれ、オレの青春はどうなる？」

「青春？　そんなものはない」

物書きになりたての頃とはまったく別の、暗澹たる思いにとりつかれる。

だが僕には、自分の裡《うち》に飼う「怠け虫」という強い味方がいる。今この瞬間でも怠け虫は、甘美に囁《ささや》きかけてくる。

「ダイジョーブ、ダイジョーブ。おまえがそんなに働けるわけないって。すぐ暇になるよ」

締切り忘れてた事件

新井素子

最近一番情けなかったこと……「しまった、締切り忘れてた事件」。

この仕事始めて十何年目かにして、初めて、やっちゃった、これ。

あはははは(;_;)。

えっと、エッセイの依頼を、何カ月か前に、受けたんです、私。先方の編集部が大変丁寧なところで、わざわざ締切りの数カ月まえに依頼してくれ……引き受けた私、どうやらそれ、カレンダーに書き入れるの、忘れたみたい……なんです……よ、ねえ。おまけに、依頼があったのが数カ月前だから、そりゃもう、メモしそこなったら、忘れるぞそんなもん。

そして、八月になり、カレンダー見て、「ああ、この辺は締切りないな、よしよし」って思い夏休みをとり、旅行して……帰ってきたら、電話が叫んでいました。

まあ、幸いなことに、「締切りの一週間前に一回確認のお電話ください」って頼んであったので、電話受けた時点から書き出して、何とか締切りには間にあったのですが……帰宅後の予定が、ぐちゃってなりかけてしまいました。

そして、その上、おまけに。

その電話を切り、「げえぇ、忘れてたあ、悪いことしちゃったよお」って、精神的にあせっているちょうどその時、また電話がなり……。それは、違う編集部から、違うエッセイの依頼だったんですが、あせっていた私、何も考えずにそれ引き受けちゃって……「え、あれ？　あらら、あたし今まずいことしなかった？」って動揺している時に、折悪しくまた電話がなり（留守番電話に、何日に帰るって入れておいたので、依頼が同じ日に重なったらしい）、また別件のエッセイで、まだ動揺していたので、また引き受けちゃって……。

帰宅後の予定は、これで完全にぐちゃぐちゃになりました。（私は頭の切替えが悪いので、エッセイ一本に三日はかかるんだよー。小説なら、運がよければ一日十枚くらいコンスタントにいくんだけど、エッセイは、十枚だろうが一枚だろうが、一律三日かかるんだよー。）

はははははは(;_;)。もう笑うしかできない。

受賞の五月

吉本ばなな

❖五月某日

「TUGUMI」について。

十二回も連載しているといろいろなことがあった。

いくら私がいいかげんな人間だとはいえ、一度っきり、ぶっつけ本番では書けない。ノートか何かには何回か下書きをするのだが、それだって一日二日ではできない。

ある回の時、ちょうど〆切りのあたりにはじめてのニューカレドニア旅行が重なってしまった。本来なら、旅行前にすっかり書き上げておくのが新人のスジというものなのだろうが、そうはいかなくって、行きの飛行機の中でまでノートを広げていた。

いつか、椎名誠さんが「行きの飛行機の中で三十枚を片づけて」というようなことをどこかで書いていたが、それを読んだ時、大変そうだと思ったことが、やはり「困った人」と同じようにそのことも自分の身にやってきてしまったということだ。同行の朋《とも》ちゃんはアメリカにご遊学あそばしたこともある海外旅行のベテランで、初めて八時間も飛行機に乗るので興奮し、しかも〆切りを控えて寝るに寝れない私の横でぐうぐうお休みになっておられた。私が、つぐみを今回どうするかぐずぐず考えているうちに、夜明けが来た。

私は、あんなに美しい光景をかつて見たことがない。

私のいたのはちょうど翼のところだったので、空中にのびるすらりとした白い形が見えた。うっすらとオレンジのグラデーションになった雲がまるで山脈みたいにはるかに重なりあっていた。そして空が、考えられないくらいうすい藍色に光っていて、その中に金星がぴかっとして、輝いていたのだ。以前、私はアニメーション（きっとナウシカかラピュタだわね）か写真ではそういうシーンを見たことがあると思う。でも、それは、目の前で刻々と変化してはゆかなかった。その日、飛行機の窓から見た景色は、夜が明けてゆくにつれて、そのすべての色合いや光の具合が、陽の淡い光と共に変わってゆくのだ。私はあまりの面白さにはしゃいでしまい、原稿も書かず、取るべきだった仮眠も取りゃせず、ぼろぼろになって朝の七時に現地に着いた。

ただでさえ疲れ果てていた体に寝不足、旅の三日目に私はかぜをひき、熱も出してすっかり寝こんでしまった。バカンス、骨休めのはずのその旅行、本当〜〜に寝てばっかりいて、日本にいてもおんなじじゃない、あのボロホテルでね、と言っちゃうとそれまでだけれど、発熱の最中に書いた「ＴＵＧＵＭＩ」はとてもリアルに書けたようだし、（主人公は熱をよく出すから）何といってもあの夜明けの空。

一生、忘れないくらいきれいだった。

肉眼ではね

西加奈子

仕事柄、何かを考える時間が多い。

といって、小説のことだけではない。

最近考えたのは、編集者に使える「便利な言葉」である。遅れた原稿、大幅な修正、それを求める編集者へ、なんと言ったらうまいこと回避出来るか。

結局、小説の展開よりもじっくり考えて閃《ひらめ》いたのが、「肉眼ではね」だ。使い方は、例えばこう。

「西さん、先週締切の原稿ですが、まだ送っていただけないのでしょうか」「肉眼ではね」

どうだろう。「自分は己の目で見えるものしか信じない、物事の背景にある様々なものに心の目を凝らすことが出来ない俗物」と、編集者に思わせることは出来ないだろうか。

「ここからの展開、ちょっと急ぎすぎているような気がするのですが」「肉眼ではね」「主人公の性格からすると、ここの描写は矛盾しているのではないでしょうか」「肉眼ではね」。うん、いい！

私は腕を組みかえ、さらに考える。

「肉眼ではね」は、編集者とのやり取りだけではなく、様々な状況で使えるのだ。「あ、太った？」「肉眼ではね」、「お金払ってないよね？」「肉眼ではね」、「どうして約束破るの？」「肉眼ではね」。

こうなると、もうだめだ。「肉眼ではね」を使うシチュエーションが、次々浮かんでくる。止まらない。

とうとう想像だけでは飽き足らなくなり、実際に声を出すことまでする。

「肉眼ではね！」

寝ていた猫が、ビクッとなるほどの大声だ。

もはや、「肉眼ではね」を言いたくてたまらないだけになっている。脳からおかしな物質が出てくる。

私は立ちあがり、「肉眼ではね」のシチュエーションを演じ始める。猫がクローゼットに逃げる。そんなことをしているうちに、一日が終わる。

「それって、現実逃避なんとちがうん？」

肉眼ではね！

II章　敵か、味方か？編集者

相手に惚れなかったら、はじまらない

自著序跋

川端康成

「禽獣《きんじゅう》」は私の作品のなかで最も多くの批評を受けたものの一つである。評家が私を論じる場合の一つの鍵のやうに必ず持ち出される。しかし私はそれには不服である。自分はこの作品のやうな人間ではない。これは私の嫌悪から出発した作品である。忘れもしないが、当時の「改造」の編集者への義理からどうしても書かねばならぬ小説の締切が明日に迫り、夜中の十二時過ぎてもなんの腹案《ふくあん》もなく、一番いやらしいことを書いてやれといふやけ気味で、翌日の正午過ぎまでに書きなぐつたのが、この作品であつた。冷たく、いやらしくつとめたものの、その頃の私の犬や小鳥に対する愛情が邪魔をして、十分徹底することは出来なかつた。また時間がないために犬や小鳥のことは随分書き落した。意外にもこれが私の一つの代表作と見られるやうになつて、私も欲が出て来たから、野田書房の野田君がこの作の限定版を思ひ立つた時、全部改稿するつもりであつたが、遂に実行出来なかつた。「禽獣」が自己を語つてゐるかのやうに読まれることを考へると、いつも寂しい冷笑が浮ぶ。「禽獣」の彼も「雪国」の島村も、私自身からは強ひて遠くの人物をねらつて、嫌悪と憎悪を向けたに過ぎない。落漠とした虚像である。

「禽獣」もその一例だが、これまでの私には、編集者の私の作品に対する愛情が感じられ、その義理に追ひ迫られないと、絶対に書けぬといふ悪習が身にしみてゐた。「改造」の徳《とく》廣《ひろ》巖《いわ》城《き》氏や水島治男氏は特に恩義を受けた編集者であるが、今は二人ともその位地を離れた。私のこれまでの作品が出来たのは、半ば以上編集者の徳から生れたやうなものだ。

編集中記

横光利一

正月号からの編集を引き受けたのは、十一月の六日。それから新年号の計画を立てて原稿を頼み出した。馳け足だ。所が佐々木も僕も正月号の他の雑誌の締め切りに追つ馳《か》けられてゐるので、追つ馳けられながら、また文藝時代の締め切りで人々を追つ馳けるのだ。締め切りの競争だ。川端は締め切りが来ても原稿が来ないと一番腹が立つと云つてゐたが、成る程、腹が立つ。腹を立てながら、また腹を立たせてゐるので怒るわけにも行かぬ。それでなほまた腹が立つ。川端だけは締め切り日にちやんと二十枚の論文を送つて来てくれた。かうちやんと来られてはこちらが彼の編集の時ずるずる延ばした無責任さが痛くなつて、もう少し遅く送つてくれた方が都合がよくなつて来た。片岡、中河、佐佐木茂索、菅、諸氏には閉口。いつまでたつても来ないのだ。何をしてゐてくれるのか。かう云ふ諸氏には此の次から「締め切り日」に関する論文でも書いて貰ふ計画だ。僕は編集をするのが初めてなので、頼んでおいたのが来ないと、何を入れかへてどうして、どうするのか全く見当がつかぬ。それに佐々木味津三が痔病で寝たきりで、熱いコンニヤクを一時間に三十遍ほど妻君にとり変えさせてうんうんと云つてゐる始末。それだけならまだ良いが、丁度締め切り日になると僕までが片眼に星がは入つて字が書けなくなつた。と思ふと胸がどうしたことか痛み出した。

「肺病かね。」と訊くと、

「いや、呼吸器病は痛むもんぢやないよ。」と説明された。

「肋膜かね？」

「いや、肋膜は笑つても痛いよ。ピーンと痛いのだ。」と云ふ。

「さうか。俺のはグーツと痛いのだ。」

　これで漸く肺病でもなく、肋膜でもない訳の分らぬ「グーツ」と痛い病気と判明。安心して締め切り日に望んでゐるものの、どうも胸も眼も一向に癒りはせぬ。原稿の来たのはたつた二つ。編集をするのがいやになつた。それに二月号の他の雑誌の締切がもうやつて来た。と思ふと、自分の雑誌の二月号の計画と原稿取りの哀願だ。二月号のは此の月中にして了《しま》はないと、正月は職工が休みなので遅れるとのこと。とてもこれでは困る。ただ面白いのは編集が輪番なので、三ケ月を済まして了つたなら、川端のやうに皮肉にちやんと締め切り日までに原稿を書くことをやめて、皆を夫々《それぞれ》一度づつ苦しませてやることだ。だから、なるだけ僕の番には勝手に僕を苦しませておいてくれ給へ。二月号はその代りににがい計画が浮んでゐる。いづれゆつくり諸君を虐めてかかるつもりだからその時は文句だけは無用のこと。それから稲垣足穂君の小説がとれた。僕も何か随筆でも書くつもりであつたのだが、身体が駄目になつてゐるので中記だけを一言一寸。実際、僕は今原稿をお願ひする手紙さへ代筆して貰つてゐるほどなので、無礼の段はお赦し下され度く、右。

『「近代文学」創刊のころ』のこと

埴谷雄高

このところ一年半ばかりのあいだ、私は久しぶりに編集者となり、催促しても催促しても書いてもらえない極度の苦痛と、そして、これは編集者としてまことまっとうな喜びであるけれども、ついに手答えのある原稿を受けとる喜びを幾たびも味わった。

ここで、幾たびも、というのは、二十名を越えるひとびとの原稿がまことに長い間隔を置いて、ぽつんぽつんと届いたからである。

私が久しぶりに編集者となった書物は、それを手にとってみたひとは、ほほう、立派な本ができたなあ、とまず「その大判な装幀」に感心してくれたに違いない『「近代文学」創刊のころ』（深夜叢書社）である。（私自身が目が悪くなり、本文の活字を大きくしたので、必然的に、「大判」になつたのである。）

私達は――というのは、本多秋五を除いたほかの六名の創刊同人のことであるが、日頃から、けじめ、とか、区切り、とかいつたことに頭が働かないほうなので、例年暮におこなわれる忘年会の席上で、本多秋五が、来年八月十五日を期して「近代文学」三十周年記念の文集をつくろうと提言したとき、あ、そうか、と本多秋五の几帳面な提案に感じいり、そして、もう三十年かとはじめて思い知りながら、賛成したのであった。

尤《もっと》も、そのとき、提案者の本多秋五も賛成者の私達も、ほんとうに小さな記念文集、いってみれば、薄いパンフレットといったささやかな記念文集を内輪のひとだけに配る自費出版を考えていたのである。

それは、昭和四十九年暮のことである。

そのとき、編集の事務責任者は荒正人にきまったけれど、翌五十年中、久保田正文と飯島衛の二人の原稿が集つただけで、殆んど進まなかつたので、昭和五十年暮の忘年会で、こんどは私が編集責任者となつたのである。

私は、本多秋五が起草した執筆懇請の印刷物を、旧近代文学同人、及びその周辺にいた同年輩の親しい友人達の二十八名に、五十一年五月末を締切日と記して、送つたが、はじめの反響は思いがけぬほど「熱烈」なものであった。執筆承諾の葉書が早速返ってきたばかりでなく、執筆懇請状に同封した葉書が返ってこない相手でも、電話でこの記念文集に触れると、あ、あれはいい、必ず書くよ、という答えが、これまた必ず返ってきたのであった。

ところが——ところがである、呼べば応える山の木霊が返ってきたのはその半月ほどだけであつて、そのあとは、何か強烈無比な音響吸収装置のある不思議な巨大な山塊、不動の泰山にでも向かいあつているごとくに、こそとした生物の気配も響きもなくなり、締切日が間近かになって電話で催促すると、あ、そうだ、そのうちきっと……と歯切れ悪い口ごもった答えだけ返ってくるのであった。

尤も、枚数自由で無原稿料というこうした記念文集には、締切日などあってもその実なきにひとしく、催促するほうも、じや、その裡《うち》きっとだぜ、と漠とした念を押すだけで決して何日までといった具体的な日時をいわず、催促されるほうも、何時までに送るともいわないのであった。

けれども、その催促の繰返しがいささかの効果をもたらして、締切日を過ぎた頃から一篇、また、一篇と原稿が私のもとへ届くことになったのである。

そのなかで、表彰に価《あた》いする熱心な筆者は武田泰淳で、はじめの執筆依頼状に同封した葉書のまんなかに、承知しました、と一行だけまず書いてきたのである。あとで百合子夫人にきくと、ここ数年、口述筆記をはじめてから自分では何も書かなかったのに、あの葉書だけは武田が自分で書いたのよ、と感心しながら教えてくれたのであった。

しかも、武田泰淳は、六月、富士山荘へ行く前に百合子夫人同道で原稿をもってきてくれたのであった。武田泰淳が私の許へ来るときは何時《いつ》も同じ吉祥寺にいる竹内好が加わるのが慣わしであったが、そのとき竹内好は魯迅の翻訳が忙しくてこれず、あとで考えると残念な最後の宴会となった。

そのときの武田泰淳は、君の悪口を書いといたぞ、と機嫌よく酒をのみ、日頃よりも多く肉も食べたので、ひどく痩せてはいたものの、それから四箇月後に私達のもとから立ち去つて行くとはまつたく思いもしなかつたのである。そして、この武田泰淳の原稿は、こんどの記念文集のなかで最も力のこもつたいい原稿なのであつた。

私のところへわざわざ原稿をもつてきてくれたのは、この武田泰淳のほかには竹内好だけであるが、さながら二人で打ち合せでもしたように、その二人は、この本ができあがる前に、殆んどあいだを置かず、ともに、手をたずさえて私達のもとから立ち去つてしまつたのである。

送られてきた原稿のなかで、私を喜ばした力作は寺田透と福永武彦の原稿であつた。殊に福永武彦のそれは、「近代文学」とともに戦後すぐ出される筈であつた「使者」或いは「使命者」という私達の知らぬ文学誌について詳細に述べていて、山室静がこれまた仔細に記している雑誌「高原」の記録とともに貴重な資料である。

異色な原稿は、「近代文学」の講演会について述べている原通久の文章と、八雲書店時代の同人の風貌を描いている亀島貞夫のそれであるが、また、本多秋五が、「近代文学」創刊決定後もなお鎌倉文庫へゆきたがつている「中途半端な」平野謙について述べたくだりの文章も興味深く、それらすべては私達がこれまで知らなかつたものである。創刊同人の力作は小田切秀雄と荒正人の二つの文章であるが、小田切秀雄が敗戦の日以後を語つているのに対して、荒正人はいわば半生にわたる細密な自伝を書いているのである。実は、最初に私が書いた「催促しても催促しても書いてもらえない極度の苦痛」という言葉の重な部分は、この荒正人が占めていたのであったが、私の催促につぐ催促に、必ず書きますという荒正人のてきぱきとした返事がかえつてきたときは、実際にこんな長い原稿を書いていたわけである。荒正人は、出版の日時を遅らせに遅らせたけれども、ほかのひとの数倍もある六十枚以上の力のこもつた原稿を書いてくれることによつて、記念文集の内容を豊かにしてくれたのであつた。

最後に、二十六名の執筆者への深い感謝とともに、つい繰言をいいたくなる「編集者の悲哀」についてなおつけ加えておくと、必ず書くといつてついに原稿がこなかつたものに、久野収、平田次三郎、中田耕治の三人がある。あとの二人は「近代文学」に大きく寄与した嘗《かつ》ての同人だつただけに、この記念文集の目次にその名が見えないのはこの上もなく残念であつた。

〆切哲学

上林暁

丁度この原稿を書く時、私は某誌の小説を二日延ばしてもらつてゐる。枚数が超過したので、縮めねばならぬのである。

私は案外〆切がおくれる方である。性格的にぐづなところがあり、頭もあまり働かないし、その癖出来るだけ心ゆくものを書きたい気持が強くて、つい遅筆となり、一日延ばしにしてもらふことがしばしばである。

言ふまでもなく、作家の営みは創造である。無から有を生ぜしめることであり、生き物を造ることである。女が裁板に向へば立ち所に針が動かせるやうに、作家は机に向つたところで立ち所にペンが動かせるとは限らない。だから、〆切などといふ便宜的な設定を突き破つたり、それからはみ出したりするのは当然のことである。しかしそれを〆切内に引つ捕へねばならぬところに、作家の骨折があり、編集者の苦労がある。実際、〆切が迫つても捗《はか》の行かない時には、作家の頭はのぼせ上り、編集者の顔は歪むのである。私は嘗《かつ》ては編集者として、現在は作家として、両方から、この〆切といふ奇妙な力を持つものに振廻《ふりまわ》された経験を有するわけである。

俗に「編集者泣かせ」といふ言葉がある。いつも〆切をすつぽかして、編集者を苦しめる作家の謂ひである。しかしその反対に、〆切をいつもキチンと守つて、編集者を喜ばせてゐる作家もある。かういふ作家が多ければ多いほど、編集者は助かるであらう。

ここに皮肉なことに、編集者にも多少あまのじやくなところがあつて、〆切をキチンと守つて原稿を渡してもらつても、必ずしも喜ぶとは言へない。助かるには助かるにしても、さういふ作家はいくらか安つぽく見える。作家の営みに立入つて考へれば、一篇の作品がそんなに機械的に出来るものかと、疑問も湧くであらう。

むかし私の勤めてゐた改造社の社長山本實彦は、面白い人だつた。ある時、原稿を依頼して数日ならずして、速達で原稿を送つて来た人があつた。本來なら、〆切よりも早く届いたので喜ぶはずなのに、山本さんはそつぽを向いて、その原稿を手に取つても見なかつた。「原稿を頼んで直ぐ送つて来るやうなことで、面白い原稿が書けるはずはない。もう少し苦心しなくちやア」と言つて、軽蔑した。

またある時、マルクス主義の評論家猪俣津南雄《いのまたつなお》の原稿がひどくおくれたことがあつた。山本さんは焦ら焦らしながら、「猪俣君はいつでも〆切を引つぱるなア」と憤つた。やがて土壇場になつて、猪俣さんの原稿が出来て来た。すると、山本さんは喜んだ。

「猪俣君はやつぱり苦心するなア」

山本さんの言ひ分は、我儘勝手であらう。その極め方も、単純であらう。しかし、〆切といふものを挟んで、作家の営みの機微を見抜いてゐた言葉とは言へよう。また、編集者の喜怒哀楽を巧《たく》まずして表現した面白い言葉とも言へよう。

手紙　昭和二十七年　扇谷正造

三月上旬　坂口安吾宛

坂口安吾様　御侍史

週刊朝日　扇谷正造

お忙しいところ、原稿をいただき、真に有難とうございました。

早速拝見いたしました。拝見しながら、実は大いにクビをひねりました。

結論から先に申上げますと、私個人は、たいへん面白い読物と存じますが、編集者、――とくに、朝日新聞の編集者としては、大いにチュウチョされる次第でございます。

で、今回は原稿をあずからせていただきます。

おねがいして、ヤイのヤイのと、おいそがせしてをいて、たいへん恐縮に存じますが、御厚誼に免じ、御諒承いただければ幸甚でございます。

なお、本来は私が、出向いて、申上げるところでございますが、〆切りと後半の紙型ギリギリのため失礼の段はお許し下さい、

なお、坂口さんの署名入りの原稿だから、一切の責任は坂口さんにあるという解釈もございますが、私は、むしろ、掲載した以上は、責任の半分（いや大部分）は編集者が負うべきものと考えてをります。

流感記

梅崎春生

とうとう流感にとっつかまってしまった。

今度の流感はたちが悪く、熱が一週間も続くという噂だったので、私はおそれをなして極度の警戒、外出もあまりせず、うがいもおこたりなく、暇さえあれば蒲団にもぐり込んでいたのに、とうとうやられてしまった。十一月二十七日（昭和三十二年）のことだ。

私は他人にくらべて、仕事の量はすくない方だが、週刊誌の連載を一本持っているので、一週間も寝込めば、たちまち休載の羽目になる。それにその時は「新潮」新年号の小説の〆切りも控えていた。

朝ぞくぞくするから、熱をはかってみると、七度四分ある。これはたいへんだと、直ちに風邪薬を服用、蒲団にもぐり込んだ。それから刻々上って、午後には八度五分まで上った。その頃「新潮」編集部の田辺君から電話がかかって来た。原稿の催促である。

家人が出て、熱が八度五分もある旨を伝えると、あと三日間でどうしても一篇仕立てろ、との答えだったそうだ。つまり田辺君は私の病気を、にせ病気だと疑っているのである。

何故彼が疑うか。それにはわけがある。一週間ほど前、私は彼に冗談を言った。十一月二十七日の文春祭に行くつもりだが、きっとそこの人混みで風邪がうつり、翌日から寝込んで、お宅の仕事は出来なくなるかも知れないよ。冗談じゃないですよ、と田辺君はにがい顔をした。二十八日から寝込む予定だったのが、一日繰り上って、二十七日にかかったばかりに、私は文春祭に行きそこなった。

翌二十八日の朝は、養生よろしきを得たか、七度二分まで下り、午後になっても七度五分どまりであった。そこへ田辺君が足音も荒くやって来た。そこで病室に通ってもらった。ちゃんとした病人であるから、枕もとには薬袋や薬瓶、体温計、水差しにコップ、うがい薬など、七つ道具が置いてある。一目見れば、これは単なるふて寝でなく、病臥であることが判るようにしてあるから、田辺君はがっかりしたような声を出した。

「ほんとに風邪ひいたんですか」

「ほんとだよ」

私は努めて弱々しい、かすれ声を出した。

「見れば判るだろ」

「熱は？」

「うん。熱は八度七分ぐらいある」

七度五分などと本当のことを言えば、たちまち起きて書くことを強要されるにきまっているから、とっさの機転で一度二分ばかりさばを読んだ。

「そうですか。八度七分もあるんですか」

田辺君は信用した様子である。

「氷枕をしたらどうです？」

「うん。九度台まで上れば、氷枕を使うつもりだよ。八度台で使うと、くせになる」

「探偵小説なんか読んでるんですか？」

枕もとに積み重ねた探偵小説に、彼は眼をとめた。

「うん。読もうと思ったんだが、熱のせいかどうしても頭に入らない」

なに、田辺君が来るまで、せっせと読みふけっていたのであるがそんなことはおくびにも出さない。おれは八度七分もあるんだぞと、自分に言い聞かせながら、かなしげな声を出す。

「詰碁の本もひろげたが、やはり八度七分じゃだめだ」

「そりゃそうでしょう」

「碁の話で思い出したが、尾崎一雄二段を二目に打ち込んだ話をしたかね？」

「え？　二目に打ち込んだんですか？」

「そうだよ。環翠で打ち込んだんだ。打ち込んで二子局の成績は、三勝三敗で打ち分けさ。まあ順当なところだろうな」

「それはお気の毒に。あんまり弱い者いじめはしない方がいいですよ」

「うん。弱いものいじめはしたくないが、そうそうサービスばかりもしておれないからな」

「大岡昇平さんとはどうですか」

「うん。あれもそのうち先に打ち込んでやるつもりだ」

そんな具合に碁の雑談などして、

「ではお大事に」

と田辺君は帰って行った。原稿はあきらめたらしい風であった。

以上までは平凡な日記であるが、ここからがたいへんなことになる。

田辺君が帰って直ぐ、何気なく体温計をつまみ上げ、脇の下にはさんで、五分間経って取出して見て、私はあっと叫んだ。水銀が八度七分を指していたのである。

「わぁ。たいへんだ」

と私は大狼狽したが、その八度七分の熱は、一時間ほど経つと、また元の七度五分に戻ったのは不思議である。

思うに、田辺君との対話中、おれは八度七分あるんだぞ、八度七分もあるんだぞと、心中きりきりと念じていたものだから、身体がそれに感応して、あるいは義理を立てて、たちまち八度七分まで上ったに違いない。念ずるのをやめたら、たちまち元に戻ったことでも、それが判る。

これで田辺君にうそをつかなかったことになり、良心の呵責《かしやく》を受けずにすむことにもなる。両方おめでたい。

以上、人間思い込んだら、どうにでもなれるという、お粗末の一席。

歪んでしまった魂

胡桃沢耕史

受賞の前と後とで、さして差がなくて、若い時になだらかにこのハードルを跳び越える人もたまにはいるが、多くの人は大概が天と地がひっくり返ったような経験をするに違いない。

ぼくの場合は、それ以前の貧困と、世間からの軽侮が甚だしかったために、そのハードルを跳び越えた後も、まだ抵抗があちこちに残っていて、その光栄を素直に喜べない事態が続き、辛い哀しいことが続発した。しかしそれを書くと関係者に迷惑をかけるので、一切省略するが、この賞ぐらい人間の境遇を変えるものはないと断言できる。

受付けで居留守を使われて、冷たく追い払われた厄介者が、まるで救世主のように、社長室に迎え入れられる。昨日までなぜやってきたかと、正面切って叱りつけた編集者が、直立不動で物をいい、何でもハイハイで、ともかくお原稿をだ。

それ以前の持込みの苦労を知らず、二十代、三十代で、いきなりこの評価を得て、受賞者だけで構成する特権階級（戦前の華族の地位に似ている）に飛びこんだ人は、世の中すべて自分が中心に回っているように思えてきて、かなりおかしくなってしまうのではないか。同年の友がすべてそうだというわけではないが、皆、早々とこの階級層に入り、一人だけ二十五年も平民の地位で接触しなければならなかったので、直木賞受賞についてのエッセイを書かされると、友や、編集者に、どんなに嫌われようとこの差別の時代の辛さを、書き落とすわけにはいかない。今のぼくは魂まで変形してしまっている。

ぼくが作家を志したのは、直木三十五の死をラジオで聞いた九歳の年（昭和九年）だが、実際には昭和三十年の初めから文筆だけで喰ってきた。しかしいくら小説を書いてもそれでカツカツの生活をしていても、次の六つの条件がみたされていなくては作家とはいえない。自分でいうのは自由だが、世間が認めない。その条件とは、

①出版社の出す手帳に名前がのる。
②銀座にある文壇バーで飲む。
③原稿を編集者側から依頼される。
④講演を依頼される。
⑤少し〆切りをのばして編集者を心配させることができる。
⑥自分の住む町のミニコミ誌から原稿を頼まれる。

こんなような、よく考えれば、かなり即物的な次元の低い事がらばかりであるが……。

ぼくは人生五十年の五十の定命の時をすぎたときでも、作家を志して四十年、文筆の収入だけの生活を始めてからも二十年、まだこの時点に於ては、この六つの条件は一つも満たされて

いなかった。

特に③の原稿を編集者側から依頼されるということは、読者は信じられないだろうが、本当にただの一件もなかった。すべて受付に持って行っての、持ち込みだ。たまたま誰かが病気で間に合わなかったときのスペアーとして、二年も三年もほうっておかれ、無視されてしまった物も、十数本に上る。

賞さえとればこんなみじめな境遇から抜け出せる。その思いが、五十六歳のときに初めて候補になったとき、全身を燃え上がらせた。それから二年、四回目五十八歳で、先輩諸氏の中にはかなり不愉快に思われる方のいる、必ずしも全面的に祝福されない状態の中でやっと取った。

それでも運命は一転した。

それ以後はこちらが書いて持ち込む必要はなく編集者から電話で依頼が来るのを書いていればば、一カ月手一杯の仕事がある。有難いことだ。沢山の講演依頼があり、無料で全国各地を旅行できる。まことに有難いことだ。

四十年住んでいた地元のミニコミ誌・鎌倉春秋社からも初めて随筆の依頼が来て、町を歩いても人々に作家だといわれるようになった。

まだ生きて元気な母が心から有難がっている。

収入は、もとがタダの無にひとしかったから納める税金でいえば、何と三千万倍、実質でいって、二百倍というところか。

すべて願いが叶ったようだが、ちょっとした事情があって、六つの中でやってないことが二つある。〆切は決してのばさない。持ち込み三十年時代のキャンセル恐怖症は抜けず、必ず二日前には入れる。編集者に心配かけるなんて大胆なことはとてもできない。

銀座にある文壇バーには一回も行ってない。それにはとても悲しい事情があるのだが、これを書くとオールの編集部が激怒するので書かない。しかし一生行かないだろう。

もう一つ日本ペンクラブにも、似たような事情で加入してないが、それも書かない。一寸の虫にも五分の魂だ。

手帳の件は翌年ぴったり決まって嬉しかった。それこそ最初に自分の名の入った手帳を手にしたときはガッツポーズで二メートルも飛び上がった。

しかしこれも少しこだわることがある。まだ受賞してない人で、候補の段階でのる人がある。グヤジイ。

こういう早くから官にその才能を認められて自然にひきずり上げられる人は憎い。受賞者にはその賞の推薦票が来るが、そういう人には絶対に一票を入れない。長い冷飯《ひやめし》喰いのせめてもの意地なのである。

我ながらケチな人間になったものだと思う。

編集者残酷物語

手塚治虫

ぼくは、やがて四谷に下宿を求めて住みついたが、それまでは旅館から旅館へ飛び歩いて大変だった。金使いも荒く、ほとんど旅館代で原稿料が消えてしまった。四谷へ居を移してからは、大阪の病院と、東京の出版社との間を、飛脚みたいにしょっちゅう往復した。これには編集者は、ひどく泣かされたらしい。いや、文字通り泣いた人もいたようで、申し訳ない限りである。

大阪の病院までかけつけた編集者が、白衣姿で聴診器をぶら下げたぼくに出あって、ギョッとなった。

編集者仲間では、ぼくのことを陰で、手塚おそ虫（原稿がおくれる）とか、手塚うそ虫（締め切り通りに描きますと約束しては、ちっとも守らない）とか呼んだ。

本郷の旅館へカンヅメになったときなど、他社の編集者が、刑事の真似をしたことがある。その記者は、玄関で居留守を使われるのを警戒して、宿の番頭に「実は、お宅に、これこれこういう人相の男が泊まっているはずだが、それは実は指名手配中の男だから、こっそり覗かせてもらいたい」と言って、黒い手帳を見せた。旅館は大騒ぎになって、ぼくはとうとう指名手配の犯人にされてしまった。

ある日、ぼくの泊まりつけのホテルへ某社の記者がおどりこんできて、ものも言わずに、かたっぱしから部屋をあけて中を覗いて回った。もっとも、そのときは本当にぼくはいなかった。あとでぼくが泊ろうと思ってそのホテルへ行くと、フロントが烈火のごとく怒っていて、剣もほろろに、「手塚さんなら、お泊めできません！」と断わった。「手塚さんをお泊めすると、ほかのお客さん全部にご迷惑がかかります！」

また、ある記者は、東京駅までぼくを追跡し、大阪行き列車へぼくにつづいて飛びこんだが、懐中無一文だったので、車掌につるし上げられたそうだ。

編集者どうしの、ぼくをめぐっての喧嘩などザラで、みんな、手塚担当と聞くと、女房子供と水盃をして来るという噂が飛ぶくらい悪評が高かった。

もっとも、ぼくの担当のあと、ほかの作家を受け持つと、気が抜けたように楽なので、しまいには入社早々の新人社員をしごくために、ぼくのところへ回してくる社もあった。

ある記者は、ぼくがせっせと原稿にスミを塗っているのがまどろっこしくて、

「先生、わたしがやりましょう。なあに、見様見真似です」

といって筆をとると、ベタを塗る手伝いを始めた。その記者は、これをベタマンと命名した。

慣れてくると次には漫画のコマの線を、すみで引く仕事まで覚えた。これをかれはラインマンと称した。

まだ子供漫画家はアシスタント（助手）がいなかった時代のことで、ベタマンや、ラインマンのできる記者は珍重された。仕事がはかどるからである。事実、そのまま腕が上達して、本当の漫画家になってしまう記者もいた。

二十年前の編集者は、どちらかというと瓢逸《ひょういつ》たる文士風の人間が多く、それだけに個性も強くて、打てば響くような風格があった。その後、出版労組も確立し、出版社のカラーも画一化され、記者もサラリーマン化して、紳士だが、個性に乏しい人材が多くなったように感じるがどんなものだろう。作家は編集者によって瑠璃《るり》にも玉にもなるのであるから、それには強い個性の衝突がなければならないと思う。なにもそれは、締め切りで喧嘩しろというのではないが——。

似た者談義
憂世問答

深沢七郎×色川武大

深沢　小説は、出来上がったときに、「ああよかったなあ」って、何か山登りが終ったみたいね。
色川　出来は自分じゃ分かんないですけどね。
深沢　自分じゃぜんぜん分かんないけど、とにかく終ると、ポストに入れる。私は菖蒲（埼玉県）に住んでるから書留で出すの。そうすると、その明日から晴ればれとしますね。期日を迫られるのが一番嫌だからね。編集者ってのは、何も用はないです、てなこと言って、来るでしょう。
色川　ハハハハ。
深沢　それでいつのまにか、締め切りですって言われるからね。あの手にのらないように、最初に何のご用ですかって訊くんだよ。
色川　締め切りは本当に心臓に悪いものなあ。ぼくですら。（笑）書留で出されて、そのあとはどうなんですか。
深沢　うんと晴ればれとします。
色川　ぼくは、そのあとが特によくないですね。何か失敗しちゃったような気がして、道の真ん中が歩けないような感じがするんです。雑誌が出てる間ずっとそうですね。そのうち、ものによっては誰かが出来がいいなんて言ってくれると安心したりするんだけども。悪いとこばかり目につくような気がするのね、しばらくの間は。もっとも締め切り前よりはずっと気分はいいですけれど。

深沢　編集者が、原稿見ずに「いいですね」って言うのは、あれは嘘っぱちね。

色川　ハハハハ。

深沢　これ書いといて。（笑）「いや、いいですねえ、こんどのは」っていうのはみんな嘘八百。

色川　それとね、原稿渡す時に目の前で読まれるっていうのがね、じっとしてられないような感じになっちゃう。

深沢　あ、読んで渡すの？

色川　いや、編集者に原稿渡すでしょう。そうすると読んでもってく人がいるんです。

深沢　すごいね。私なんかポストだから、それはぜんぜんない。

色川　だからいいんです。どうもね、その間、汗が流れるような感じがする。

深沢　ずいぶん良心的ですね。私なんか、おれの書いたものなんかにそんなうまいのがあるわけないと思ってるから、安心ですよ。

色川　それにしても、ポストだからいいんですけどね。目の前で、試験官の面接を受けてるよな……。

深沢　取り調べ？（笑）

色川　そういえばね、昔ぼくが編集者だったころ、牧野吉晴さんという作家がいまして、原稿は途中までばらばら渡しなんだけど、書き上げると編集者の前に来て、書いたものを節をつけて読むんです。また文章が読む口調になってるのね、七五調っていうか。独特の節がついてて、陶然と読んで、「いいだろ、いいだろ」って聞くんですよ。そのときに、「あ、いいです」って言わないとご機嫌が悪い。（笑）

深沢　締め切りは止めたらどうでしょうね。「あ、間に合いませんか。それじゃ来月にしましょう」って、あっさり言うの。何も慌てて発表しなくたっていいんだから、今月はこんなに薄いですとか……。

色川　文芸誌は不定期でいいんじゃないかと思うね。これだけ見るに耐えるものが集まりましたから、出しますっていう形のほうが、説得力があるんじゃないですか？

深沢　そうすると同人雑誌みたいになるね。厚いときと薄いときとあっていいと思うですね。そして、締め切りは作者に任してもらえばいい。

色川　いつまでたっても出来なかったりして……。（笑）それで値段を高くしてね。

深沢　そうですね。

色川　いいものが集まらなければ、いつまでたっても出しませんて断わればいいんだものね。そのほうが機械的に出すよりよっぽど説得力があると思うな。

深沢　載せる枚数が決まってるんでしょうね、何枚って。

色川　「群像」なんか、厚いときと薄いときがありますね。

ぼくみたいに、知識で書くタイプじゃない男は、何となく生きていかなきゃ書けないからね。締め切りというよりは、むしろ「生きろ」って言われたほうが書けるんだけれども……。それにしちゃ一生っていうのは短いですね。

深沢　編集者の中には、私が書かしたって言う人がいるね。おれががんがん言ったからだ、私が書かしたっていうか、私の力で書き上がった、とかね。これはかなりの見識ですね。（笑）

色川　育てたとかね。

深沢　でも、一番難しいのは新人賞じゃないですか。いろんな新人賞があるでしょう。いまから「文学界」の新人賞取るとか、こんどそういうことをやってみようかしら。名前を変えて。入るかどうか……。

色川　深沢さんの場合はもう目立っちゃって……。

深沢　いや、原稿用紙も分かんなくして……。

色川　分かんなくしたって、入っちゃいますよ。

編集者の狂気について

嵐山光三郎

編集者は、奇人変人の作家の相談相手になり、理解し、その狂気を創造性へと組みたてる医師の役割りをもはたす。いくら書店や読者が偉いといったってこの領域には入りこめない。当然ながら、編集者のなかにも狂気を持った人間が登場する。

雑誌編集者は〆切りをすぎても作家の原稿が仕上がらないと目の色が変る。これは、どの編集者も同じだ。〆切りがすぎると、手のひらを返したように性格が変化するのは、サラ金のとりたて業者以上である。ぼくも編集者のころはそうだった。ここまではどの編集者も同じだが、これをくりかえしているうちに「代りに書いてやる」と思うようになる。資料を提供し、あら筋を相談し、さし絵画家をきめて、ホテルに缶詰にしても書かないのだから、「名前だけ貸してくれればぼくが書きます」と言ってしまう。だいぶ前の話だから白状するが、この手で、ぼくは自分の雑誌にG氏とF氏の名で小説を書いてしまったことがある。「じゃ、ぼくが書きますよ」の一言でそれをやったが、当然ながらそれらの作品は単行本には収録されない。思えば、ぼくも狂気に近かった。

編集者の狂気は、自分の企画が社でうけいれられないときもおこる。人間関係のアツレキも関係する。こうなると、編集者は社をやめて自分の出版社を作る。自分で商売するようになると、改めてＡＢＣＤ関係の波にもまれて、編集者の立場でしか価値観がわからなかった自分にあきれるのである。

多くの編集者の友が死んだ。ほとんどロクな死に方ではない。ムリして死んでいる。他の業界なら死ななくてすむのに死んでいる。仕事にこだわりすぎている。殉職といえばそれまでだが、編集者は同業の死のなかに自らを投影してこの稼業の無常を知る。いまどき因果な商売ではないか。

〆切の謎をさぐれ!! 岡崎京子

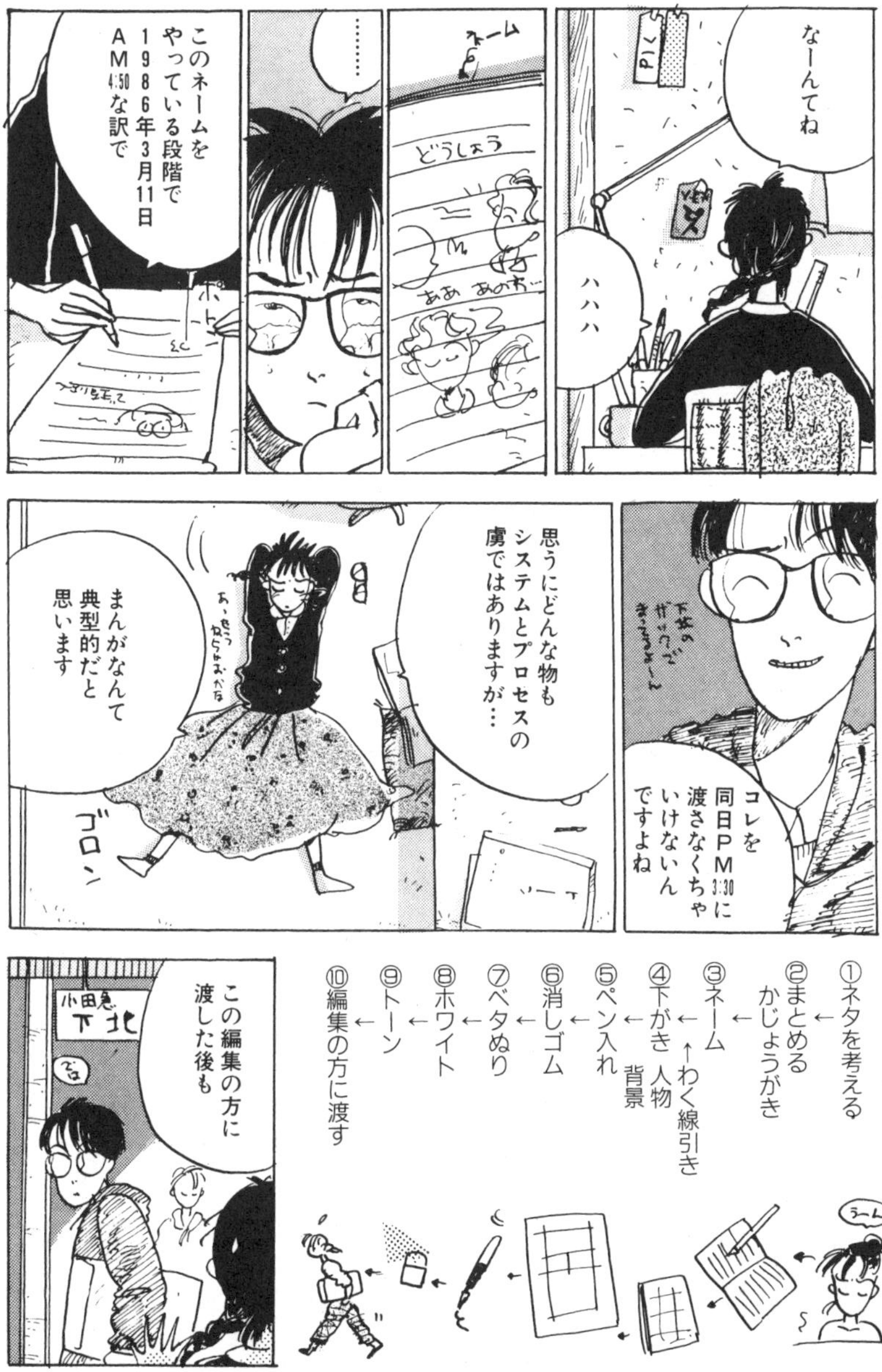
なーんてね
ハハハ
ネーム
どうしよう
ああ あのお…
……
このネームをやっている段階で1986年3月11日AM4:50な訳で
コレを同日PM3:30に渡さなくちゃいけないんですよね
思うにどんな物もシステムとプロセスの虜ではありますが…
まんがなんて典型的だと思います
ゴロン
①ネタを考える←
②まとめる かじょうがき←
③ネーム←
↑わく線引き
④下がき 人物 背景←
⑤ペン入れ←
⑥消しゴム←
⑦ベタぬり←
⑧ホワイト←
⑨トーン←
⑩編集の方に渡す
うーん
小田急 下北
この編集の方に渡した後も

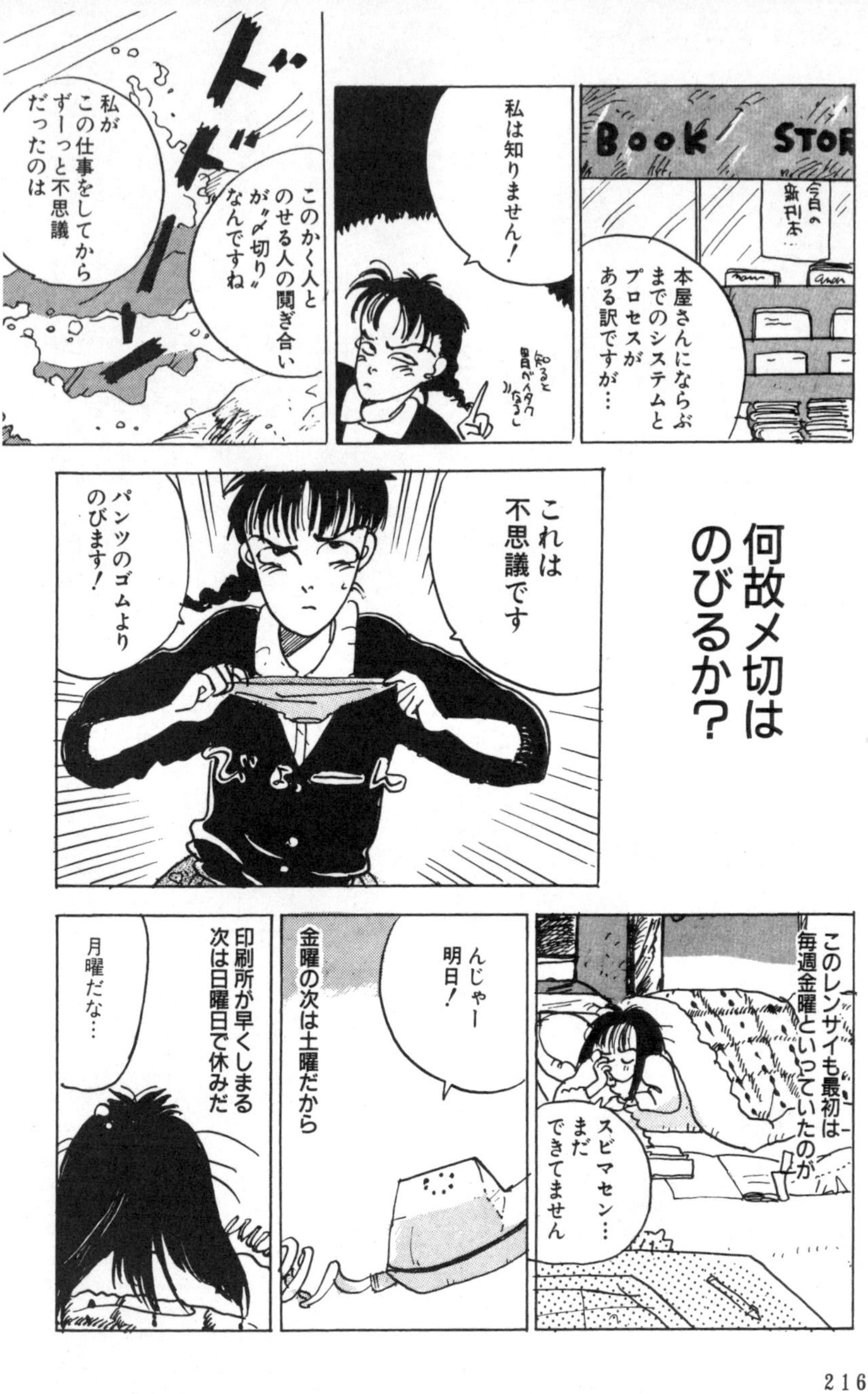
BOOK STOR
今日の新刊本…
本屋さんにならぶまでのシステムとプロセスがある訳ですが…
私は知りません!
知ると胃がイタくなるし
このかく人とのせる人の聞ぎ合いが〃〆切り〃なんですね
ドドドーーー
私がこの仕事をしてからずーっと不思議だったのは
何故〆切はのびるか?
これは不思議です
パンツのゴムよりのびます!
びよーーん
このレンサイも最初は毎週金曜といっていたのが
スビマセン…まだできてません
んじゃー明日!
金曜の次は土曜だから
印刷所が早くしまる次は日曜日で休みだ
月曜だな…

月曜日、なんかできてませんでした
じゃー明日の朝イチね
何イー！たくもー夜電話するから
火曜日 しかしできてませんでした
夜です
スミマセンまだ…
たくもー絶対明日朝一番ね！そーしないと落ちるよ！
ハイ
ののじ
この時ばかりは「レンサイが始まる前に落ちるのか…」と思い涙ぐんだのを覚えています
水曜です
ドーモ
ドーモ
ハハ 本当はギリチョン明日なんだわ
トン
………
…私は6日もサバを読まれていたのでした…

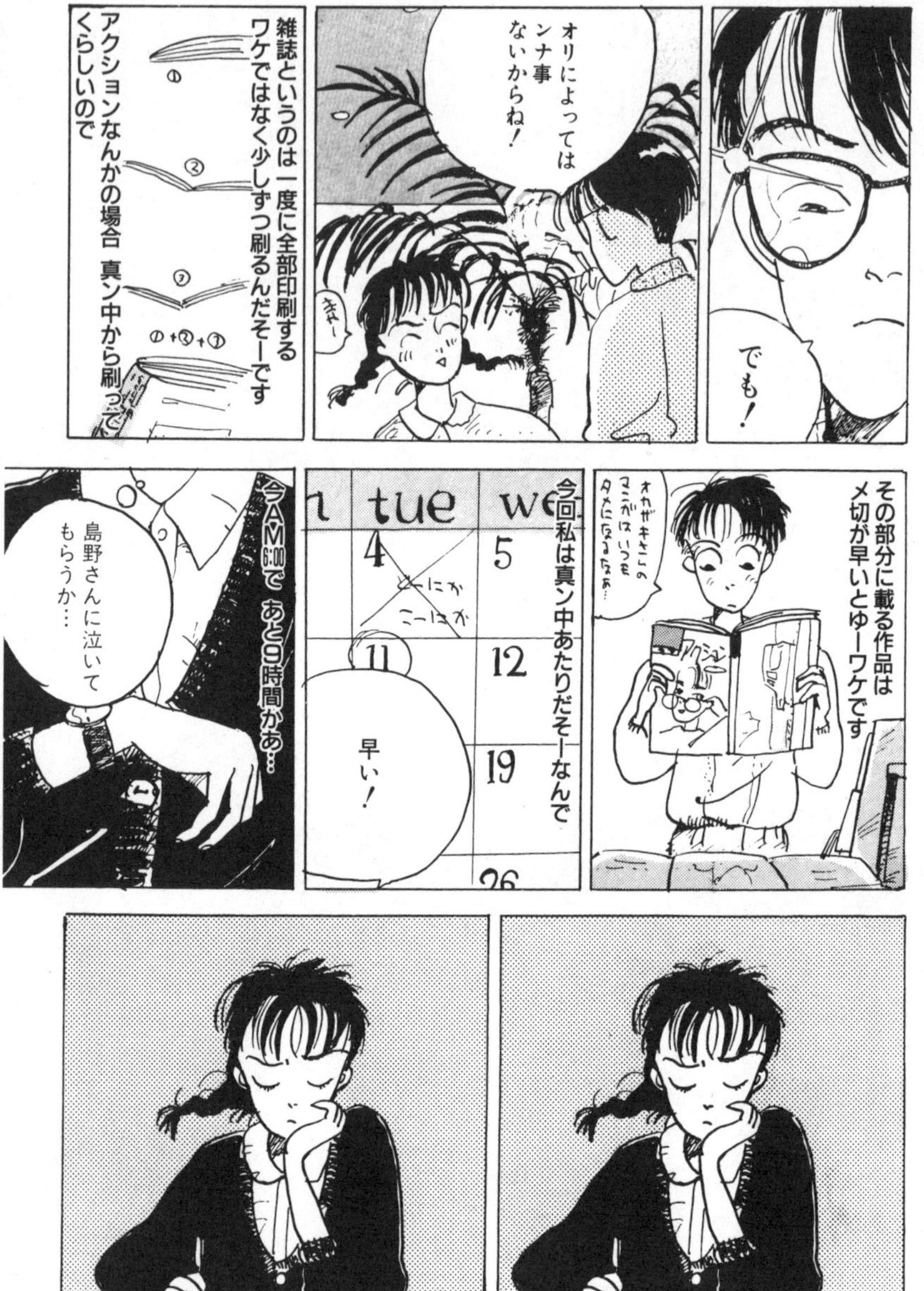
でも！
オリによってはンナ事ないからね！
まぁー
雑誌というのは一度に全部印刷するワケではなく少しずつ刷るんだそーです
アクションなんかの場合 真ン中から刷ってくらしいので
①
②
③
①+②+③
その部分に載る作品はメ切が早いとゆーワケです
オカザキさんのマンガはいつもタメになるなぁ…
今回私は真ン中あたりだそーなんで
tue
4
5
11
12
19
26
早い！
今AM6:00で あと9時間かあ…
島野さんに泣いてもらうか…

こんなナマイキな事をしてると双葉社切られるかもなあ
いやまんがの仕事こなくなったらどーしよお
………
いーかぁ別に!!
いざとなったら風俗ギャルにでもなんでもなってやるもん
私の家は下北沢なので
▲注 コレはオカザキなカけない
小田急線にのってのカブキ町への通勤もカンタンです
そうなったら双葉社の皆さん読者の皆さん来てくださいね
ねちゃおっと
する

パートナーの条件

阿刀田高

ある日、ふと考えた。

編集者にとって、好ましい小説家の条件とはなんだろうか、と。

思案のすえ、重要と思われるものから順に記してみると、
一、しめきりの日時までに、注文通りの原稿をきちんと書いてくれること。
二、その内容が、よいものであること。
三、良識を備え、めんどうな人格でないこと。
四、金銭に関してあまりうるさくないこと。
などであろうか。

懇意の編集者に、この箇条書きを見せたところ、

「基本的には一の条件だけですね。あとは我慢できますから」

「二は、いいの？」

「大切なことですけど、ギリギリの情況になれば、二は作家の責任に属することでしょ」

なるほど。編集者の仕事は、まっ白いページを作らないことであり、その内容がよいかどう

かはまず第一に小説家自身の問題だろう。

「じゃあ小説家にとって、好ましい編集者の条件はなんですか」

と、逆に尋ねられて、

「そうだなあ」

これも箇条書きにして並べてみた。
一、編集者としての基本的な実務能力を備えていること。
二、小説について広く、確かな眼を持っていること。
三、人柄がよいこと。
四、私的な相談にも応じてくれること。
多少の説明が必要かもしれない。

一は、当然のことのように思われるけれど、現実にはかなりひどい編集者もいないではない。実務の内容は、企画力や原稿の整理、校正の能力など文字通りの実務のほか、原稿依頼のやり方、アポイントメントの取り方など多様である。常識に属することも多いのだが、経験を積んだ編集者は、やはり、

――プロフェッショナルだなあ――

と思わせてくれる能力をかならず持っているものである。かつて、大学を卒業するくらいの

能力があれば、だれでも即、編集者になれると思っているような出版社の経営者がいたけれど、そんなものではあるまい。

二は、小説についての目ききにかかわることであり、一般論としてはあまり狭い考えの持ち主ではないほうがよい。この小説家はどんなつもりで書いているのか、この小説はよいのかわるいのか、小説とはなんなのか……広い知識と判別力を持っていて、しかも眼の前にいる小説家に対してはどんなサジェッションを提示すればよいか、それなりに判断できることである。

一は当然の資質だが、二のよしあしが結局のところ、編集者のよしあしを決める条件となるだろう。

三と四とは、おまけのようなもの。一、二が駄目なら、いくら三、四がよくても、よい編集者ではあるまい。

小説家は特殊な職業であり、編集者との関係も特別なものではあるけれど……自分の仕事のパートナーについて、みなさんも好ましい条件を考えたことがおありだろうか。

約束は守らなければなりません

永江朗

編集者にとって嬉しいのは、まず、決めた期日までに、決めた条件通りの原稿が上がってくることです。締め切りを十日も過ぎて、しかも千字でという注文なのに、六百字しか書いてこない、あるいは二千字も書いてくる、というのは困りものです。私が編集者なら、もう二度と依頼したくないと思うかもしれない。

そんなことは文章の質とは関係ないではないか、ということもできます。いつも新鮮で面白い原稿を書いてきて、もちろん読者からは大好評ということであれば、編集者は少しぐらいの締め切り破りには目をつぶるかもしれません。

以前、片岡義男さんとご飯を食べたことがあります。下町の鮨屋で、一緒に行った編集者が、こういいました。

「片岡さん。締め切りっていうものは、どうしても守らなければならないものでしょうか」

編集者の口から出るには、あまりにもおそろしい質問なので、私はもう少しで椅子から転げ落ちるところでした。片岡義男さんはしばらく考えてから、あの低い声でいいました。

「そうだね。守れるなら守るに越したことはない。でも、守れなかったとき……その原稿が本当に大切ならば、編集者は何があってもその原稿を待つでしょう。それほど大切でないなら、待ってはくれないでしょう」

冷静に考えると、編集者は片岡義男さんの原稿なら、たとえ雑誌の発売日を遅らせてでも待つかもしれない。でも、永江朗の原稿を待ってくれる編集者はいない。一人か二人、そういう奇特な編集者がいるかもしれないけれども、それは「いない」と考えるべきなのです。新人ライター、あるいはまだライターになってもいないような人の原稿を待ってくれる編集者なんかいるわけがない。だから、約束は守らなければなりません。

編集者をめぐるいい話

川本三郎

高田宏といえば、開かれた企業PR誌の先駆といっていい『エナジー』（エッソ）を作った名編集者である。私などの世代から見ると雲の上の人である。

『編集者放浪記』（リクルート出版、一九八八年）はその高田宏の回想録である。功成り名遂げた人の思い出話だから苦労話が自慢話に聞こえてしまう面はあるものの、編集者がまだサムライだった時代のよき空気を伝えていて感動する。編集という仕事は本当に心がないと出来ない仕事だということがよくわかる。現代のサラリーマン化した編集者にはぜひこの本を読んでもらいたい。

「書くことも、編集することも、相手に惚れなかったら、はじまらないのではないか。それはときに、血を流す危険をともなっている。だが、それでもいいのではないか。安全圏にいて無傷であることが、それほど大事なことだとは思えない」「どの著者に対しても、とにかく『先生、先生』とおだてておいて、陰では呼び捨てている編集者がいるものだ。そういう編集者にかぎって、誰それに『書かせる』という言い方をする（私はその言い方だけはしたくない）」

「いい原稿をもらって、その喜びを著者に伝えるときが、編集者の幸福である」――本当にこれだけのことなのに、これだけのことをしない編集者がなんと多いことだろう。

「喧嘩」という一章があってこれが抜群にいい。高田宏は若いときある高圧的な態度をする筆者に怒りを覚えた。その日の口惜しさが忘れられなかった。そして彼は、後年、その筆者が死んだというニュースをテレビで見たとき思わず「ザマアミロ」といったという。すごいエピソードだが、それだけ高田宏はいつも真剣勝負で仕事をしていたのだろう。

私も死んだらどこかの編集者に「ザマアミロ」といわれるのだろうか。この箇所を読んでからますます見知らぬ編集者からの電話がこわくなった（私はなるべくはじめての人には「電話ではなくまず手紙を下さい」とお願いしているのだが、そういうとムッとして電話を切る人が実に多い）。

それでも私は個人的にいい編集者に恵まれている。人柄もいいし仕事も出来る人が多い。「書かせる」なんていう人はまずいないし、みんな地味で落ち着いた喋り方をする人ばかりだ。最近知った編集者で感激したのは文藝春秋のOさんと『エルジャポン』のHさん。どちらも女性である。Oさんは村上春樹さんが中心になった『and Other Stories』を担当してくれた。例によって私の原稿が遅れた。彼女からの電話がこわくてずっと留守番電話にしていた。夕方、マンションの管理人が家に来て小さな包みを私に渡してくれた。ケーキだった。それにOさんのカードがついていた。

「がんばって下さい」。これには「中年の目にも涙」だった。Oさんはその後も本の書評が出るたびにコピーを送ってくれる。アフターケアが実にしっかりしている（読者からのアラ探しの葉書を送りつけてきたどこかの編集者と大違いだ）。なるほど編集者にきびしい村上春樹さんが信頼しているはずだ。

『エルジャポン』のHさんとはつい一週間ほど前はじめて仕事をした。また私の原稿が遅れた。午前零時に「まさかもう会社にいないだろう、明日にしてもらおう」と電話した。Hさんはいて、「ひと晩じゅうでも、待ってます」。それでいっぺんに気持が締まった。三本のうち二本目をFAXで送ったのは午前四時。折り返し電話がきた。

「あと一本。がんばって下さい。銀座はいくらでも時間をつぶす場所があるから落着いて書いて下さい」。その言葉で元気が出て三本目をFAXで送ったのは午前六時。こんどはFAXで「原稿確かに受け取りました。おやすみなさーい！」。私はそれからビールを飲んで幸福な眠りについた。


もちろん締切りに遅れるのは筆者のほうが悪い。しかしこちらも申し訳ないと思っているのだ。その気持をさりげなく救ってくれる編集者がやはり有難い。山田詠美の『ひざまずいて足をお舐め』（新潮社）を読んでいたら「あとがき」にいいエピソードがあった。引用する。

――連載中には、「新潮45」の編集長亀井龍夫氏と担当の伊藤幸人さんには大変お世話になった。私の原稿を待ち続けた明け方、ファクシミリで原稿の代わりに届けられた私のメッセージ、「ごめんなさい。才能がなくなりました」に涙したという伊藤さん（略）本当にありがとうございました。

原稿が書けなくて苦しんでいる筆者とそれを無言で支えている編集者のいい関係が目に浮かぶ。原稿というのはどんなに世の中が変わっても筆者と編集者の心の通いあいから生まれる共同作業なのだ。

出版界にはまだまだ「心」のある編集者が多い。甘えているわけではないが私のような原稿の遅い人間が何とかこの世界でやっていられるのも彼らのおかげだと思っている。それにここだけの話、遅れに遅れた原稿がようやく出来て担当編集者に「出来た！」の電話をするときの快感は格別なものがある（と書くとやはり怒られるか……）。

喧嘩　雑誌編集者の立場

高田宏

我慢はいつか破れるから、我慢ではなく、卑屈を選ぶ編集者もいる。とにかく著者に対しては、ご無理ごもっともと、もみ手をしながら卑屈に徹するのだ。それを嫌う著者もいるのだが、なにがなんでもへりくだることで、奴隷以上に主人に奉仕する卑屈さをあらわにすることで、結局のところ原稿をとろうというやりかたである。一種の現実主義者ではあるが、それが身についてしまうと、嗜虐趣味に似てくる。または、ふてぶてしい商人のおもかげである。その変種が、慇懃《いんぎん》無礼というもので、言葉はあくまで丁重に、態度はあくまで下手《したで》に、そして、取るものは取って陰で相手を見くびる。嫌な奴だが、相手としては怒りもできず、軽蔑もしにくい。「少女」編集部にも、卑屈こそ武器とする編集者はいた。相手がはたちにもならない漫画家でも、その男が売れっ子であるならば、はた目にも見えすいたお世辞をくり返し、彼の仕事場では小間使さながらにまめに動き、漫画家の青年がベッドから足をひょいと前に出せばすかさず靴下をはかせてやる。漫画家の引越しのときには、編集部で全部やりますといって、約束をしてきてから私たちに某月某日曜日の引越し作業員をたのんでくる。私は即座にことわったけれども、出かけて行った人もいる。

そういう編集者にばかり付き合った著者は不幸かも知れない。相手の卑屈に馴れてしまう。会いにくる編集者は腰をかがめているのが当り前だと思ってしまい、いつのまにか自分自身を腐敗させている。そのことに気づかない。

あるとき「少女」編集部に、くたびれた感じの老人がやってきた。背広を着ているのだが、垢じみて擦り切れて、ほつれも出ていた。老人は少女小説の原稿を売り込みに来たのだった。先輩編集者が応待した。老人はそのあいだ文字通り揉み手をし、編集者に気味の悪いくらいのお世辞を言い、原稿を使ってほしいと哀願していた。先輩編集者は原稿を一、二枚だけさっと目を通して、古すぎますな、と言って素っ気なく追い返した。

私は老人を嫌らしくは思った。外見だけでなく、全体に不潔を感じていた。しかし、あんな年寄りなんだから、ことわるにしてもすこし優しくしてあげてもいいだろうと思った。老人の帰ったあと、先輩に、あの帰し方はちょっとひどいのじゃないかと言うと、いや、あれでいいんだ、あのくらい冷たくしてもあの男はまたやって来る、という答だった。

老人は戦前、婦人雑誌の売れっ子作家だったという。その最盛期に泣かされた編集者がたくさんいる。この作家は、しばしば料亭で芸者遊びをしながら、原稿を渡すから原稿料を持って取りに来いという電話をかけさせたそうだ。編集者が料亭へ駈けつけると、作家は玄関の式台で芸者の肩にもたれ、まず原稿料を出させてから、編集者に向って原稿を一枚ずつひらひらと飛ばす。原稿用紙を拾い集める編集者のぶざまな恰好を面白がっていたという。

話を聞いているだけで、震えるほどの怒りがこみあげてきた。そういう著者は許せない。卑劣である。自分の原稿が相手に絶対必要なものであると知って、その一種の権力を卑劣に使っている。私なら式台にとびあがって足ばらいでもかけて、その顔に原稿を叩きつけてやる、と思った。会社を辞めればいいだけのことだ。クビを賭けてしまえば、もう、作家と編集者ではない。対等の人間だ。喧嘩ができる。

だが、それは私が独身だったから考えたことである。家族をかかえている編集者には、それはできない。腹の中が煮えくりかえり、喧嘩の衝動がふくれあがっても、金剛力の我慢をつづけるしかない。

老人はもてはやされた時代に、すっかり内部を腐乱させていたのだろう。流行作家の椅子から降りたあとは、卑しい腐った精神だけをかかえて、原稿の売り込みにうろつきあるいているのだった。

書籍の編集者なら喧嘩ができる、と書いたけれども、著者が売れっ子であるときは別である。大流行作家のような場合は、出版社にとってどうしても原稿がほしいわけだから、その需要供給関係のなかでは、著者のほうに圧倒的な力がある。

某流行作家が、ある編集者を嫌っていた。それまでの担当編集者とはタイプのちがう編集者が新しく担当になったのだが、おそらく相互にウマが合わなかったのだろう。どちらがどうか、二人が会っている現場を見たわけではないので、その編集者から聞いた話だけでは判断できないのだが、人のつきあいにはウマが合わないということはあるものだ。私は某文芸評論家から、初対面のとき、君の話し方はテンポがのろすぎると面罵されたことがある。その人の話し方はせかせかしていて、私のほうでもウマが合わなかったのだが、先方は先方でウマが合わないと思っていたのだ。評論家は直情径行型の人で、私をどなりつけると苛立ちが収まって、その後は無事だった。私のほうでも彼の癖をだんだんに飲み込んでいった。

某流行作家とその編集者とのあいだが、険悪になっていった。それは仕方のないことだっただろう。だが、その先がひどい。作家は出版社の社長に、その男のクビを切れと要求した。あんな編集者を雇っているとは何事か、というわけである。編集者とウマが合わないから別の編集者に代えてほしいというのなら分かる。嫌な編集者が相手では作家としても書く気が出ないだろうし、気合の入ったものにはなりにくいだろう。いい作品を書くためには、編集者とのいい関係が要るものだ。だが、要求していいのは、そこまでである。編集者の経済生活までおびやかす権利は著者にない。糧道まで断つことを求めるのは筋違いなのだが、売れっ子の著者となると、そういう常識を越えるほどの力を持ってしまう。会社はさすがに編集者のクビまでは切らなかったが、長く編集畑をあるいてきた彼を、編集現場からはずして内勤の部署へ配置換えした。憂欝な話であった。

売れっ子の著者に愚弄された私自身の経験を一つだけ書いておくことにしたい。

女学生雑誌によく描いている流行の画家だった。「少女」ではあまり縁がなかった。読者の年齢層のちがいもあり、雑誌の性格もその画家の画風とはすこしずれていた。だが、私は彼の画をたのむことによって誌面を新鮮にできるだろうと期待した。編集会議でも支持されて、さっそく画家に連絡をとった。忙しい人でなかなか会えないとは知っていたのだが、そういう難しい仕事ならやりがいがある。文面をよく考えて失礼のないように手紙を書き、手紙を読んでもらった頃に電話をかけて、画家の家をたずねて行く日時の約束をもらった。画家が電話口に直接出ないで、代わりの女性が「先生」の言葉を伝えてくれたのは、すこしひっかかる気がしたけれども、画にとりかかっていて手が離せないのだろうと思った。

約束の日、約束の時間に訪ねた。電話の女性だろうか、お手伝いさんのような人が、私を応接間に案内してくれて、「少々お待ちください」と言って下がった。そこまでは普通のことである。だが、二十分経ち三十分経っても、画家はあらわれない。女性がお茶でも持ってきたら、様子をたずねてみようと思ったが、彼女もあらわれない。一時間経ち二時間経った。応接間から出て、「おそれいりますが……」と呼んでみても返事がない。イライラが、ムカムカに変わってゆく。そのうち玄関のあたりに人声がして、やがて家の奥のほうから笑い声がきこえてきた。私ひとりが、この家で、応接間に放り出されていた。

四時間経って、暮れはじめていた。私は手帳を破って、「四時間待ちました。依頼は取り消します」といったことを書いて、応接テーブルの上にのせ、黙ってその家を出た。池袋で飲んだ。

その日の口惜しさは、後年、その画家の死がテレビで報じられるのを見たとき、とつぜん生ま生ましく思い出された。家族と食事中であったが、思わず「ザマアミロ」と口にした。死者を冒涜してはならない。それは重々分かっていることだが、私のなかに二十数年、その日の口惜しさが燠火《おきび》になって残っていて、たまたま目にしたテレビニュースでパッと火がついたのだった。愚弄されたのがまるでその日のことのように感じられ、私はぐいぐい酒をあおった。

ずっと後年、「エナジー」時代に、この画家から受けた愚弄をはるかに上回る愚弄を十数日にわたって受けたこともある。経緯は書く気もしないが、このときも最後に一種の縁切状を置いてきて、その末尾にこう書いた。「ついでながら小生は、蝿、蚊、バッタ、石ころ、アミーバ、ちり紙の類ではなく、貴殿同様人間であることを申し添えます。」

我慢は、ずいぶんした。小さな我慢を数え上げたらキリがない。編集者は我慢をするのが商売のようなものだ。締切りが来ているのに、なんだかんだと引きのばされても、じっと我慢して待つ。ギリギリのところでもらう原稿を、自分の睡眠時間をカットすることで何とか間に合わせる。書いていると聞いて安心していると、それが実は他誌の原稿であることが分かっても、我慢する。待合せの場所へ著者が遅れてきても、三十分や一時間なら我慢する。遅れるなら電話一本くれてもよさそうだと思っても、それは口にしないで、にこやかに我慢する。(もっともこのごろは、編集者のほうが遅れてくることが多くなったようだ。）少々威張られても我慢する。そういう著者とはその一回限りのつきあいにして、次からは原稿をたのまなければいいだけのことだ。私はもともと喧嘩っぱやくて、そのため酒場での失敗もいろいろあるのだが、編集者商売ではずいぶん我慢をしてきた。多くの編集者がそうだろう。編集者がよく酒を飲むのは、我慢のうさばらしということもある。飲んで荒れるのは、みっともないものだが、それも仕方のないときがあるものだ。

私の我慢の一例。

某医大の某教授に原稿をたのんだのだが、締切日を過ぎてもなかなかもらえない。

原稿依頼はたいてい多少のサバを読んであるものだ。待ったなしの本当の締切日よりは何日か早い締切日でたのんでおく。編集者にとっての安全保障のようなものである。あまり早すぎてもいけないが、著者の癖——原稿の早い人か遅い人か——も知った上で、ほどよいところに締切日を置く。締切日というのは著者にとっては集中力を生みだすための仕掛けのようなもので、締切りなしでは書きにくいものだが、それでも遅れることがあるのはやむをえない。原稿は時間をかけたらできるという性質のものではないからだ。編集者のほうもそれを承知していて、著者に集中力を発揮してもらい、なおかつ少々遅れてもいいような締切日を設ける。そのへんの著者と編集者の駆け引きは狐と狸だが、ともあれサバは読んであるのである。

某教授に原稿をたのむのは初めてだったので、締切りを守ってくれる人かどうかは分からなかった。それで、ごく普通のサバは読んでおねがいしてあった。

締切日が近づいたら、いちおう連絡を入れる。そろそろですからよろしく、という挨拶である。締切日に、原稿はできあがりましたでしょうか、とたずねる。できていたら、さっそく受け取りにゆくのだが、あと一日、二日待ってくれということが多い。某教授の場合もそうだった。ただし、その間の連絡はすべて秘書を介してなので、もどかしい。原稿が遅れるにしても、著者の声を直接に聞けば、それなりの安心があるものだが、間に人が入っていると不安になってくる。私はよほどの支障がないかぎり原稿依頼は著者に直かに会ってたのんできたが、このときの某教授には会っていなかった。教授は多忙だからと、助教授が代りに会ってくれて、依頼の趣旨を助教授に話して帰ると、翌日秘書から承諾の返事が来た。締切日が過ぎても、姿のない教授に催促をつづけるわけで、まことにたよりない。

毎日一回、秘書に電話を入れていた。何日目かになると、今日もだめだろうな、と思う。案の定、だめである。読んでおいたサバは使いきったが、やはりだめである。編集していた雑誌は一冊が一つの特集になっているので、教授の分が入らなかったからといって他の埋草で間に合わせるということができない。それに、特集というのは全体として一つの構造を持つものだから、どれか一つが抜け落ちるということは、そこだけの傷ではすまない。ギリギリまでは待とうと腹を決めて、他のページの作業を進行させ、教授の原稿の入るところだけ空けておいた。他のすべてのページが校了間近くなっていたが、秘書の電話は相変わらず「もうしばらく」というものだった。

これはもういけない。教授の原稿抜きで雑誌を作るしかない。そのためには急遽、雑誌全体のページをさしかえるとか、目次を組み変えるとか、ほかにもさまざまな面倒が伴うのだが、印刷所とも相談して、それをやるには今日が待ったなしの限度という日、これ以上は待てないから原稿はいらないという電話をかけようとしていた。

そこへ秘書からの電話が入った。原稿ができたから今すぐ取りに来てくれ、という。私はムッとした。待ちかねた原稿だから、すぐにも欲しい。しかし、私にだって目前の急ぎの仕事がある。校了近いときはことに忙しい。気も立っている。今すぐは無理だが、二時間後に行くと答えると、でも教授がすぐにと言っている、という。

「君、失礼じゃないか！　催促ばかりしておいて、原稿ができたら取りに来ないとは何事だ！　三十分以内に来たまえ！」

はじめて聞く教授の肉声だった。いま手の離せない用があると言うと、

「三十分以内に来ないのなら、いまこの場で原稿を破り捨てる！　おれは忙しいんだ。わかったね」

いいです、破ってください——という言葉が喉もとまでこみあがってきた。その言葉を飲

み込んで、「では、なんとかして三十分以内に行きます。ですが、道の混みかたでは五分か十分遅れるかも知れません」と言うためには、満身の我慢力が必要だった。

エレベーターからとびだしタクシーをつかまえ、腕時計をにらんで行った。三十分寸前に着いた。駈け込んでいくと、婦長が出てきて患者の予診室のようなところに案内して、しばらく待ってくれと言う。三十分以内に来るようにとの教授の話だと言ったのだが、婦長は、先生はいまお忙しいので、というだけだった。そして、一時間以上待たされた。

ようやく案内された研究室で、教授は「待たせてすまん」とも言わず、助教授を呼んで原稿を持ってこさせ、二、三書き込みを入れてから渡してくれた。代筆のようであった。助教授のぺこぺこする物腰に哀れを感じながら、私はビジネスライクに原稿を受け取って帰った。

大学の改革が叫ばれている時代だった。だが、教授はそんな風潮とは無関係に、「○○天皇」でありつづけていた。そういう権力構造がもしかしたら必要な社会なのかも知れない。階層秩序と命令系統が明確になっていないと、組織の動きがぎくしゃくしてしまうのかも知れない。だが、その権力を、その社会の外にいる私にまで行使するのはお門違いだろう。私は我慢した。だがその我慢は、一つには特集全体のためであったが、それ以上に、原稿を断わってしまったときに直面する大修正作業と、受け取って帰ったときの作業量とを天秤にかけて、ここは我慢ときめての我慢であった。

ドストエフスキー『賭博者』解説

原卓也

一八六五年夏、債権者に苦しめられていた彼は、やむなく、全集の出版権をステロフスキーに売り渡したが、悪辣《あくらつ》なこの出版人との契約はべらぼうなもので、彼はこの全集出版のために新しい長編を一つ書く約束になっており、しかももし六六年の十一月一日までに新しい長編を渡せない場合には、以後九年間ドストエフスキーの書くものはすべて、いっさい印税なしにステロフスキーが出版する権利を有する、という取り決めになっていた。だが、ドストエフスキーは六六年一月から雑誌《ロシア報知》に『罪と罰』を連載中で、その年の九月が終わるころになっても、とうてい新しい長編にとりかかることは不可能な始末だった。絶体絶命の危機に追い込まれた彼は、友人ミリュコフの助言を容《い》れて、速記者による口述で長編を書くことに決め、わずか二十七日間でこの作品を仕上げて、約束の期限ぎりぎりの十月三十一日に『賭博者』の原稿をステロフスキーに渡して危機を脱したのである。この仕事をすすめているうちに、彼は二十歳の娘である速記者を愛するようになり、仕事を完成したあと、結婚を申し込み、翌六七年二月十五日、トロイツキー大寺院で式をあげた。彼女が第二の妻アンナ・グリゴーリエヴナ・スニートキナであり、それ以後終生、文字通りドストエフスキーの最良の伴侶《はんりょ》となり、片腕となって、作家の生活を安定させてゆき、晩年の傑作を生みだす陰の力となったのだった。

植字工悲話

村上春樹

この連載をはじめてからもう八カ月めになる。「締め切りのある人生は早く流れる」というのはあるアメリカのジャーナリストの言葉だが、まったく御説のとおりである。ウンチクを傾けるみたいで申しわけないが、英語では締め切りのことを「デッドライン」と言う。デッドラインという言葉にはこの他《ほか》にも「死線・囚人がこれを越えると銃殺される」（研究社リーダーズ英和辞典）という意味もあって、これは日本語の「締め切り」よりはずっと語感が切実である。恐いですね。

もっとも締め切りというのは作家の側ばかりではなく、相手の編集者にとっても文字どおりのデッドラインなのであって、編集者と話しているとよくこの締め切りのことが話題になる。（1）締め切りに遅れる（2）悪筆（3）生意気というのは作家が編集者を泣かせる三大要素と言っても差し支《つか》えないだろう。僕は（3）に関してはかなり心覚えがあるが、（1）と（2）についてはまず潔白である。締め切りは大体ちゃんと守るし、字はとびっきり読みやすい。だから締め切りに遅れがちな作家や悪筆の作家についての愚痴なんかは他人事として笑って聞き流せるし、「うーん、それはひどい」なんて適当に編集者に同情しちゃったりもする。それにだいたい遅筆・悪筆というのは才能や人格とは（おそらく）無縁の性向・傾向だから噂話《うわさばなし》としても比較的カラッとして明るい。

編集者の話によると大御所的な作家になると中には締め切りの四、五日前に編集部に電話をかけてきて「あー、君、今回の連載は休みだ！」と言ったきりがちゃんと電話を切っちゃう人もいるらしい。そうなると雑誌はもうてんやわんやの騒ぎになってしまう。面白いといえば面白そうだけど、僕なんかがそんなことしたら即刻どこかの原っぱにひきずり出されて銃殺されてしまうことだろう。五分後に電話をかけて「今の嘘、ウソ。ちゃんと原稿できてますから」なんて言っても二度と仕事はまわって来るまい。

そこまでひどくなくても編集者が作家の家に泊まりこんだり、受けとった原稿を猛スピードで車を走らせてやっとデッドラインの一時間前に印刷所に放りこんだなんていう類《たぐい》の話はよく耳にする。「もう××さんには参っちゃうんだから」と編集者はグチるけれど、僕なんかが聞いていると編集者の方もけっこうそういうデッドライン・ゲームを楽しんでいるのではあるまいかという気がしなくもない。これでもし世間の作家がみんなピタッと締め切りの三日前に原稿をあげてしまうようになったら——そんなことは惑星直列とハレー彗星がかさなるほどの確率でしか起こり得ないわけだが——編集者の方々はおそらくどこかのバーに集まって「最近の作家は気骨がない。昔は良かった」なんて愚痴を言っているはずである。これはもう首をかけてもいいくらいはっきりしている。

作家の中にもそういう考え方をする人はけっこういて、まだ最初の小説を書いたばかりの頃、僕が二、三日後に迫った締め切りのことを気にしていると「おいおい、原稿なんてものは締め切りが来てから書き始めりゃいいんだよ」と忠告してくれた。編集部というのは必ず何日かサバをよんで早めに締め切りを設定するからその人の言い分にも一理はあるのだろうが、僕は性格的にどうもそれができない。締め切りの三日くらい前には仕上げてトントントンと原稿用紙の角を揃えて机の上に積んでおかないとなんとなく落ちつかないのである。

それからクール・オフ効果というのもある。書いてすぐ原稿を渡してしまうとときどきあとで「しまった、あんなこと書かなきゃよかった」とか、逆に「そうだ、こう書きゃよかったんだ」と後悔することがあるが、三日くらいタイム・ラグがあるとそういうリスクを回避することができる。余程のベテランでもない限り筆というのはついつい滑ってしまうものなのだ。たった三日の余裕を作るだけで無意味に他人に迷惑をかけたり傷つけたり無用の恥をかくことを避けることができるとしたら、それくらい簡単なことである。

次にギリギリの線まで遅れると印刷所の人に迷惑をかけるということもある。僕は高校時代に新聞を作っていてしょっちゅう印刷所に出入りしていたからわかるのだけれど、印刷所のおじさんというのは誰かの原稿が遅れたりすると徹夜をして活字を拾わなくてはならない。気の毒である。印刷屋の植字工の家では奥さんがテーブルに夕食を並べてお父さんの帰りを待っているかもしれないのである。

「父ちゃんまだ帰ってこないね」なんて小学生の子供が言うと、お母さんは「父ちゃんはね、ムラカミ・ハルキっていう人の原稿が遅れたんで、お仕事が遅くなって、それでお家に帰れないんだよ」と説明する。

「ふうん、ムラカミ・ハルキって悪いやつなんだね」

「そうだねえ、きっとロクでもない半端《はんぱ》な小説書いて世の中をだまくらかしてるんだろうね」

「母ちゃん、俺さ、大きくなったらそんな悪い奴ぶん殴ってやるんだ」

「これこれ」

なんていう会話を想像すると僕はついついいたたまれなくなってすぐ原稿を書いてしまうのである。あるいは僕は想像力（というか妄想力ですね、これは）が発達しすぎているのかもしれない。いずれにせよ僕はたしかに（3）生意気な人間かもしれないけれど、植字工の妻子に憎まれるような可能性だけは一応排除しておきたいと考えているのである。

発想の
最大原動力は
原稿の
締め切りである。

Ⅲ章

〆切なんかこわくない

私の発想法

山田風太郎

鳥の視覚、犬の嗅覚は、人間の数倍、十数倍だそうだ。で、人間の感覚や機能を動物的極限、物理的極限まで発揮させて相たたかわせたらどうなるだろう、というのが忍法帖シリーズのそもそもの最初のアイデアであった。

こういう発想はすぐに尽きる。それで次には百科事典か字引きをいいかげんにひらいて、使えそうなものを拾いあげて、それを核にしてひねり出す。しかし、こういう方法にも限度がある。

それより、発想の最大原動力は原稿の締め切りである。

とにかく約束した以上は書かなければならない。その切迫感だけで、ほかにはなんのたねもしかけもなく、アイデアがころがり出してくるのである。出てくるアイデアそのものより、このからくりの方が、われながらよっぽど、まかふしぎである。

だから、アイデアを生み出すための面白い話など全然ない。まったく机上操作だけである。従って、出来上がったものも、ただ活字の上だけで成立する世界で、ほかの分野には通用しない。

それでも先日、医学博士になっている友人たちに、

「ここまで医学？　を荒唐無稽化したら、それもまた偉なりとして、ぼくにも博士号をくれん

ものだろうか」

と、まじめにきいたら「このばか」と一しゅうされた。

こういうふうにして結局何百かの忍者や忍術を編み出した。あとになって思うと、いままで創造した何百人かの忍者を再編成し、もっと効果的な組み合わせを考えたら、もっと面白いものが出来たろうと思うけれども、その過程においてはとてもそれどころじゃありません。

そのアイデアが出てくるか出てこないか、まるで神だのみである。実際自分でも心細いのだが、それじゃ飯ものどに通らんほどかというと、案外けろりとしている。ふつうの思考法でのアイデアはとっくの昔に尽きているのに、それ以後も何とかひねり出したのだ。まあ何とかなるだろうと、頼みにならぬことを頼みにして図々しく構えている。今まで倒れなかったからこんども大丈夫だろう、と薄目をあけて地震を味わっているような心境である。

ふだんはふところ手をしてボンヤリしているか、忍術とは縁もゆかりもない本を読んでいる。締め切りが迫らなければ考える気がしないし、考えたって何も出て来ないことはわかっているからだ。

しかし、こういうアイデアをここまで徹底させてシリーズとするアイデアによる読み物はいままで世界じゅうにあったか知らん？　考えても、だれもばかばかしくてやらないのかも知れない。

北国日記

三浦綾子

○月○日

くもり、のち雨。

「主婦の友」連載『私の出会った本』の最終回『聖書』の原稿を送る。昨日最終回の原稿を発送したのだが、三浦のクレームがついて書き直す。

「昨日送った原稿は、信者向きに過ぎる」

と、三浦は言う。第一の読者である三浦の評は、わたしにとって重要な言葉だから、素直に書き改める。一気に十八枚口述して、何とか締切に間に合わす。書き直すことを面倒がってはならぬ。三浦は、

「やり直しを嫌ったら、よい仕事はできない」

と度々言う。だがわたしは怠惰で、本当はやり直しは好きではない。傍で忠告してくれる人がいるからやり直しもするが、もしいなければ、作品の出来はかなり違ったものとなるのではないか。

わたしが口述の仕直しをするということは、三浦がもう一度、筆記しなければならぬという

ことでもある。一字一句を誤らずに、言われたとおりに原稿用紙の枡目《ますめ》を埋めていくという作業は、大変な作業なのだ。それは誰よりも三浦本人が知っている。自分で、自分の思ったことを原稿用紙に書くのとは、また異質の苦労なのだ。その苦労を厭《いと》わぬ三浦に感謝する。

＊綾子の創作は、夫・光世の口述書き取りによって支えられた。

なぜ？

山口瞳

三島さんが寿司屋でトロばかりしか注文しなかったというのは、名家のお坊ちゃんにありがちな偏食であったかもしれないし、また私に対する一種のスタンド・プレイであったかもしれない。

三島さんの好物はビーフ・ステーキであったという。おそらく、会食などで、フル・コースの料理を食べるとき以外は、洋食屋ではビーフ・ステーキばかりをオーダーされたのだと思う。このほうは、例のボディビルに関係があってのことかもしれない。

寿司や刺身ならマグロ、肉ならビーフ・ステーキときめてしまっているのも、いかにも三島さんらしいと言えば言えないこともない。単純にして明快であり、さばさばしていて屈託するところがない。

そうではあるのだけれど、私が寿司屋で会ったときの、寿司屋の職人の、ちょっと困ったような表情も忘れることが出来ない。もう一度くりかえすが、寿司屋というものは、マグロが売りきれてしまえば店仕舞をしなければならず、マグロばかりだからといって、高い勘定を取るわけにもいかない。マグロのない寿司の桶《おけ》なんてものは、どうにも恰好がつかない。

「有名な人だし、お坊ちゃん育ちだしするから仕方がねえや。しかし、変った人だなあ」

職人の表情は、そういったようなものだった。彼は、そういう顔付きで、私のほうを、ちらっちらっと見ていた。

こんなことは、まあ、どうでもいいような事柄であると思われるかもしれない。こんなことを書いたって、三島ファンにも三島嫌いにも何の影響もない。しかし、私は、ここで、三島さんが世事に疎《うと》い人であったということと、世間に気兼ねしない人であったことを、はっきりとさせておきたい。同時に、私は、自分の立場をもハッキリとさせておきたいと思う。

私は三島さんを咎《とが》めようとは思わない。極端な話だけれど、皇太子が世事に疎いからといって、これを咎めようとする人は誰もいないだろう。立場と環境の相違である。

三島さんは優しい人だった。よく気のつく人だった。高笑いをする人だった。この高笑いは、彼の素姓のよさと、汚れのない人柄を示していた。仕事の約束をキチンと守る人だった。

私が雑誌の編集者であったころ、三島さんから電話がかかってきて、原稿が出来ているから取りにきてくれということがあった。締切の期日よりも半月も前に脱稿されたのだった。そういう筆者は滅多にいるものではない。特に三島さんは、すでにして大家であったのだ。

そのときの私はデスクであったが、担当者が外出していたので、いそいで三島家に向った。すると、駅から三島家へ行く道の途中で、同僚に遇《あ》った。その人は別の編集部の人で、仕事の相談に寄った帰りであるという。

「原稿は出来ていますよ。とても面白いものが書けたといって、一人でゲラゲラ笑っていましたよ」

と、その人が言った。そんなふうに、三島さんは、仕事のうえでも、非常に有難い人だった。

これらのことをひっくるめて、私は、三島さんという人が好きだった。感じのいい人だった。

早い方・遅い方

笠井潔

「原稿を書くのは早い方ですか、遅い方ですか。一日で平均何枚くらい書いているんですか」

時々こんな質問を受けることがあるのだが、いつも返答に窮してしまう。「早い方」なのか、「遅い方」なのか、自分でもさっぱり判らないのだ。

去年（一九八一年）は、小説と評論を合わせて、全部で千五百枚くらい書いたはずだ。それを一年三百六十五日で機械的に割ると、一日平均約四枚書いたということになる。ここからだけ考えれば、かなり「遅い方」というより他ない。

しかし、三百六十五日、雨の日も風の日も朝から晩まで机に向かってたったの四枚ずつしか書けなかったということでもない。もうひとつ、違う種類の例を挙げてみよう。去年の九月に雑誌が休刊になるまで、私は「奇想天外」誌にSF評論を連載していた。一回が三十枚ほどの分量だったが、たいていこの原稿は一晩で書いていた。

だからといって気楽に書いていたわけではない。一日で書けると思っているから、〆切日直前になってもまだ書き始めていないというのが普通であった。期限などとっくに過ぎてしまってから、ただ担当編集者への申し訳ない気持だけで必死になって書く。これが書けなければ世界は終わるとでもいった誇大な自己強迫を煽り立てて、七転八倒、とにかく書いてしまう。

ここから考えれば、それほど「遅い方」ではないようにも思えるのだが、しかし、毎晩のように「世界は終わる」などと思いつめ、悲壮な顔で机に齧りつくことなど、私には到底できそうもない。そんなことは一カ月に一回か、せいぜい二回でたくさんだ。一回もなしで済むものならば、もちろんそれにこしたことはない。

長編小説の場合だと、やはり書き出しは時間がかかる。しかし、いったん自分の作ろうとしている世界がよく見え出してくると、ほぼ一日二十枚以上、時には三十枚くらいも書けてしまうことがある。『ヴァンパイヤー戦争《ウォーズ》①』は全部で四百五十枚くらいだが、だいたい三カ月で書いた。

一日平均二十枚で三カ月なら、千八百枚以上書けるはずではないか、と自分でも思うのだが、なかなかそんなわけにはいかない。入口のところで時間がかかるのと、たいてい週末の三日間は遊んでしまうからだ。四、五百枚の長編を三カ月で、というのが、今のところいちばん順調な仕事のペースだと思っている。すると、一年で二千枚は書けることになり、去年の千五百枚というのは少しさぼり気味だったためという結論になる。

というのは、私はそもそも、机に向かうというのが大嫌いな人間なのである。三田誠広氏は起きてから寝るまでのほとんど一日中を机の前で過し、新聞まで机で読むそうだが、私にはそんな真似はできそうもない。

昼間はコーヒー、夜は酒を手元に置いて、ステレオのスピーカーの前に据えた安楽椅子に凭れ込んで、レコードを聴きながら仕事と関係のない読書をする。少し飽きると、今度はベッドに移り、枕を二つ重ねて寄り掛かりながら本を読んだり、天井を眺めてボーッとしたりしている。

夕方になると駅前のスーパーまで自転車で買い物に出かけ、ついでに本屋を覗いて（この時、同じ中目黒在住の谷恒生氏と鉢合わせすることもある）、戻ってから夕食を作る。片付けを済ませ、テレヴィで歌謡番組などを眺めてから風呂に入り、それからまた安楽椅子、いいかげん酔ったところでベッドへ……。

これが私の愛する日常生活であり、安楽椅子ないしベッドから机の前までの心理的距離はほとんど無限大なのだ。去年は、一年のだいたい半分をこんな感じで暮していた。

書くという側からいえば、起きたら、安楽椅子の方に行かずにそのまま机の方に行く――というのがそれほど苦痛なくできるようになった時、その長編が軌道にのったということであり、一日二十枚程度書ける態勢が整ったということでもある。

計算上では二千枚以上になるはずなのに、何故か千五百枚程度で終わってしまうというのは、ひとつの長編と次の長編の仕事のあいだに、例の甘美極まりない怠惰なる日々がかなりの期間入ってしまうためなのだ。

さて、私は、「早い方」なのか、「遅い方」なのか。

話は変わるが、学生運動に励んでいた二十歳からの三年間、つまり一九六九年から一九七二年までの三年間で、活字になって残っているものだけでも、私は評論ないし論文めいたものを、千五百枚近く書いている。ガリ刷りかせいぜいタイプ刷りにしかならなかったビラや議案書などのために書いた原稿は、それを上廻るだろう。もちろん、原稿料で生活していたわけではない。左翼政治雑誌の僅かな原稿料は、全額組織に上納するというのが「革命党の理論家」たるものの義務であるということにさえなっていた。その原稿のために買い込んだ本代が「革命党」の方から「理論家」の方に下げ渡されることなど絶対にないという、陰惨極まりない収奪機構がそこに存在してさえいたのである。まったくもって、レーニン主義の党というのは怖しいところである。

デモだの集会だのオルグだの会議だので、日本列島中を駆け廻って眠る暇さえなかった二十四時間党生活者が、これだけの分量の原稿を書いたというのは、まったくもって驚異的である。この頃こそ、私は断乎として「早い方」であった。そういえば、〈ライティング・マシーン〉という諢名をつけられたことさえあった。

条件が違うから、日産や月産、年産枚数で比較することはできないにしても、瞬間生産枚数という新基準を設定するならば、当時の私はかの赤川次郎氏、栗本薫氏にも匹敵する偉大な記録を樹立していたものと考えられる。

時代が憑いていたのかもしれない。しかし、憑きは落ち、青春は去る。スケジュールの書き込みで手帳の頁が真っ黒になるほどに殺人的な多忙さのなかにあった時代は終わり、安楽椅子とベッドのあいだをのろのろと往復するだけの甘美にして怠惰なる生活が始まったのだ。他にすることがあるわけではなく、書けば活字にしてくれるという親切な編集者と出版社が控えているというのに、たかだか年千五百枚である。〈ライティング・マシーン〉も錆ついたという他よりない。

そして、ところで、今三度自問するのだが、私はいったい、〈早い方〉なのであろうか、それともやはり〈遅い方〉なのであろうか。

早くてすみませんが……

吉村昭

小説や随筆の執筆依頼を引受けた時、私はこれまで締切り日を守らなかったことは一度もない。と言うよりは、締切り日前に必ず書き上げ、編集者に渡すのを常としている。

編集者は、小説家の多くが締切り日が来ても書けず、そのことに苦労しているので、

「まことにありがたい。まさに神様、仏様です」

と、私に言う。

奇癖とも言うべきこの私の習慣は、小説家の間にも知られていて、私のことを小説家の敵だ、などと冗談半分に言う人もいるらしい。

しかし、編集者は、ありがたいと言っているものの、内心ではそうでもないことを私は知っている。

酒が入ると、編集者は、

「締切り過ぎてやっと小説をとった時の醍醐味は、なににも換えられないな」

と、私が傍らにいるのも忘れて感きわまったように言う。その言葉のひびきには、締切りが過ぎてようやく小説を渡す作家に対する深い畏敬の念がこめられている。そのようにして書き

上げた作品は、傑作という趣きがある。

となると、締切り日前に書いたものを渡す私などは、編集者の喜びを取り上げ、さらに作品の質が低いと判断されていることになる。

このような編集者の言葉を耳にする度に、私も締切り日が来ても書くことはせず、かなり過ぎてから書き上げて渡すようにしようか、と思ったりもする。

しかし、性分というものはどうにもならない。過去をふり返ってみると、それは少年時代から身についた性分だということを知る。

小学生時代、夏休みの宿題はかなりの量であったが、それを私は、夏休みがはじまった日から、遊ぶこともせずにこなし、五日ほどで仕上げた。それから夏休みの間、宿題の日記だけを書くだけでのんびりと過した。

中学校に入ると、各学期の試験があったが、私は、学期がはじまった日から試験にそなえてノートの整理、復習につとめた。試験の日の朝、クラスの者たちは徹夜もしたらしく眠そうな眼をしていたが、私は試験の期間、映画を観たり寄席に足をむけたりして過した。

「いやみな中学生だったんですね」

と、家内は顔をしかめるが、事実なのだから仕方がない。

私も、締切り日の三日前になったのに短篇小説が一行も書けなかったことがある。その時の精神状態は、思い出すだけでも恐しい。頭は全くの空白で、どうしてよいのかわからずうろたえにうろたえた。椅子から立ったり坐ったり、全くのパニックであった。なんとか締切り寸前に書き上げたが、あのような恐怖は二度と味わいたくない、と痛切に思った。

いわば私は、小心者なのである。少くとも締切り日の十日ほど前を自分なりの締切り日と定め、ゆったりした気分で筆を進めるのである。それでなければ書けないのである。

書いたものを家にとどめておいて、締切り日を過ぎてから渡せばよいのに、と忠告してくれる知人もいる。しかし、また、それができない。書き上げたものが身近にあると落着かず、郵送したりファクシミリで送ったりしてしまう。自分でも照れ臭いので、「早くてすみませんが……」と書き添える。

全く因果な性格である。

四年ほど前から、自分でもほとほと呆れる現象が起った。

文芸誌の「新潮」編集部から歴史小説執筆の依頼があって、『生麦事件』と題する長篇小説の連載をはじめた。一回が原稿用紙（四百字詰）三十枚で、それに専念し、約一年を要して書き上げた。

その後、「文藝春秋」の依頼で、『夜明けの雷鳴』という連載小説の執筆に取組み、それも一年後に筆をおいた。さらに「読売新聞」に『アメリカ彦蔵』という題の長篇小説を書きはじめ、今年の七月には最終回を書き終えた。

『生麦事件』は、今年の「新潮」八月号で連載の発表が終っているが、『夜明けの雷鳴』『アメリカ彦蔵』はそれぞれ「文藝春秋」「読売新聞」で連載がつづいている。第三者からみれば、私は三つの連載小説を書いている形になっている。私は、このような旺盛な筆力はない。常に一つの作品のみに没頭し、同時並行などは基本的にできないし、やろうとも思わない。

それらの三作品は、過去に一作ずつ書いたもので、すべて書き終えた現在、私はぼんやりとなすこともなく日を過している。

私は、雑事というものに時間を費やすこと極力さけ、それらの作品を一日三枚ほど休むことなく書きつづけてきたのである。随筆を書くことも、小説を執筆中は引受けないが、本誌の依頼でこの随筆を書く気になったのは、現在は小説を手がけていないからだ。

この随筆の締切り日まで二十日間ほどあるが、私は、「早くてすみませんが……」と添え書きして、明日にでも郵送するつもりでいる。

〆切り

北杜夫

私も文筆生活にはいってから、いつの間にか十七年の歳月が流れた。

その間、作品の出来はともあれ、〆切りを守るということに関しては、日本作家のなかでも最優等生の部類に属するのではないかと信じている。

この十七年間、〆切りに追われてギリギリになったということは、ただの二回しかない。たいていは一週間まえ、十日まえ、ひどいときには何ヵ月まえに原稿はできている。これは、一つには私が気が弱いことと、文壇に出だしのころに〆切りに追われて塗炭の苦しみを嘗《な》めたことが原因になっているらしい。

それは忘れもしない『夜と霧の隅で』を書きあげるときであった。この作品は昭和三十三年に書きだしていて、ただ途中にマグロ船の初航海がはさまり、帰国したあとも十二指腸潰瘍《かいよう》を患ったりして長いこと中断していたものである。

昭和三十五年の一月、私は『どくとるマンボウ航海記』を書き終え、再度、この中篇にとりかかった。

難行して、〆切りを一ヵ月遅らせてもらった。しかし、次の月の〆切り日が迫ってきても小説はまだ完成しない。のみならず、〆切りが迫ったということが心理的圧迫になって、筆はなおさら進まない。

最後の三、四日、私はほとんど徹夜の状態で過した。それまで私は「新潮」に二篇、短篇を載せてもらっていたが、まだほんの駆け出しの新人で、今度の〆切りに間にあわなかったら、もう小説を載せてもらえないのではないかと危惧した。現在のように雑誌が多すぎて、新進作家でも注文に応じられぬというような時代ではなかった。

明日は原稿をどうしても渡さねばならぬという晩、辛うじて書きあげた。しかし、それは単に書きあげたというだけで、まだ全体を修正し、語句を練りあげるという作業は済まされていなかった。

へとへとに疲れきりながら、私はその作業にとりかかった。四日ほど三時間ほどの睡眠しかとっていないため、頭の芯が朦朧《もうろう》としてくる。ただ、小説の全体として冗長な部分も多々あることが感じられた。

私は以前苦心して書いた文字を消しはじめた。一枚の原稿用紙に二行くらいしか残らない場合もあった。そして、もっと簡潔な文章であいだをつなごうとした。ところがもうまったく朦朧としているため、せっかく消したあとを、また同じ文章を書いたりする。暁方《あけがた》、私は眠いのと辛いのとで泣きたくなったのを覚えている。

このときのいやな体験が身に心に沁みこんだため、〆切りには十二分に間にあうという心算《しんさん》のできる原稿以外、私は引受けないことにした。

純文学の場合は、その目算がたたない。それゆえ何月号に何枚というふうには絶対に引受けない。書きだして、もし書けたら載せて貰うという方式をとっている。

或る号にぜひ短篇を、という依頼にしても、三ヵ月くらいまえに受け、十二分に時間の余裕をとっている。

老大家をのぞき、これほど慎重に、いや臆病に注文をとっている作家はあまりいないのではなかろうか。

話に聞くと、流行作家たちはまさしく綱わたりのように危うく〆切りをこなしているようである。たとえば家では間にあわなくて、印刷所へ行って書く。新聞小説にしても、毎日々々ぎりぎりの時間までかかり、オートバイで取りにこられ、挿絵は間にあわないので画家はおおよその筋を電話で聞き、原稿を読まずに挿絵を描く。そういう話をずいぶんと聞く。

そんな真似は逆立ちしたって、私にはできない。

いつぞや新幹線のなかで、水上勉さんに会ったことがある。酒でも飲もうと思っていると、彼は、

「実は東京に着くまでに新聞一回分を書かねばならない。駅で社の人に渡す約束になっている

ので」

と言った。

私はせっかくの機会なのに、それでは駄目だろうと思った。ところが三十分くらい経ったころだろうか、水上さんが席を立ってきて、

「済んだよ。一杯飲もうや」

と言った。

私はその離れわざ、旺盛な筆力にびっくりしたものだ。

もっとも水上さんだけでなく、そんなことは当り前なのが、現在の日本の流行作家たちなのであろう。

それが私となると、新聞連載などという場合、最低十回くらいから十数回も書きだめをしておく。そうでないと不安でたまらない。原稿を渡すときも、一週間ぶんくらいまとめて渡す。編集者側からみれば、これほど楽で安全な作家はあるまい。

それというのも、前述したように気が弱いせいである。ぎりぎりにおし迫られてしまうと、へどもどして書けなくなる。その逆の作家たちが羨《うらや》ましくもなる。

殊に最近は、鬱病というヤッカイな病気におちいることがある。鬱病がひどくなると、もうまったく何もやる気力がなくなり、むろん原稿など書けるものではない。

従って、連載をする場合は、私にはあらかじめ書きだめておくことがどうしても必要になる。近ごろではますますその傾向が著しくなってきた。

『さびしい王様』という長篇童話は、はじめ短期連載ということで始めたが、この第一回目に珍らしくギリギリとなり、二回目には鬱気味になり早くもダウン、それで長期連載に切り変えざるを得なかった。

そこで次回作の『さびしい乞食』のときは、どっさりと書きためた。そしてずっと早目に二回分を——それも連載開始に当って景気をつけるため第一回百五十枚も編集者に渡した。

すると、或る小冊子に編集者が中間誌の来月号を紹介する欄に、

「〆切りが遅れがちなこの世に、嬉しいじゃありませんか。〆切りの半月まえに二月ぶんを一遍に渡してくれた作家がいます」

という記事が出た。

私は自分の創作態度がいささか自慢で、そのことを遠藤周作さんに言った。すると、

「だから君はいつまでも小作家あつかいを受けるのだ。たとえ書けていようとも、いつまでもできずにいるふりして、編集部をハラハラさせる。すると大作家として処遇されるのだ」

と、バカにしたように彼は笑った。

「好色屋西鶴」書き始める

中島梓

さて。

今回はたいへん私は満足なのである。というのは——

記念すべきことに、といってもまあこれは私だけの話だけれども、いよいよ私は「好色屋西鶴」の執筆を開始したのだ。第一回の原稿は本当は六月二十五日なのだが、六月は末になればなるほど私はおそらく忙しい。そうして一週間に一回の原稿の締め切り、というものがどんなにせっかちに、あっという間にきてしまうか、ということは、この読売新聞のエッセイをかいているうちに私には本当によくわかってしまったのだった。

一週間というものは本当に早い。あれよあれよという間に次の締め切りがきてしまい、うかうかしているとすぐにその次も一緒にきてしまう。それをあれよあれよといいながら呆然と眺めていると、はっと気がつくともうとりかえしのつかないくらい何回分も原稿がたまってしまっている、というようなことになってしまってはこれはもうどうすることもできないのだ。

この読売新聞の教訓を生かして、といっても私はまだ幸いにして一回もこのエッセイの原稿を落としたことはないが——落とすといっても、電車の中などに置き忘れたりしてくるということではなくて、つまり締め切りをすっぽかすことになってしまうということだ。

これを業界用語では「落とす」といい、これを何回かやると相当なベテランでも札付きとして白い目で見られることになる。もっとそれを続けると今度は誰も原稿を頼んでこなくなってしまうおそれさえあるのである。著者が原稿を「落とす」ということは、代わりになる原稿を大急ぎで調達できないときには、あるいは雑誌や新聞の紙面が真白のままで発売されることになってしまうのだから大変なことなのだ。

いやいや、これは決して冗談ではなくて、現実に某超有名作家は某有名小説雑誌の小説の原稿を落としてしまい、その雑誌が数十ページにわたってまっしろけのけで発売されてたいへんな評判になったこともあるのである。

まあともあれそういうことになってはたいへんだから、ことに週刊連載などというものは早目、早目に書き溜めておくに限る。備えあれば、憂いなし。

これはもう作家なら誰だってよーくわかっていることである。だがぎっちょんちょん、わかっているからといって誰もがちゃんとそのとおりに備えあれば憂いなしを実行するかといえば、もしそうなら夏休みの最終日に叱られて泣く泣く徹夜で宿題をする子供なんて一人もいやしない理屈である。子供でさえしないのに、まして性格破綻《はたん》者が相場みたいな作家などというものが、そういう良識ある行動に出ると思うほうが間違いである。締め切りをきちんきちんと守るなんて作家の風上にもおけない、などという論理がちゃんと通用してしまう世界なのだな、ここは。

しかし私はそうではないのである。かつて夕刊フジで山藤章二さんと組んでエッセイの毎日連載をやったときにも、何か月分、というのはホラだけれども何日分も先に書き溜めて渡して、山藤さんにイヤがられたくらいである。決して私が性格破綻者でない、ということではないと思うが、人それぞれどこで破綻しているかというのはおのずと違いがあるもので、私の場合締め切りを落としたり、遅らせたことというのはほとんどない——これから毎週二本の締め切りをかかえるというのに、そんなことを断言してしまってよいのかしら。

だがまあともかく、二十五日が締め切りだったのだが、私はある日新横浜スケートセンターのリンクサイドでスケーターたちのようすを眺めながら、ふと気がむいて、心のおもむくままに「好色屋西鶴」の第一回を書き始めてしまった。

書き始めてみるとこれはいつものとおり、実にあとからあとから書きたいフレーズが出てくる。ならついでに書いてしまえ、というので、本当のことをいうと私はそのとき一気に連載二回分を書いちゃったのであった。

まあそのおかげでいまはとっても気が楽に最初の締め切りを迎えられる、というわけである。

二回書いてしまえばとにかく十四日間はこちらが先行したということになる。先手必勝というわけだ。そのかわり机の上にはネタ本の「井原西鶴」がつんであるが、まだあまりに早く書き始めすぎて読んでいるヒマがなかった。去年の十一月に上演した「西鶴」の脚本を書いたときに一回ひととおり読んではいるが、これからほぼ八、九か月にわたって小説の連載をするとなるとこの程度の知識ではどうあってもすまない。本気をいれて元禄と、西鶴と、そして西鶴の作品の資料を集めてお勉強を——私の最も苦手とするお勉強をしないことにはいずれどこかで完璧にボロを出してしまうだろう。

だがまだ一回分なので大丈夫である。とりあえずは人物紹介と設定をくりひろげ、そして「主人公となる西鶴とはどういう人間であるか」という話をちょろちょろとお目にかけているところだ。そこで西鶴は何をしているか、というと、要するにエッチをしているのであった。さすが「好色屋西鶴」である。

何故、締切にルーズなのか

森博嗣

さて、将来の展望（というか、はっきりいって尻《しり》すぼみだが）を述べたあとではあるけれど、ここで現在の出版界の非常識ともいえる不合理さを幾つかご紹介しておこう。僕はずっと大学人だったので、けっして常識的な人間ではないけれど、その僕が、出版界に足を踏み入れて驚いたのだから、かなり非常識だと思われる。どうしてこんなふうになってしまったのかわからない。たぶん、「文芸は芸術なのだ」「芸術というのは無茶苦茶なものなのだ」という言い訳が大手を振ってまかり通ってきた結果だろう。かつては、ベストセラを出せば、それで文句はいわれなかった。勝てば官軍だったわけだ。出版界も、とんでもない悪習を構築してきたのである。

たとえば小さなところでは、小説の単行本は「発売日」というものがぎりぎりまで決まっていない。また、何日に出ると予告されていても、そのとおりに全国で発売になるわけではない。こんな商品ってほかにあるだろうか？　小説を読むファンの側も、いつの間にかこれが当然だと諦めているから、発売日に書店に並んだらびっくりする人もいるくらいだ。

作家が締切を守らない、ということもごく日常的である。そもそも、締切というものがちゃんと決まっていないし、守らなくてもなんとかなるのである。それなら、誰も守らないだろう。その時刻に遅れたら契約違反である、といった処理はまったくなされない。「すみません」で済む（「すみません」があれば良い方だ）。こんなビジネスが、ほかにあるだろうか？

締切に関しては、数々のトラブルがあった。僕自身は、一度も締切に遅れたことはない。しかし、出版には大勢の人間が関わっている。たとえば、カバーのイラストを描く人が締切に間に合わなかったために、本の発行が遅れることだってある。全然珍しいことではない。あるとき、僕の本の一部に漫画を載せることになった。そして、依頼した漫画家が締切までに作品を仕上げられなかった。その作者を見込んでお願いしたものだから、残念ではあるけれど、本の発行を遅らせるしかない、と僕は考えた。だが、編集者は、なんと、漫画のページを下書きのままで印刷して本を出そうとした。聞いたら、既に印刷所に原稿が回っているというではないか。すぐに僕はストップをかけた。さらに事情を尋ねると、その本はその出版社の記念すべき（一〇〇〇冊め、というような）本だったので、発行を遅らせることはできない、と考えたらしい。

この価値観が信じられない。漫画家が締切を守らないことに対してはルーズなのに、記念本だから発行は遅らせられない、という判断が不思議である。鉛筆で下書きしたものを印刷するという神経も僕は非常識だと思う。当の本は、もちろん発行を一旦差し止め、漫画家が（海外旅行に出かけたので、帰国を待って）作品を仕上げてから、無事に発行された。

このように、僕は印刷に入った段階で本の発行を止めたことが数回ある。印刷が終わり製本された何万冊もの本をすべて廃棄させたこともある。また、あるときは、発行して書店に並んだ本をすべて回収させ、不具合を直して再発行させたことだってある。軽いミス程度ならば、こんな事態にはならない。たとえば、作者に連絡もなしに作品を使って本を出すような犯罪に近いものである。無神経では済まされないレベルなのだ。

締切に遅れる作家を許容しているのは不合理である。だから、僕は編集部にこうアドバイスをしたこともある。「締切に間に合ったら、一割多く原稿料を払う、遅れたら、原稿料を減額する、という契約にしたらどうですか？」と。そもそも、仕事を依頼するときに、期日や報酬を明らかにした契約がなされていない。原稿が遅れた場合、いかなるペナルティもない、というシステムなのだ。そんな紳士協定だけで仕事をしているのである。僕の提案は、今のところ採用されていない。「金で解決したくない」ということらしい。大変立派な綺麗事である。締切に遅れているために、編集者は時間と交通費を使って何度も作家のところへ足を運ばなければならない。であれば、締切に間に合った場合に報奨金を出しても、編集部にとっては「余計な出費」にはならないはずだ（これは編集部も認めていた）。何故、合理化できないのか。彼らは、締切遅れの原稿を取る苦労を「美談」のように誇らしげに語る。酔っ払っているとしか思えない。

〈終わりが〉間近に
迫っている
という危機感が
勇気ある飛躍を促す。

Ⅳ章 〆切の効能・効果

のばせばのびる、か

外山滋比古

仕事をするのは気迫である。

いくら時間があっても、それで仕事ができるものではない。昔から、京の昼寝、という。田舎の人はあくせくいつも勉強している。勤勉だ。それに比べると、都の人間は、のんびり遊んでいるように見える。とても田舎の人にかなうはずがないのに、実際は、せっせと努力している田舎の人よりも、ぶらぶらしているように見える都会の人間の方が実績をあげる。不思議である。そんなところから、京の昼寝ということばが生まれたのであろう。

田舎の人の努力がいけないのではない。勤勉さも結構なのだが、問題は時間がありすぎることだ。ゆっくりやればいい。急ぐには及ばない。そう思うからずるずる仕事をしがちになる。時間があるから、時間いっぱい使って仕事をするくせがつく。いくら時間があっても、ゆっくりしていれば、時間は足りなくなる。とても、昼寝なんかしていられない。

都会の人間は、刺激のつよい環境の中で生活している。いつも競争の意識がある。よし、負けてなるものか。混雑したところへ出ると、そういう気持になる。いったんしてしまおうと考えれば、たいへんだと思われたことが何でもなくできてしまうものだ。気迫さえこもっていれば仕事はできる。仕事をおそれていては、仕事にかかったつもりでも、その実、ぐるぐるまわりを廻っているにすぎない。

＊

ひとつには、実体ではなく、影におびえてしまうのかもしれない。このごろよく、中学生などが自殺する。本当の気持はもちろんわかるはずがないが、書き置きに試験の準備ができなかったから、というようなのがある。試験を受けて、落ちて絶望したため、というのもないわけではないが、試験を受ける前に、落ちるに違いないと思い込んでしまう例の方が多い。試験という現実にぶつかるのがこわいと思っていると、試験そのものよりも、試験ということば、つまり、影の方がこわくなってしまう。試験など、いざとなれば落ちればいいので、何でもないのだが、頭の中で落ちては大変だと考えているうちに、その影は途方もなく巨大なものになる。その影におびえ続けていると、生きる気力まで喪失してしまう。

まさか試験ほどではないにしても、仕事についても、やはり身構える。難しい仕事だと、ことにそうで、もうすこし準備してからにしよう、などと自分に口実をつくる。仕事にひるんでいるのである。気迫に欠けるからにほかならない。

ウォーミングアップをよくすれば、気力が充実してくる例もないとは言えない。力士が何度も仕切りなおしをする。あんなに塩を何度もばらまかないで、さっさと取っ組んだらよさそうなものだと心なき見物人は考える。しかし、当人たちにしてみれば、仕切りなおしを繰り返しているうちに、だんだん闘志が高まってくるのであろう。

仕事はそうとばかりは限らない。仕切りなおしを何度もしているうちに、気迫が高まってくるどころか、だんだん仕事がおそろしく見え出すかもしれない。何とかして、それをしないでおこうとする気持が湧いてくる。

R氏は遅筆で有名であった。締切りまでに原稿ができたことはない。締切りになってようやく動き出す。編集からやいのやいのと言ってくると、こんどは金しばりの状態になって何もできなくなってしまう。書き始めなければと思えば思うほど一字も書けない。時間だけは流れる。しばらくすると、発熱して気分が悪くなる。起きてはいられなく寝込んでしまう。病気ならしかたがない、と雑誌社の方であきらめる。いずれまたの機会にお願いします、といって引き揚げる。すると熱はぴたりと止まってしまう。原稿性発熱だったのである。

人間だれしも遊んでいたいのはやまやまである。働くこと、仕事をするのはつらい。できれば避けたい。いよいよ避けられないとなると仮病ではなくて本当の病気になる。Rさんのような正直なケースは珍しいが、たいていの人が多かれ少なかれ、仕事への抵抗をもっている。その抵抗をどうしてとりのぞくか。それで人生が変ってくる。

＊

大学では卒業論文を書かせる。もっともこのごろは学部では論文は無理だとして、卒業論文を廃止した大学もすくなくないが、なお、多くの大学では論文を卒業の条件にしている。

卒業論文には締切りがある。R先生のように締切りのころから動き出すというのでは間に合わない。一時間おくれても受理されない。締切り厳守である。

その日が近づくと、もうとても間に合わない、ことしは無理だ、一年論文留年をしようという気持ちをおこす学生がかならず何人かあらわれる。いま急いで不本意な論文を提出するより、もう一年じっくり時間をかけて悔いのない論文を完成しよう。この空想は甘美である。目前に迫った締切りと、手がけている進行中の論文はいかにも醜悪である。ここはどうしても空想の美酒を飲みたい。そこで教師に通告してくる。ことしは提出しない、一年のばす、と。

もし、ここで教師が折れるとどうなるか。この学生は永久に卒業できないおそれが出てくる。教師たるもの、ここでは心を鬼にしなくてはならない。何が何でも書き上げろ。死んだつもりで書け。でき栄えなど自分で気にするのは生意気である。ことし書けないのなら、来年はもっと書きにくい。来年になれば名論文が書けるように思うのは幻想にすぎない。来年のいまごろになれば、いまとまったく同じ気持になる。さらに悪いことに一年のハンディキャップがある。せっかく一年かけたのに、このていたらく。もうすこしましなものができなくては留年した手前もはずかしい。そこで、ひょっとすると、もう一年留年したくなる。一度あることは二度ある。またのばす。こうしてとうとう四年留年したが、それでも論文が書けないでついに退学したという例も実際にある。はじめの気の弱さが事の起こりである……。そういう訓話をして、しゃにむに書かせてしまう。

仕事にかかるのは気迫だが、仕事をし終えるには諦めが必要である。大論文を書こうと思ったら決して完成しない。できるだけの努力はする。あとはもう運を天にまかせる。不出来であってもしかたがない。そう思い切るのである。色気をすてる。そうすれば案ずるより生むはやすし、である。

＊

寺田寅彦は、原稿を頼まれて承知すると、すぐ、だいたいのところを書いてしまったそうである。もちろん締切りまでたいへん時間がある。そんなに急がなくてもと言うのは普通の人間のせりふ。寅彦は仕事のしかたをよく心得ていたのである。締切りまでまだ一カ月もある。その間に、考えをまとめよう。新しい本を読もう。凡人はそういう取らぬタヌキの皮を数えて、その空想で出来上るであろう原稿を飾る。ところが、一カ月の二十九日はあっというまに過ぎてしまう。締切りになっても、何ひとつ考えらしいものは浮んでいない。本だって、まだ三ページしか読んでいない。タヌキの皮が一枚もなしではいくらなんでもかわいそうだ。さあどうしようとあせる。そうなればもう知恵など出るわけがない。Rさんのように熱でも出てくればかえって始末がいいくらいだ。

寅彦のように、引き受けたとき、すぐにかかっておけば、気が軽い。まだ時間はある。急がなくていい。ゆっくりやろうと思うと、かえって早く進むものである。原稿を頼まれる。書いてみるかという気持をもつ。それだからこそ引き受けたのである。その興味の生々しいうちに手がけると頭の働きものびのびしていて、締切りに追われ、せっぱ詰まったときとは同日の談ではない。

寅彦のやり方は、論文留年をする学生とまさに正反対である。とにかく、すこしでも早く手をつける。そうすればすぐれた仕事がたくさんできる。寅彦はそれを身をもって示した。そうして書いた原稿を、彼は締切りになるともう一度ゆっくり見直して、多少手を加えて渡していたらしい。

これは風を入れて、推敲する効果があったのだと思われる。

もっとも、締切りにならないとやる気がおこらないという人もある。うるさく催促され、もう逃げ場がない。となると、猛烈に力がわいてくるというのである。自然に流れているときには力を出さない流水が、ダムでせかれて、一度に放水されると、電力を生み出すのに似ていなくもない。

そういう人間がたくさんあるらしいことは、多くの編集者が締切りのサバを読むことでもわかる。ぎりぎり十日締切りです、などと言っているのに、実際は十五日でも間に合う。しかし、正直に十五日締切りにすれば、それからエンジンのかかったクルマでは原稿のできるのは二十日を過ぎてしまう。それではこまるから、エンジン始動の日を締切りにして、そこから催促すると十五日にはもらえるだろう。そういう計算をしている。これがかえって、仕事をやりにくくしていることを執筆者はもちろん、当の編集者も気がついていない。

*

仕事を先にのばせば、いくらでものびる。そしてのびた仕事ほど、やりにくくなる。あがりもおもしろくない。兵は拙速をたっとぶ。どうせ上々の首尾などということは叶えられないことだとあきらめる。

今日できることがあったら、してしまえ。明日までのばすな。忙しい人は、すぐ手をつける。

ひまな人は明日に期待をかける。明日には明日の仕事がわいてくる。きのうの仕事と今日の仕事が重なってはとてもできるものではない。もう一日のばそう。ところが、その日になってみるとその日の新しい仕事が待っている。こうして高利貸から借りた借金のように仕事が累積して、どこからどう手をつけたらよいかわからなくなる。

今日できる仕事を明日にのばすな。これはそういうにがい思いを何度もした多忙な人間がようやくたどりつく心境である。そういう気持になったとたんに多忙の人は忙中おのずから閑あり、と達観することができるようになる。ひまな人は永久にそういう真理を実感しないで結局はいつもあくせくしていなくてはならない。

仕事はのばせばいくらでものびる。しかし、それでは、死という締切りまでにでき上る原稿はほとんどなくなってしまう。

勉強意図と締め切りまでの時間的距離感が勉強時間の予測に及ぼす影響[1]

樋口収

希望は人間の胸中の盡きせぬ泉だ。人間は幸福ではない、然し常に将来に幸福を期待する存在なのだ。

――アレグザンダ・ポウプ『人間論』

私たちが思い描く将来は、しばしば楽観的である。ほとんどの人は、将来はうまくいっていると信じて疑わない。たとえば、生徒の多くは夏休みを迎えるにあたって、夏休みの宿題が終わらずに、夏休みの終わりに慌てている姿は想像しない。むしろ七月中に終えてとか、少なくともお盆までには終えてと予測する。しかし、これは不思議なことである。なぜなら、昨年や一昨年の終わらなかった夏休みの宿題を少しでも思い出してみれば、今年もきっとそれほど早く終わらないということに気づきそうなものだからである。こうした誤りは個人の話の範疇にとどまらない。最近では二〇二〇年の東京・オリンピックの開催に当初の予算の何倍もかかることが問題になっているが、一九七六年モントリオール・オリンピックや二〇〇四年のアテネ・オリンピックでも同様の問題が起こっている。なぜ私たちは過去の経験を活かさず、懲りもせずに将来のことを楽観的に考えてしまうのだろうか。本稿ではその一因として、人の情報処理のあり方（解釈レベル）に注目する。

楽観的な予測

私たちは、実際よりも早く課題を終わらせられると思ったり、実際よりも少ない金額で家計をやり繰りできると思ったりする。こうした楽観的な予測はなぜ生じるのだろうか。一つの理由として、人は自分の思ったとおりに行動できると考えやすいことが挙げられる。たとえば、Buehler, Griffin, & MacDonald (1997) は、実験参加者の学生の課題に対するモチベーションが課題遂行時間の予測に影響を及ぼすことを示している。実験では、参加者にまずある課題を解かせ、その課題にかかった時間をフィードバックした。その後、同様の課題をもう一度解いてもらうが、もし最初の課題にかかった時間よりも速く課題を解くことができたら報酬を与えると説明した。そして、二つめの課題にかかる時間を予測させ、実際に解かせた。すると、報酬を約束された参加者は実際にかかった時間よりも速く解けると楽観的に予測していた。同様に

Peetz & Buehler (2009) は、貯金に対するモチベーションがその後に使う金額の予測に影響を及ぼすことを示している。ある実験では、参加者にまず貯金をすることの重要性を説明し、次の一週間で使うお金を予測させた。そして一週間後に、実際にどの程度お金を使ったのか回答させた。すると貯金の重要性を説かれ、貯金に対するモチベーションが高まった参加者は、実際よりもお金を使わないと楽観的に予測していた。これらの結果は、自分のもつモチベーションにそった予測が行われやすいことを示している。こうした結果は二つの意味で重要である。一つは私たちが将来のことを予測するとき、自分の思ったとおりになると楽観的に予測しやすいことを示していることである（実際には遂行を妨害することも起きるため、たいていの場合、予測したとおりに行動できない）。もう一つはこれらの実験では直近の自分の行動（一つめの課題遂行にかかった時間や予測をする直前の週の出費）を参照できたにもかかわらず、予測をする際にそうした情報を軽視しやすいことを示していることである。

私たちはなぜこのような予測をしてしまうのだろうか。その説明として二つのことが考えられる（Dunning, 2007）。一つは、予測するときにはネガティブな情報を過小評価し、ポジティブな情報を過大評価しやすい可能性である。もう一つは、予測するときには実際の過去の行動といった具体的な情報を過小評価し、意図やモチベーションなどの漠然とした抽象的な情報を過大評価しやすい可能性である。以下では、後者の可能性について解釈レベル理論

（Liberman & Trope, 2008）の観点から考えてみたい。

解釈レベル理論（Construal Level Theory）

解釈レベル理論は「自分と判断対象との心理的距離（時間的距離・空間的距離・社会的距離・仮想性）」と「解釈」に関する包括的理論である。解釈レベル理論によれば、判断対象の解釈の仕方は心理的距離に依存し、「今ここにいる自分」と「対象との心理的距離」が近い場合ほど対象は具体的に解釈されやすく、遠い場合ほど抽象的に解釈されやすい。たとえば、今日何をするか考える場合には、一年後何をするか考える場合にくらべて、（現時点からの）時間的距離が近いため、具体的に考えやすい。

Nussbaum, Liberman, & Trope（2006）は解釈レベル理論にもとづき、対象との心理的距離が近く、具体的な解釈をするときほど判断の際に具体的な情報を用いやすく、心理的距離が遠く、抽象的な解釈をするときほど抽象的な情報を用いやすいことを示している。たとえば、ある実験では、実験参加者は近い将来（十五分後）あるいは遠い将来（一ヶ月後）に、二択あるいは四択のクイズを行うと告げられ（すなわち、四つの条件のいずれかに割り当てられた。）、そのクイズにどれだけ自信があるか尋ねられた。すると、近い将来クイズを行うと告げられた参加者では選択肢が少ないときの方が自信があるという（当たり前の）回答がなされていたが、遠い将来行うと告げられた参加者ではそのような関係はみられなかった。このことは、具体的な情報（この場合、選択肢の数）は、対象との心理的距離が近く、具体的な解釈をする場合に判断に用いられやすいことを示している。

解釈レベル理論にもとづいて考えると、自身のモチベーションを予測に用いやすいのは遠い将来のことを考えるとき（抽象的な解釈をするとき）だと思われる。たとえば勉強をしようとか、お金を貯めようといったモチベーションが高かったとしても、それだけで勉強ができたり、お金が貯まったりするわけではない。すなわち、モチベーション自体は漠然とした抽象的な情報であり、実行するためのプラン（たとえば、どのようにお金を貯めるのか）や遂行を阻害する要因（たとえば、無駄遣いをどれくらいしてしまうか）といった具体的な情報がそれに含まれているわけではない。このように考えると、モチベーションにそった楽観的な予測をしやすいのは、近い将来のことを考えるときよりも遠い将来のことを考えるときだと言えるだろう。

実際、この可能性を支持する研究がいくつか報告されている。たとえば、Gilovich, Kerr, & Medvec（1993）は、学生の成績評価の予測が、学期始めの方が試験当日よりも楽観的であることを見出している。たいていの学生は良い成績を取りたがっていると考えられるため、この結果は遠い将来のことを予測するときほど、そうしたモチベーションにそった予測を行いやすいことを示唆している（Shepperd, Sweeny, & Carroll, 2006 も参照のこと）。

ただし、Gilovich et al.（1993）の研究には二つの疑問がある。一つは、彼らの研究では成績に対するモチベーションが測定されていないため、遠い将来のことを考える際に（すなわち、学期始めに予測した際に）、実際にそうしたモチベーションにもとづいて予測したかどうかは定かではないことである。もう一つは、彼らの研究では物理的（時間的）距離のみが扱われており、主観的距離が異なる場合でも同様の結果が得られるか定かではないことである。解釈レベル理論が想定する心理的距離はあくまで主観的距離であり、もし解釈レベル理論の想定が正しいのであれば、（物理的距離が同じであったとしても）主観的距離が異なっているだけで同様の結果が得られなければならない。以下では、これらの疑問点を解消するために行った著者の研究を紹介する（樋口、2010；樋口・埴田・藤島、2010；樋口・原島、2012）。

実証的検証

樋口・原島（2012）では、学生の勉強に対するモチベーションがレポート作成にかける時間予測に及ぼす影響を検討している。この研究では、講義を受講している学生にレポートを課すと説明し、レポート内容を説明するペーパーを配布した。ペーパーの中には、締め切りが「三日後」であると説明するものと、「二週間後」であると説明するものが半分ずつあった。ペーパーの中にはさらにレポートに対するモチベーションを問う項目とレポートにかけるであろう時間を予測する項目が設けられていた。学生が回答したのを確認した後、実際にはレポート課題は行わないと説明し、ペーパーを回収した。[2]

学生のレポート作成にかける時間予測はどのようになっていたか。まずレポートの締め切りが二週間後であると説明された参加者は、レポートに対するモチベーションが高いほど、レポートに多くの時間を費やすと回答していた。その一方、レポート締め切りが三日後であると説明された参加者では、そのような傾向はみられなかった。この結果は、遠い将来のことを予測するときほど、モチベーションにそった予測を行いやすいという仮説を支持するものであった。ただし、この研究で扱った心理的距離（時間的距離）はGilovich et al. (1993) と同様、物理的な距離であった。そこで締め切りまでの物理的距離は一定にし、参加者に締め切りまでの主観的な時間的距離を尋ねる形で追試を行うことにした。

樋口（2010）は、学生の試験に対するモチベーションが試験勉強にかける時間予測に及ぼす影響を検討している。この研究では、講義の試験約一ヶ月前に、試験までの主観的な時間的距離（試験がどのくらい先のことに感じるか）、試験に対するモチベーション、および試験勉強にかけるであろう時間について学生に回答を求めた。

試験勉強にかける時間予測について分析したところ、樋口・原島（2012）と同様の結果が得られた。すなわち、試験までまだ時間があると感じていた参加者は、試験に対するモチベーションが高いほど、試験勉強に多くの時間を費やすと回答していた。一方、試験まであまり時間がないと感じていた参加者では、そのような傾向はみられなかった。この結果は、遠い将来のことを予測するときほどモチベーションにそった予測を行いやすいこと、そうした予測を規定するのは物理的な時間的距離ではなく、主観的な時間的距離であることを示唆している。

これらの研究は、遠い将来のことを予測するときほど自分のモチベーションを反映した予測を行いやすいことを示しているが、それだけでは楽観的な予測とはいえない。というのも、楽観的な予測というためには、実際の遂行との乖離をみる必要があるからである（多くの時間を費やすと予測していても、本当にそれに相当する時間を費やした場合には楽観的な予測ではなく、正確な予測となる）。

樋口・埴田・藤島（2011）は、これまでみてきたような予測が実際に楽観的であるのか検討するために、試験勉強時間の予測だけではなく、実際の遂行時間についても回答を求めた。具体的には、試験の約一ヶ月前に、試験に対するモチベーションを実験的に操作し、さらに試験までの主観的な時間的距離、および試験勉強にかけるであろう時間に関して学生に質問をした。さらに試験日当日に、実際にどの程度勉強したのかを尋ねた。

予測した勉強時間と実際の勉強時間の差分を算出し、その差分（すなわち、実際の遂行時間よりも時間を費やすと予測していた分）を楽観的な予測の指標とする分析を行った。すると、やはりこれまでと同様の結果が得られた。すなわち、試験までまだ時間があると回答していた参加者では、試験に対するモチベーションが高まっていた人ほど実際よりも勉強をすると楽観的に予測する傾向がみられた。その一方、試験までもう時間がないと回答していた参加者ではそうした傾向はみられなかった。この結果は、遠い将来のことを予測するときほど、モチベーションにそった楽観的な予測を行いやすいことを示している。[3]

ただし、まだ一つ疑問が残っている。それは、これらの結果が本当に解釈レベルの違いを反映したものだったかどうかという点である。すなわち、締め切りまでの時間的距離の違いに応じて解釈レベルが異なり、抽象的な解釈をしているためにモチベーションを反映した予測をしていたのかということである。

このことを明らかにするため、樋口・原島（2012）は時間的距離ではなく、解釈レベルを操作する実験を実施した。具体的にはまず勉強に対するモチベーションを尋ねたあと、先行研究（Fujita, Trope, Liberman, & Levin-Sagi, 2006）にもとづいた解釈レベルを変える操作を行い、その後に試験勉強に費やす時間を予測させた。すると、抽象的な解釈をするように誘導された参加者は、試験に対するモチベーションが高いほど試験勉強に多くの時間を費やすと回答していたが、具体的な解釈をするように誘導された参加者ではそのような傾向はみられなかった。この結果は、抽象的な解釈をしているときほど、自分のモチベーションにそった予測をしやすいことを示している。

考察

本稿では、解釈レベル理論の観点から楽観的な予測をしてしまう原因について議論した。すなわち、抽象的な解釈をしているときほど（たとえば、締め切りまでの時間的距離があるときほど）、自分のモチベーションにそった楽観的な予測をしやすいことを示した。

これらの研究からは、次のようなことが言えるだろう。第一に、予測する将来が遠いときのことであるほど、自分の思ったとおりに実行できると考えやすく、過去の類似経験や遂行を阻害する要因などを過小評価しやすい。たとえば、夏休みの終わりまでまだ多くの時間があると思っているときほど、ついつい遊んでしまうことを考慮せずに、たくさん勉強すると考えたり、老後までまだ多くの時間があると思っているときほど、ついつい浪費してしまうことを考慮せずに、たくさん貯蓄ができると考えたりする。では、どのようにすれば、楽観的に予測することを避けることができるだろうか。一つの方法は、将来のことをできるだけ具体的に考えようとすることである。最後の研究で示したように、試験までの時間的距離が同じ場合でも、具体的に解釈するように誘導された参加者は、モチベーションにそった予測をしていない。この結果は、締め切りまでの時間がまだあるような場合でも、締め切りまでにどのようなことをし、どのような要因がその遂行を阻害するのか具体的に考えるようにすれば、楽観的な予測をして失敗することは避けられることを示唆している。[4]

第二に、こうした楽観的な予測は遠い将来について考えるときに常に起きるわけではない。上記の研究で一貫して示されたように、時間的距離が遠いときであっても、レポートや試験に対するモチベーションが低い参加者は、レポートや試験勉強に多くの時間を費やすとは回答していない。いいかえれば、たくさん勉強すると回答する人は、少なくともモチベーションはもっているとも言える。そのように考えると、たとえば子どもが夏休みにたくさん勉強をすると言って実際にはしていなくても、親から「やる気がない！」などと詰《なじ》られることは子どもにとって心外かもしれない。場合によっては、親から信頼されていない、理解されていないと感じ、本当にやる気を失ってしまう可能性もある。こうした子どもの場合には、行動が伴っていなかったとしても詰るのではなく、どう行動すればよいか具体的に考えさせる方が有効かもしれない。

ただし、ここで述べていることはあくまで可能性であり、今後実証的検討を重ねる必要がある。たとえば、ここで紹介した研究からは、時間的距離が近い場合に（具体的な解釈をする場合に）、実際に遂行の阻害要因を考慮していたかどうか定かではない。そのため、こうした点については今後の検討課題である。

結語

何かをしようとしているときほど、そしてそのための時間的猶予があるときほど、達成できる気がしてくる。しかし、それは人の情報処理上の歪みに由来するものである。

多くの人が幸せになりたいと思っている。そして、そうした思いをもっている人は遠い将来、自分が幸せになっている姿を容易に想像できる（少なくとも、不幸になっている姿は想像できない）。しかし、だからといって幸せになるための努力を怠ってしまっては、不幸になるだけである。

追記

本論文の寄稿は一本の突然の電話から始まった。拙論（樋口、2010）をそのまま掲載させて欲しいという依頼であった。こうした評価をいただくことは研究者にとっては非常に有難かったし、企画趣旨も面白いと思ったのでお引き受けしようと思った。ただ、若かりし頃に書いたものであるし、今思うと恥ずかしいところもあるので、加筆修正をさせていただけるならばという条件つきでお返事した。編集者の方からは御快諾いただいたが、出版が迫っているので一週間でとお願いされた。お願いをされたとき、一週間は短いと一瞬思ったものの、論文のベースとなるものはあるから締め切りまでの時間は十分にあると考えてしまった！（ここまで読んでいただいた読者の方には、何が起こったのか想像がつくだろう）。こうした内容の論文を書いておきながら、自分自身の作業が遅れてしまったことは恥ずかしい限りである。出版社の方々にはこの場を借りて改めてお詫び申し上げる。

引用文献

・Buehler, R., Griffin, D., & MacDonald, H. (1997). The role of motivated reasoning in optimimistic time predictions. *Personality and Social Psychology Bulletin*, 23, 238-247.

・Dunning, D. (2007). Prediction: The inside view. In A. W. Kruglanski & E. T. Higgins (Eds.), *Social Psychology: Handbook of Basic Principles* (pp. 69-90). New York: Guilford Press.

・Fujita, K., Trope, Y., Liberman, N., & Levin-Sagi, M. (2006) . Construal levels and self-control. *Journal of Personality and Social Psychology*, 90, 351-367.

・Gilovich, T., Kerr, M., & Medvec, V. H. (1993). The effect of temporal perspective on subjective confidence. *Journal of Personality and Social Psychology*, 64, 552 - 560.

・樋口収 (2010). 勉強意図と締め切りまでの時間的距離感が勉強時間の予測に及ぼす影響　帝京大学文学部紀要：心理学 , 14, 101-108.

・樋口収・埴田健司・藤島喜嗣 (2010). 達成動機づけと締め切りまでの時間的距離感が計画錯誤に及ぼす影響　実験社会心理学研究 , 49, 160-167.

・樋口収・原島雅之 (2012). 解釈レベルと達成目標が将来の予測に及ぼす影響　社会心理学研究 , 27, 185-192.

・Liberman, N. & Trope, Y. (2008). The psychology of transcending the here and now. *Science*, 322, 1201-1205.

・Nussbaum, S., Liberman, N., & Trope, Y. (2006). Predicting the near and distant future. *Journal of Experimental Psychology*: General, 135, 152-161 .

・Peetz, J. & Buehler, R. (2009). Is there a budget fallacy? The role of saving goals in the prediction of personal spending. *Personality and Social Psychology Bulletin*, 35, 1579-1591.

・Pope, A. (1733/ 2016). *An Essay on Man*. Princeton, NJ: Princeton University Press. 上田勤（訳）人間論　岩波文庫

・Shepperd, J. A., Sweeny, K., & Carroll, P. J. (2006). Abandoning optimism in predictions about the future. In L. J. Sanna & E. Chang (Eds.), *Judgments over time: The interplay of thoughts, feelings and behaviors* (pp. 13-33). New York: Oxford University Press.

注1　本稿は樋口 (2010) をベースにしているが、心理学を専門としない読者にも読みやすくなるように大幅な加筆修正を行った。ただし、そのために研究の詳細は割愛しており、ここで紹介する研究に関心をもっていただいた場合には、必ず引用文献をもとに原典にあたっていただきたい。

注2　心理学の研究では、このように事前に本来の目的を告げずに実験を実施することがある。このような場合、実験後に丁寧な説明を行うとともに、参加者に対して納得してもらう必要がある。詳細については心理学の研究法に関する概説書にあたっていただきたいが、ここで紹介する研究もすべて定められた形式に従って実施されている。

注3　当然のことながら、予測時間と実際の勉強時間のそれぞれについて分析することも可能である。そうした分析を行うと、予測時間は主観的な時間的距離と試験に対するモチベーションに影響を受けていたが、実際の勉強時間はそれらの影響を一切受けていなかった。

注4　この方法と関連するが、反対のモチベーションをもって予測をしてみる方法もあるだろう。本稿では紙幅の都合で紹介することができなかったが、樋口他 (2011) の研究で予測をする際に「遊び」に関するモチベーションを高められた参加者の予測は正確な予測となっていた（すなわち、実際の遂行時間と同程度の時間を予測していた)。このことから考えると、たとえば貯金の予測をするときには、「浪費」しようと思って予測をしてみると正確な予測に近づくだろう。

子午線を求めて　跋

堀江敏幸

小説や詩集になく、評論集やエッセイ集や翻訳書の類にあるものを、一般に「あとがき」という。本書は私にとって三冊目の著作にあたるが、前二作にこの種の文章は付されていない。言いたいことはすべて本文にあるから、というのではもちろんなくて、書き出せばそれが始末書みたいに気のない反省の弁になるだろうとわかっていたからだ。慣習に負けて「あとがき」を付け足した瞬間、そこで作品の所属先が決定されてしまうのを懼《おそ》れていたのかもしれない。自作に関しては可能なかぎり分類を曖昧にしておきたいというのが、当時もいまも変わらぬ私の基本姿勢である。

その意味で、本書を支えているのは、「現代詩手帖」一九九六年二月号から十一月号まで、《雑歌集》の通しタイトルのものに書き継がれた、四〇〇字詰め原稿用紙七枚半ほどの小さな散文だろうと思う。雑記、雑文、雑感といえば、最初から統一感など無視した文章を、しかし意識的に綴っていくこの国の伝統的な表現形式だが、《雑歌集》には、春、夏、秋、冬、相聞、挽歌などの部立てから漏れた雑歌に倣って、「無所属であることの意義が事後的にしか見えてこない散文」の意がこめられていた。ほぼおなじ分量で書かれた同種の短文を組み合わせれば、意識の外で刻まれていた線分がなんらかの律動をもって浮かびあがるのではないか、あるいは散発的に書かれた長めの文章を絡めることで、規格の揃った文章にはない有機的な雑然性が生まれるのではないか。発表媒体を超えた文章の接ぎ目を可能なかぎり滑らかにする「はざま」の散文の可能性を探ること。私の望みはそれだけだった。

ここに収められた文章がいずれもフランス文学に関係しているのは、だから単なる結果にすぎず、まちがっても「フランス文学論集」といった高尚な書き物を意図したのではないことだけは、強調しておきたい。論考にしてはあまりに蕪雑だし、思考のレッスンとしては緻密さに欠け、新刊紹介の枠で綴られた短文のいくつかは、すでに情報の耐用年数が切れている。しかも、自身の立脚点を明らかにし、主義主張を他者に伝えるには表現への欲求と自発性が求められるはずなのに、本書にまとめられた文章は、すべて外からの注文に応じたその場しのぎの応答なのである。

けれども主題と枚数と〆切を呈示される仕事だからこそ無意識の鉱脈に行き当たり、偶然の糸を引き寄せることができたのではないかと、いま校正刷に目を通してつくづく思う。発表当時はそれらが自分のなかでどんなふうに育っていくのか見当もつかなかったのに、こうして編集してみると、か細いながらひとつの流れが見えてくるからだ。

締切の効用

大澤真幸

依頼された文章には、「締切」がある。正直に告白すれば、私は、きちんと締切を守ることができないことが多い。そのため、編集者や印刷所や装幀家等々、連鎖的に多くの人にめいわくをおかけすることになり、私としては、ほんとうに申し訳なく思っている。

締切は、書いたものを商品として出す等の実務的な事情から設定されるもので、書かれることの質やレベルには何の影響もない……と普通は思われている。が、しかし、締切を守らない私が言ってはいささか説得力が下がるかもしれないが、締切には、書物や論文の内容にポジティヴな影響を与える、独特の効用があるのだ。

私の大学時代の友人Mは、かつて、ある文芸誌の編集部にいて、故中上健次の担当だった。中上も、締切を守らない人だったという。締切日になっても、筆をとろうとせず、酒ばかり飲んでいる中上に、ついにMは懇願したという。「中上さん、そろそろ書いてくださいよ」と。

すると中上は、ドスの利いた声で答えたという。「M、文学に締切があるか」、と。

中上の言ったことに、一理あるように見える。確かに、文学にも学問にも締切はない。永遠の終わりなき探究があるのみである。だとすれば、締切日の手前で書き上げてしまい、一つの終結を迎えたかのようにふるまうのは、文学や学問に対する冒瀆ではないか。

しかし、実は、必ずしも、そのように結論するわけにはいかないのだ。そのことを気づかせてくれる事実の一つは、ジャック・ラカンの短時間セッションである。ラカンの精神分析時間は、通例（約一時間）の三分の一しかなかった。ラカンは、各セッションを短く設定し、患者を急きたてたのだ。なぜこんなことをしたのか？　患者の回転が速くなって、収益が上がるからか？　実際、短時間セッションは、ラカン派が国際精神分析学会から破門されるきっかけとなった。だが、多くの治療家は、経験的に次のことを知っている。患者は概して、分析にとって鍵となることをセッション終了まで後五分というときに告白する、ということを。つまり患者は、終了間際に大事なことを言うのだ。短時間セッションは、この効果を方法的に統御しようとしたものである。

この短時間セッションの効果と似たようなものが締切にはある。ラカンは、言わば、患者に対して、締切を早めに設定したのである。診断打ち切りへの切迫感の中で、患者は、普段は見ることができない自分自身の無意識の深部に到達する。同じことは、本や論文の締切に関しても言える。〈終わり〉が間近に迫っているという危機感が、知に、勇気ある飛躍を促し、ときに驚異的な洞察をもたらすのである。繰り返し波のように襲ってくる締切を乗り越えながら書くことはたいへん苦しいが、それには報いがあるようだ。

〈ひとやすみ付録〉　締切意識度チェック　まずは自分の性格を知ろう

自己診断テスト　あなたの先延ばし度は？

	ほとんど、ないしまったく該当しない	あまり該当しない	少し該当する	大いに該当する	非常に多いに該当する
Q1	合理的なレベルを超えて、ものごとを遅らせる。				
	1	2	3	4	5
Q2	やるべきことは、即座にやる。				
	5	4	3	2	1
Q3	もっと早く課題に手をつければよかったと、よく後悔する。				
	1	2	3	4	5
Q4	本当はよくないとわかっているのに、人生で先延ばしにしていることがある。				
	1	2	3	4	5
Q5	やるべきことがあれば、簡単な課題より先に、まずその課題に取り組む。				
	5	4	3	2	1
Q6	ものごとを先延ばししすぎた結果、不必要な不都合が生じたり、効率が悪化したりする。				
	1	2	3	4	5
Q7	もっと有効に時間を使えるはずなのに、と後悔する。				
	1	2	3	4	5
Q8	時間を賢く使っている。				
	5	4	3	2	1
Q9	いまやらなければならないことと別のことをしてしまう。				
	1	2	3	4	5

合計点数

点

あなたの先延ばし度

合計点数	先延ばし度
〜19点	最軽度（全体の10%）
20〜23点	軽度（全体の15%）
24〜31点	中程度（全体の50%）
32〜36点	重度（全体の15%）
37点〜	最重度（全体の10%）

ピアーズ・スティール『ヒトはなぜ先延ばしをしてしまうのか』（阪急コミュニケーションズ）より

不自由な方が自由になれるのである。

V章　人生とは、〆切である

イーヨーのつぼの中

小川洋子

毎朝、新聞を広げる。当然ながらどの面も、記事や写真やイラストで埋まっている。本屋さんへ行けば、とうてい読みきれないほどの数々の雑誌が並び、決まった日にちにきちんと新しい号と入れ替わっている。どの一冊を開いても、白紙のページなど一枚もない。

そのことが時々怖くなる。つまり世の中の人々は皆、締切を守っている。各々自分の責任を果たしている。誰も失敗を犯している人はいない。日々秩序正しく印刷物たちが世に送り出されていることが、何よりの証拠ではないか。そしてその秩序を最初に破ってしまうのは、もしかすると自分かもしれない……と、そんな思いにとらわれる。

本来私が書くべきだったページは、真っ白のまま印刷機からガシャガシャと吐き出され、製本されてゆく。ページをめくる読者は、不意に現われ出る白色を前に唖然《あぜん》とし、瞬きを繰り返し、本当にそこに何も書かれていないことを確かめてから、軽蔑したように、ふんと鼻を鳴らす。白紙の一枚は、長年かけて築き上げられてきた印刷物の歴史に、消しがたい汚点として残る。

だからこそ余計な妄想に浸っている暇があるなら、すみやかに原稿を仕上げるべきなのだが、毎回上手く運ばない。一向に言葉は浮かんでこず、苦し紛れに何か書いてもいっそう行き詰るばかりで、そうこうしている間にも締切は容赦なく眼前に迫ってくる。

この白い底なし沼に落ちた時、いつも私を慰めてくれるのは、『クマのプーさん』に出てくるイーヨーである。イーヨーはじめじめした森の片隅に住み、一人でいろいろなことを考えている年老いたロバだ。

「なぜ?」「なにがゆえに?」「いかなればこそ?」と頭をかしげて考え続けている彼は、プーさんが遊びに来てくれても陰気な声でしか返事ができない。そのうえ、あまりにもくよくよとわけの分からないことを考えているせいで、大事な自分のしっぽがなくなっているのにさえ気づかないありさまだ。

白い沼に落ちてゆく最中《さなか》には、「がんばれ。君なら書ける。さあ勇気を出して前進するのだ」と威勢よく大声を発する人より、イーヨーのようにため息をつきながら、底の底まで一緒に沈んでくれる人の方が必要になってくる。エネルギーにあふれた自信満々の人は、結局沼のほとりの安全な場所に立って、こちらをのぞき込んでいるにすぎない。その人の励ましはどこにもたどり着けないまま、空《むな》しく泡となって弾けてゆく。ああ、あの人はどんどん素晴らしい原稿が書ける才能を持っているんだなあ、それに比べて自分は……と、ますます憂鬱になるばかりだ。

それに引き換えイーヨーはなんと心優しいのだろう。助けを求める人の手を無理に引っ張っても、ただ痛い思いをさせるだけだし、自分にできるのはせいぜい一緒にため息をつくくらいのことだ、と心得ている。

キーボードに指をのせたまま、私はじっと考えている。何をどう考えたらいいのか分からなくなってもまだ、考えている。

「なにがゆえに?」

とつぶやくイーヨーの声が聞こえてくる。

「いかなればこそ?」

石井桃子さん訳のちょっと古風で端正な言葉遣いが、一段と味わい深く心に染みてくる。イーヨーは余計な言葉は口にしない。けれど冷たい沼の水を伝わる微かな気配で、すぐそばに彼がいてくれるのを感じる。私と同じようにうつむいて、明るい空ではなく、光の差さない底をじっと見つめているのが分かる。

とにかくとことん、どこまでも沈んでみようか、と私は思う。絶望から、というのではなしに、溺れて窒息しないための唯一の方向として、自分の足元のずっと更に下の方を見定める。するとある瞬間、ふっと小さな手掛かりが目の前に浮かび上がってくる。それは誰にも看取られずひっそりと死んだ魚の死骸かもしれない。腐った木の実かもしれない。それを手に取り、またしばらく目を凝らしているうち、うっすら何かの風景が見えてくる。書かれるべきものは、やはり沼の底で待っていたのか、と私は自分の選んだ方向が間違っていなかったことに安堵し、ようやく一行めを書き始める。

さて、イーヨーの誕生日、コブタは風船をプレゼントしようとして張り切るのだが、途中で転んでしまう。

「……けがはなかったかな、コブちゃんや?」とイーヨーは優しく心配し、プーさんからプレゼントされたつぼに、〝しあわせこの上もないというようすで〟その割れた風船を大事にしまうのだ。

白紙で印刷されるはずだった私のページも、きっとイーヨーのつぼの中にしまわれているに違いない。印刷物の歴史に刻まれる汚点となる予定だった白紙は、ハチミツのにおいの残るつぼの底に眠っている。

これはイーヨーと私二人だけの秘密だ。

自由という名の不自由

米原万里

「今晩のおかず、何食べたい？」

と母親に尋ねられて、

「何でもいいよ。お母さんの作るものは、何でも美味《おい》しいから」

なんて答えて、歓迎されるどころか、

「その何でもいいってのが、一番困るのよ！　ハッキリしてよ！」

と怒られてしまったことはないだろうか。建築家の友人も言っている。

「何の欠点もない敷地に、好きなように家を建てて欲しい、と言われるのが一番辛《つら》いんだよね」

むしろ、いろいろ制限がある方が仕事がはかどるし、面白いと言う、いや、それどころか、そもそも人間が住める家を建てるなど不可能と思えるほど敷地が欠陥だらけで、施主側の要望に無理があるほど、傑作な家ができるらしい。

わたしもまた、この友人と同じ人種で、今から一五年ほど前に、とある奇特な編集者から、

「どんなものでも、いつでも本にしてさしあげます」

と声をかけられたことがあるのだが、未《いま》だに、そのご厚意に答えられずにいる。なのに、

「一週間後の今月一五日までに原稿用紙三〇枚、『一人旅』というテーマで」

と時間も量もテーマも限定されると、嘘みたいに素早く仕事がはかどる。

この連載だって、週に一度の締め切りと字数制限はあるものの、

「ご自由に何でもお書きください。ただし、下ネタとイデオロギー的なものだけは、ご遠慮願います」

というほぼ野放しの自由が与えられたために、毎回テーマを決めるまでが一苦労だった。それも、選択肢に迷うなんていう高級な悩みではなくて、自由になると、結局、自分のやりやすいものに落ち着く。すると、守備範囲が狭いから、同じところを堂々巡りすることになってしまうという恥ずかしいものだ。原稿より締め切りの早いイラストレーターから散々せっつかれた。

「せめて、テーマでも早めに」

ところが、こちらはそのテーマ探しでのたうち回っていたのだ。連載五回目だったか、苦し紛れにつぶやいた。

「絵を先に描いて。その絵に合わせて原稿書くことにするから」

その方式が結局、そのまま最後まで続いたことになる。与えられた絵をとっかかりにテーマ

を決めると、本を読むときも、周囲を観察するときも、そのテーマの視点から見つめることになる。今まで知らなかった物事の側面に気づかされたりする。自分の枠が広がっていくのだ。

型のない自由なダンスを踊るときもそうだ。音楽に合わせて身体をくねらせるだけの、誰もが動かしやすい動作をするものだから、みんな同じ踊りになって、見ている方も退屈だし、本人もすぐに飽きてしまう。

一つ一つの動きにいちいち細かく厳しい型があり、それを身につけるのに何年もかかるような不自由な思いをして身につけた踊りほど、自己表現も自在だし、踊っている最中の解放感も大きく、従って満足度も高い。型を身につける過程で、そのままだったら知らなかった仕草、使わなかった筋肉を使いこなすようになるために、より自由の利く範囲がいつのまにか拡大していることに気づく。

不自由な方が自由になれるのである。

自由なはずが、結局、区別の付かない服を着て、同じ言葉遣いで、同じような番組を見て、似たようなものを食べている若者たちを見ていると、とくにそう思う。

書かないことの不安、書くことの不幸

金井美恵子

カフカの日記を読むと、書かないでいることの不安について語られた部分がある。もう何日もぼくは書いていない、とカフカは書いている。カフカという文学の毒虫をたびたび不安におしやった〈書いていない〉という状態とは違った意味で、わたしの取りつかれた病気は、自分が書いていないのではないかという心配事なのである。

よその人は、多分、こんなことを言えば甘ったれていると考えるかもしれないけれど、わたしの不幸というのは、おそらく、物を書きはじめた時と、そしてそれがいくらかの原稿料と引きかえになるという信じられないような幸運にめぐりあった時に、はじまったのだろう。けれど、よく考えてみると、それ以前から不幸ははじまっていたのかもしれなくて、それは最近つくづく思うのだが、わたしはどうもあまり真面目《まじめ》に人生ということを考えていないらしいのだ。別の言い方をすると、自分の生きているということに対して、熱心になれないし、どうでもいいことのような気がしてしかたない。日々なんとなく時がすぎて行くことだけをたよりに当面の原稿のしめ切りを月日の目やすとも目的ともして、変わりばえのしない毎日をボンヤリやりすごしていると、本当に何のために生きているのだかわからなくなってしまうのだ。

　時々、半年に一回くらいだけれど、まったく自分自身の純粋な願望として、書きたいという気持ちが昂《たか》まることがあるけれどそれ以外の時には、わたしはまったく書くことに対する情熱を失ってしまっているようだ。ついでに生きるということに対しても。それでも、わたしは書きつづけているし、それ以外にやることがないことを知っているのだ。確かに、わたしは小説や、それ以外の雑文や、それより少し真面目な文学的エッセイを書き、そしてそれで生活をしているらしいのだ。

　けれど、それが本当に書いていることなのかどうか、あるいは、本当に書くということがどういうことなのか、わたしにはわからない。もう書きたくないような気がするのである。それほど多い枚数ではないけれど、月という単位で原稿を書きながら、わたしのとりつかれる不安は、そこには実は何も書かれていないという、わたしにとっての耐え難い一つの真実であり、そう考えると、ひどく虚《むな》しい気分になり、まあ、人間なんてみんな虚しいとかばかばかしいとか、かなりニヒルに自分の生き方を見ているのだろうけれど（そうではないかもしれない。みんな、もっと前向きに生きているのかもしれない）、それにしても、書くことでわたしが手にした貧し気で姑息《こそく》なだれからも同情されないたぐいのつまらない不幸は、しばらくの間書くことを一切やめたからといって取り戻しようのないものだ。

原稿を売ること、すなわち、雑誌や何かに文章を発表することをやめることによって、おそらくわたしが解放されるわけでもないし自由になるわけでもないのだ。書こうと書くまいと、退屈で平凡な輪郭のないぼんやりした日々があるだけで、相も変わらず、わたしは何冊かの古びた好きな書物を何回も何回も読み返し、繰り返し同じ映画を見つづけ（好きな映画が都内の映画館で上映されつづけている間、毎日通ったりして）、観念の操作ですっかり古い伝説に仕立て直してしまった恋とか死について、その細部を何遍も何遍も吟味しなおしたり、残りの大部分の時間を眠ったりしているだけだ。それから、時々買い物に出かけたり、仕事で旅に出たりする。

買い物をしている時は幸福だ。自分の住んでいる家の外にいて、小説のことも考えていないし、まったく使いものにならない新型の台所用品（メリケン粉かきまぜ器だの、ジャガイモつぶし器だの、野菜くりぬき器だの）を、不必要と知ってて買う時は幸福だ。なるたけ、意味のあることはしたくない。無意味な、むしろ不必要なことをやっている時のほうが、わたしは安心する。

自分のやってることに意味とか価値とか張り合いなんて、なるべく感じないほうがいいのだ。意味や価値や張り合いを見つけようとするから、自分のやってることを間違っていると考え込んだり悩んだりするので、まったく無意味な役に立たないことをしていると考えれば、そしてそれも自分自身のためにそうしていると考えれば、世間に対して少し恥ずかしいところもないわけではないけれど、わたしはまだ書きつづけて行くことができるだろう。けれど、書く理由がいつわたしの内部で不在になるか、それはわからない。というよりか、書く理由の欠如によってのみ、はじめて書きはじめるのかもしれない。

実は、わたしには不幸なんてものがないのだ。書くことをきらい、書かずにすむことを夢見ながら、それでも書いてしまうという唯一の真実をのぞいたら、すなわち、本当に書かなくなったら、それは死だ。

書かずにすむことを夢見る力しか、わたしは持っていないような気がする。そして、けれどそれはあくまで夢見る力であり、書かないでいるという状態というのは、夢でも力でもありえない。そして、もっぱら、わたしの夢見る力（そんなものがあったとしたら！）は、書かないことを夢み、原稿用紙の白い空白の前で、発熱性のふるえを経験する。

いつの間にか取り戻しようのなくなった不幸。もしくは、不幸に名をかりた生きることに対する無精な観念。いつか、書かないでもいられるようになるために、書かないでいても何の不安を持たずにすむようになるために、わたしは書きつづけなくてはならないようだ。そして、何回も言うように、これは不幸なことで、決して若い娘にむいた生き方ではないのに、いつの間にか、わたしは小説などという奇妙なものを書くようになってしまった。出来ることなら、十二歳くらいで死んでいればよかったので、きっとこれは何か重大な世界の法則のあやまちが、わたしのところへやって来た小さなしわ寄せだったのに違いない。世界の法則の過誤によって与えられたしわ寄せのような生というのは、現実の中で、退屈で、ふわふわと、生きているような気がしないのである。

村の鍛冶屋

車谷長吉

私が子供のころは、私の生れた村にはまだ「村の鍛冶屋《かじや》」があった。木造船の建造に使う船釘《ふなくぎ》を、打ち出しているということだった。播磨灘《はりまなだ》にほど近い村である。海べりには漁船などを造る小さな造船所があったから、そういうところで働く船大工が使っていたのだろう。併《しか》しいまは、木造船などほとんど見かけることはなくなった。東京湾にそそぐ江戸川の河口へ行くと、葦《あし》の間の泥の中に、廃船となった木の船がたくさん沈んでいる。近くの漁船の船溜《だま》りを見ると、すべて今日の石油化学工業製品で造られた船ばかりである。

村の鍛冶屋も、泥の底へ沈んでしまった。が、私の生《せい》の感覚の底には、あの私の生れた村の鍛冶屋の親爺《おやじ》が船釘を打ち出していた光景が、いまも有り有りと呼吸している。その鍛冶屋は、村の中を流れる細い野川のへりにあって、仕事をしている時は、上下に開閉する低い蔀戸《しとみど》が川の上へ開けられていたから、こちら側の道にしゃがむと、鉄格子《てつごうし》の窓の内《うち》らに、真ッ赤に燃え盛《さか》る炉の火が見えた。親爺はその炉の中から鋏箸《やっとこ》で、赤く飴《あめ》のように焼けた鉄の棒を引き出して、鉄床《かなとこ》の上で、カン、カン、カーン、と鎚《つち》で太い釘を打ち出し、そばの馬穴《バケツ》の水に浸《つ》ける。じゅッと水が弾《はじ》ける音とともに、白い蒸気が立って、湯玉が走るのだった。時にはコークスを炉の中へくべることもある。鞴《ふいご》で風を送ると、黒いコークスが見る見る赤く発光するさまは、何か恐ろしいようでもあった。

当然、そのころの田舎道は舗装してあるところなどなく、二時間に一度ほどバスが通るほかは、自動車が走ることは滅多になかった。夏の日に、日除《ひよ》け帽子を被《かぶ》せてもらった馬が、石炭の叺《かます》を積んだ馬力を挽《ひ》き、赤牛が土車を挽いて、ゆっくり遠ざかって行った。それでも道は轍《わだち》にえぐられて、凸凹《でこぼこ》道である。雨が降ればぬかるみ、水溜りが出来る。晴れると、そこに静謐《せいひつ》な青空が映っていた。

鍛冶屋の親爺は毎朝起き抜けに、きのう使った炉のコークスの燃え殻《がら》を、道の凹《へこ》んだところに捨てた。そしてすぐに炉の火を入れ、朝早くからカン、カン、カーンという音を村の空に響かせた。

やがて子供たちが連れ立って学校へ行く時間になる。冬の寒い朝に、道のコークスの燃え殻にさわると、まだかすかに温《ぬく》かった。子供たちはその温もりを求めてさわるのではない。燃え殻の中に、手指の先ほどの鉄の破片がまじっているのである。船釘を打ち出した時の切れッ端であるが、火の力と鎚の力が合わさって出来た、清潔な黒い破片である。一個一個、同じ形のものはなく、言わば自然の力と人工の力が一つになって造り出した形であり、何か宝物のように美しい「無意味なもの」だった。無論、その鉄片にまだかすかに温みは残っている。あの凄《すさ》まじい炉の中の、業火《ごうか》の残り香のような、恐ろしい温もりだった。が、その鉄片は燃え殻の中から取り出すと、たちまち冷たくなってしまう。そうなると、それはただの「空々しいもの」だった。

ある日の午後、私は一人ぼっちだった。道にしゃがんで、親爺が肩口の筋肉に玉の汗をたぎらせ、鎚を打っているのを見ているうちに、いきなり、川の端に起立し、鍛冶屋の鉄格子の窓の方を見て、学校で習った文部省唱歌「村の鍛冶屋」を大声で歌い出した。

〽しばしも休まず、槌うつ響《ひびき》。

飛び散る火の花、はしる湯玉……。

歌の文句が、親爺が来る日も来る日もやっていることと、まったくそっくりなのが、迚《とて》も不思議だったのだ。併し実際には、歌の言葉は、こういう鍛冶屋の親爺の姿を見て作られ、さらにその作られた言葉が、ふたたび現実の親爺の幻影《イメージ》を作っていたのであるが、そんなことにはまだ気がついていなかった。突然、鍛冶場の中から、

「こらッ、糞ッたれめが。」

という大音声《だいおんじょう》がした。私はびっくりして、逃げ出した。普段は呶鳴《どな》り声《ごえ》など発したことのない、物静かな人だった。それだけに、私の驚きは深かった。なぜ親爺が怒ったのか、皆目分からなかった。少し行ったところの物陰にひそんで、耳を澄ましていたが、しばらくは鎚の音も聞こえて来なかった。その静寂が、耳に残った。

あれから凡《およ》そ四十年が過ぎた。いまになって考えて見るに、親爺は餓鬼にからかわれたと感じた、と言うよりは、てれ臭かったのだろう。この人の鍛冶屋生活は、まさにこの人の生命の内容それ自体であって、そこには一分の隙《すき》も、横ずれもなく、併しそこへ突然「村の鍛冶屋」という歌の言葉が闖入《ちんにゅう》してきたのだった。本来、余計な「言葉」など侵入する余地のない生活である。そういう質実な生活の姿が、「歌」として謳《うた》い上げられる。恐らくは何か歯の浮くような、居たたまれなさを感じたのだろう。つまり、私が窓の外で「歌」を歌ったことによって、それまでのように、無心で鉄を打つことが出来なくなり、己れが己れではなくなって行くむず痒《がゆ》さに蹴《け》られて、あの悲鳴にも似た声を発してしまったに相違なかった。

私はこの二十数年、小説原稿を書き続けて来たが、このごろ、そういう自分にだんだんに、ある居たたまれなさを感じるようになった。時として、自分で自分に向って、「こらッ、糞ッたれめが。」とカチ喚《わめ》きたいような衝動を覚えるようになった。恐らくは書くことの意味が、私の中で変容してしまった（あるいは、させられてしまった）からだろう。それにともなって、己れの生命のリズムが根こそぎ狂ってしまった。病院の検査では「原因不明」の心臓発作、胃潰瘍《かいよう》、激しい下痢などに、くり返し襲われるようになった。今年五月四日の夜半には、心臓発作で日本医科大学病院高度救命救急センターに運ばれ、暗殺未遂事件で入院中の國松孝次警察長官と同じ病棟にいた。

平成四年の秋に、新潮社で『鹽壺《しおつぼ》の匙《さじ》』を上板してもらうまでは、私は二十年余、基本的には世の中の誰からも相手にされないところで、言わば己れのためだけに、私《ひそ》かに自己の「魂の闇」を書き続けて来た。従って書くのも数年に一度のことであり、私の生にとっては、それで十分だった。職業作家になりたいとか、有名な文士になりたいとか、そんなことは寧《むし》ろ避けて通りたいことであった。二十年余の経験によって、己れがいかに無能であるかということは、すでに骨身に沁《し》みていた。無論、それで書くというのは苦しいことであるが、そこには一かけらの喜びもあった。

が、本を上板してもらったあとは、その「一かけらの喜び」がなくなってしまった。ただ編輯者《へんしゆうしや》に「次ぎの原稿」を求められるままに書いているだけ、と言えば、少し大袈裟《おおげさ》になるが、何かそれに近い生のリズムである。言うなれば、書くことは「書かないではいられない」内発的な行動であったのが、徐々に、人に言われてする、外発的な振る舞いにこむら返りを起こしてしまったのである。加えて、文学は私にとって「魂の記録」であっても、編輯者にとっては「商品」である。併し長い間、出版社の人に原稿を売り続けて来たのは、私である。この齟齬《そご》が、私の中できしみはじめた。こんな、うすら座ぶとんのごとき男に期待して下さるのは、ありがたいことではあるが。

ありがたいと思うことが、また苦痛である。上述のごとく、もともと私は、誰からもかえりみられないところで、数年に一度、私《ひそ》かに文章を書いて来た。それが私には常態であった。が、突然、思いもしなかったところへ押し出されてしまった。新聞・雑誌・TVなどに取り上げられ、ただ驚いたり、困惑したりしているうちに、常態が「常態」ではなくなってしまったのだ。

この二年半の間は、ただひたすら「書き」続けるだけのその日その日であった。これを外側から見れば、鍛冶屋の親爺が毎日、ただひたすら無心に鎚を「打ち」続けているように見えたかも知れない。が、そうではなかった。鍛冶屋が絶えず耳許《みみもと》で「村の鍛冶屋」を歌われているような、何か居たたまれない、生の中身が流失して行くような時間であった。

本を読むのも、書くのに必要な本を読むだけで「あっぷあっぷ」で、読むことそれ自体を楽しむような時間の余裕は、次ぎ次ぎに求められる「次ぎの原稿」の圧迫に気圧《けお》されて、ただの一冊の本を読む余裕すら持てなかった。つまり、その日その日が味気ない「本のない日々」であった。能なしが、なまじ編輯者に目をかけていただくと、こういう具合になるのである。ゆうべ、家人の寝静まった夜中に起きて、階下の薄暗い四畳半に坐《すわ》っているうちに、小声に「村の鍛冶屋」を歌った。

大長編にも、数行の詩にも共通する文章の原則

轡田隆史

文章とは、長さである。これが断定に過ぎるならこういってもいい。文章の重要な要素の一つは「長さ」と、「締め切り」である。どんなに長く書いてもよく、いつ終わるでもなく書きつづけていてもよいなら、文章は、いつまでたっても文章として完結しない。

中里介山（一八八五―一九四四）の大長編小説『大菩薩峠』は文庫にして二十巻（ちくま文庫）。一九九五年度の読売文学賞を受けた安岡章太郎さんの『果てもない道中記』（講談社、上下二巻）は、この超大作を読んでいない人をも読んだような気分にしてくれる面白い本だが、それにしても「果てもない大文章」なのである。

しかし、どんなに果てがないように思えても、作者、中里介山は、新聞（都新聞―東京新聞の前身）の連載小説として、日々の締め切りに追われながら、一定の行数を書きつづけたに違いない。連載を止めたあとも、介山はさらに執筆をつづけたが、長さと締め切り時間という点で基本的な事情は、ほぼ似たようなものだった。後者でいえば、人生の締め切り時間が迫って来るという、人間の避けようもない宿命が、さらにおおいかぶさってはきたのだけれど。

一定の時間の内に、一定の長さの文章を書く。すべてはこの二点に向かって集中的に行われる。そして、「長さ」と「締め切り」が文章を決めてくれる。

わたしは丸八年間、新聞の夕刊がある限り、毎日、この作業をしてきた。朝日新聞夕刊一面の下のほうにあった小さなコラム『素粒子』がそれ（いまは題字の下に移動）。一行十四字で計十五行二百十字。三行ずつ五項目に分かれていたから、三行四十二文字で一つの事柄を論じるという格好になる。したがって、雑誌のマスコミ批評欄でも読者の投書でも、意味不明だ、一方的だなどと年中、叱られてばかり。

しかし、「短い」ということだけでいうなら、これは究極の短さ。「考え方」の整理・整頓の極みといってもいいだろう。では、お前の頭の中には、「三行四十二字」分のものしかないのか、と問われれば、わたしは「違う」と答えるだろう。

この辺の事情は、たとえば「文章教室」のような場に通ってくる方々についても同じ。講師を務めていたときに、「春」という題で四百字、なんぞと出題すると、ウワー短い、とため息がもれる。だれだって、四百字や八百字にはおさめ切れないだけの思い出や考えをお持ちなのだ。わたしとて同じである。しかしこちらの枠は三行四十二字（俳句や川柳の方からは、ずいぶんたっぷりあるじゃないか、といわれそうだが）。

締め切りと枚数は守れ

池井優

「君、原稿を頼まれたら、締め切りと枚数は守るんだよ」、大学院の博士課程を修了し、大学に残ることになったとき指導教授に言われた一言であった。以後四十数年、本、論文、書評、エッセイにいたるまで締め切り日から逆算して原稿の提出は絶対遅れないように執筆する、決められた枚数は必ず守るをモットーに今日にいたっている。

四〇年前は、パソコンもメールもＦＡＸもない時代だから、原稿用紙の枡目を万年筆で一字一字埋めていく作業を続け、原稿が完成すると時間に余裕がある場合は普通便、急ぐときは速達で送る、さらに時間に余裕のないときは直接持参するか、出版社に取りに来てもらうしか方法がなかった。

その後、学会誌の編集責任者になったり、出版社の編集担当者と親しくなるにつれて、世の中には締め切り日は破るものと居直っていたり、四〇〇字詰め原稿用紙五〇枚以内と決められているにもかかわらず八〇枚を超し、自分には決められた枚数なんか関係ない、書きたいだけ書くとわがままを通す大教授も多いことを知った。

締め切りを守らない常連には、編集者の方も対策をたてる。締め切り日前に「ご執筆は進んでおりますでしょうか」と電話する。自宅、研究室へ直接出向いて督促する。ホテルあるいは出版社が所有している保養所に缶詰めにして書くことに専念させる……といった手段で締め切りに間に合うよう万全の手段を講じるのだ。

私自身、新書の執筆を依頼され、某出版社の軽井沢にある山荘に一週間部屋を用意してもらい書くことに集中したことがあった。部屋には二組の机と椅子、布団が用意され、椅子に掛けても、座っても書ける、疲れたり、眠くなったらいつでも横になれるといった原稿用紙に向かわざるを得ない環境が整えられていた。最高の施設のお陰で原稿が完成、備え付けのノートに「できました。万歳！」と書き記してふと前のページをみると売れっ子作家の「われ、食い逃げを恥ず」の一言が残っていた。山荘に缶詰めになっても書けず、未完のまま逃げ出したのだ。

締め切りに遅れるのは日本ばかりではない。国際会議でその日の報告書を会場の片隅で懸命にタイプしているイギリス人学者をみかけたこともあったし、日本文学の研究者として著名なドナルド・キーン教授からこんな話を聞いたこともあった。キーン先生は日本で日光に別荘をもっておられる。「日光はホトトギスが多いでしょう。日本人の耳には鳴き声が〝テッペンカケタカ〟と聞こえるそうですが、わたしには〝ゲンコウカケタカ〟としか聞こえませんね」。

誰かが名言を残した。「人生は長く、締め切り日は短し」。

締め切りまで

谷川俊太郎

フェルメールに夢中だったころ、言葉で彼に近づきたいと思って書いているうちに、『定義』という詩集が生まれました。その後レンブラントの自画像に感動するようになり、私の興味は物の外面から人間の内面に向かうようになりました……と言ってしまうと余りに大雑把ですが、言い方を変えるとフェルメールは詩に近く、レンブラントは散文に近いという印象を私はもっています。もちろん詩と散文は言語作品においても比喩においても、対立すると同時にときに相即するものであることを前提にしての話ですが。

ゲーテは「時よ止まれ　お前は美しい」と書いているそうですが、物語や小説などの散文の中では、時間はプロットに沿って流れ続けています。レンブラントの自画像が、若者から老人までの彼自身の顔のうちに、否応なく時を、ひいては歴史を感じさせるように。しかしフェルメールの描く顔は（そして光景も）、時の流れを感じさせません。それは今この瞬間のうちに生き生きと静止しています。

それはほとんどある種の詩作品の理想の姿と言ってもいいのではないでしょうか。もしも時間を止めることができたら、この世の存在のすべてがそのままで限りなく美しいということが分かるはずだと、私はそう信じているのです。時が止まるとき、私たちはすべてを永遠の相のもとに見ることができるからです。これは言葉の上では妄想に過ぎませんが、フェルメールの画では、それが現実になっているように感じられます。

フェルメールの作品は写真と比べて論じられることがありますし、彼自身カメラ・オブスキュラを使ったことがあるという説もあるようですが、両者の違いははっきりしていて、それは私に言わせれば時間の止め方の違いです。写真は瞬間の露出で時を止めます。フェルメールは時を止めるのに何ヶ月も、時にはおそらく何年も時間をかけます。写真と絵画のマチエールの違いにもそれは現れていますが、私たちが感じる違いは視覚から来るものだけではなさそうです。フェルメールの画は五感を超えたものにかかわっているような気がします。

フェルメールが見せるいまこの瞬間には地層のように見えない時間が堆積している、と私は感じます。現実の暮らしの中のいまこの瞬間にも、過去がそして未来が積み重なっているのと同じように。そこにフェルメールの画の写実では片付けられないリアリティが生まれるのではないでしょうか。彼の画の中の静止した時間は、その画が描かれた数百年前の時間であると同時に、その画を見る私たちのいまこの時間でもあるのです。物理的な時間を超えた不思議な「時」が画の中に顕現している。

さて、編集者に書けたら書きますと約束した「詩」ですが、それを書こうとしてデスクトップに向かっているうちにここまで書いてきてしまいました。でもこれはどう考えても詩ではありません。ここからどっちへ進めば詩に近づけるのだろう。フェルメールの画は明晰ですから、言葉も明晰でないと釣り合いがとれない。そう考えるといま書いている言葉を、詩と呼ぶに適したもっと多義的な言葉に変換する必要があるのかどうかもあやしくなる。実は題名だけはもう決まっていて「時を止める男」。安手なＳＦ映画みたいですが、フェルメールが描くデルフトの日常からいったん気持を引き剥がさないと、散文は詩へと移行してくれないのです。

現実には存在しない時を止める男を、言葉の上だけでも存在させるためにはそれなりの計画を立てねばならないはずですが、計画して詩が書けるものなのかどうかという疑問も同時に浮かびます。今日はこれを近所の川べりの公園のベンチで書き続けているのですが、いま隣に座っている画学生らしい娘が突然私に話しかけてきました。

ジャコメッティは造物主が創ったもの

たとえば人間を愛していたのかしらね

もちろん愛していたと思いますよ

ジャコメッティは愛するあまり見つめすぎたのです

それで人間が（犬も）あんなに痩せこけてしまったのです

実際には隣の娘は黙ったままで、私が心の中で自問自答しているだけなのかもしれません。川の対岸には倉庫のような建物が並んでいて、その向こうに夕日が沈んでいきます。なんだか「デルフトの眺望」を思い出させる光景です。
フェルメールはどうだったのかしらね
少なくとも布や壺は愛していたと思いますがね
人間は分かりませんよ
彼は人物さえも静物画にしてしまった男ですから
私たちどうして目の前の現実に満足できないのかしら
フェルメールは満足していましたよ
いや石ころひとつにも畏敬の念を抱いていたと言っていい
後に子どもを乗せたママチャリが三台
賑やかに仲間の誰かをあげつらいながら通って行きます
想像力って猥褻じゃありません？黙示録の昔から
フェルメールの想像力はどんなものだったのだろう、想像という行為に対して禁欲的な態度をとることは可能だろうか、と書きながら私は考えました。現実の繊細で微視的な細部に目を凝らし、それをどう画布にうつすか工夫することにも、想像力の働きがあるのではないか。
デルフトのお土産に古いタイルを貰ったことがあったわ

立小便してる男の子の図柄でね
職人がきっと三十秒で描いたんだと思う
日が落ちてあたりが暗くなってきました。ラップトップをたたみ、立ち上がって歩き出してふと気がつきました。今日は六月三十日、締め切り日です。

作家の日常

星新一

そもそも作家なんてものは、かっこいい日常をすごしてはいないのだ。出版パーティーなんかの写真を見て、うらやましいような気分になる人もあろうが、あれはわずかな時間の仮の姿。ぐだぐだだなんて形容詞があるかどうかは知らないが、大部分はそんな感じで日をすごしている。

私の場合、夜型のほうだが、完全なる昼夜逆転型ではない。午前十一時半ごろ、寝床のなかで目をあける。目をあけるが、すなわち目ざめというわけではない。眠る前の寝酒の作用が残っているのだ。

目をあけたということは、さし迫っているいないにかかわらず、締切りが一日だけ近づいたことを意味する。それを思うと、やれやれである。

といって、さわやかな朝がぜんぜんないというわけではない。予定を立て仕事を整理しての外国旅行。あれはいい。さっと目ざめる。現金なものだ。

茶の間へ行き、すみにおいてあるソファーの上に横になり、新聞を読む。約一時間。おもむろに朝食にかかり、のろのろと新聞を読みながら食べる。歯をみがき、ひげをそる。二時ごろになる。まだ、すっきりしない。

このとしになって、なにがいやかというと、知人や親類の死である。死ぬのはいいのだが、告別式というやつ、なぜかほとんどが午後の二時からなのだ。それに出るには早目に起きねばならず、まことにつらい。午後二時からの式というのは、多くの人の公務の時間をつぶしているわけだ。公然と仕事をはなれるのがいいのかもしれないが、退社時間後、たとえば午後五時半ごろにできないものだろうか。

それはともかく、私は三時ごろ書斎に入る。調子がよければ、原稿の清書をしたりする。しかし、郵送されてきた雑誌や印刷物に目を通すことのほうが多い。

日の短い季節には四時半ごろ、長くなると五時すぎ、近所へ散歩に出る。世に作家ぐらい、運動不足になりやすい職業はない。すらりとスマートな作家は、数えるのに苦労するほどである。もっとも、この散歩がどれくらい役に立っているかは、なんともいえぬ。

真夏はべつとして、まあたそがれ時である。なにやらムードのある語句だが、私にとっては逆である。からだに活気がみなぎりはじめ、頭もしだいにはっきりしてくる。なにかせざるをえない現実をみとめる感じ。しかし、すぐ仕事というわけではない。散歩から帰って、まもなく夕食。なぜか私は、食事がゆっくりだ。たあいないテレビを見るからである。たあいないからいいので、これが充実して深刻だったら、消化に悪い。

そして、八時半か九時ごろ、書斎の机にむかうのである。アイデアをメモする時もあれば、ストーリーをねる時もある。この数時間は、自分でもふしぎなほど密度が高い。必要があって百科事典をひいても、さっと頭に入ってしまう。そんな時間を持っているからこそ、生きている意味があるわけだろう。

午前二時半ごろ、ひと区切りとなる。頭がさえわたっている。風呂に入ったり、顔を洗ったり。まだ頭は緊張している。寝酒のくせがついたのは、そのせいである。話し相手がいるわけじゃないから、量がふえる。

音楽で頭が休まるかと、ステレオセットを買い込み、ヘッドホーンで楽しもうとしたら、メロディーが頭のなかをかけめぐり、かえって興奮してしまい、逆効果だった。まだしも活字のほうがいい。そのための本が枕もとに用意してある。そして、飲みかけのグラスをそばに、いつしか眠っている。

かなり前から「朝起きてからの一連の行動がすべて就眠儀式」というアイデアで短編を書こうと思いながら、いまだにものにならないでいる。ということは、どうやら自分の日常が、そのたぐいだからだろう。私の作風は、日常性と離れたところに特徴があるのだ。

明日があるのは若者だけだ。　黒岩重吾

「明日があるさ」とついつい面倒なことを先延ばしする私。自分でもイヤなこの性格を直すことができるでしょうか。

（明日ある子・21歳・女・会社員）

面倒なことを先延ばしするってことは、みんなやってることや、うん。俺も若い頃はよく締め切りをほっぽらかして飲みに行ったりしたもんや。

だから、これは悩みごととは、ちょっと違うぞ。みんなそうなんやから悩むほどのことではない。ただ、いっとくけど、今はきちんと原稿を仕上げてから飲みに行ってるで。ほら、俺の年になると、いつ討ち死にしても仕方ないやろ。君らみたいに、「明日があるさ」と呑気《のんき》に生きてるわけにもいかんから、常に身辺をきれいにしとるね。

けど、「明日があるさ」ってことは、明日、先延ばしした事をやらんといかんいうことも忘れずにな。「明日があるさ」と先延ばしして八十年の人生を終わったら、そら、単なるアホでしかないで（笑）。

時間について

池波正太郎

二十歳前後の私は、人づきあいのよい男で、多くの友人と食べたり飲んだりすることを面倒におもわなかった。

これは気学でいうと、生まれ月の星が〔三碧《さんぺき》〕の所為《せい》かも知れない。

〔三碧〕は若者の星で、よくしゃべるし、唄うし、喧嘩もするし、ともかくも気が短く、さわがしいところがある。

ところが、大人になるにつれ、生まれた年の星が、しだいに影響を強めてくるらしい。私の生年の星は六白《ろくぱく》である。そのためか、終戦後の私は頑固になったらしく、容易に妥協しない男になってしまった。それが、また変ってきて、自分でも生きていることが、

（楽になってきた……）

と、感じたのは、四十を越えてからだ。

つまり、人と争わなくなったからだろう。

戦後の私は、自分でおもってもみなかった文筆の仕事をするようになった。

はじめは劇作、つぎに小説というわけだが、敗戦後の虚脱状態から、ようやくに立ち直り、自分がすすむ道をこれ一つと決めたのだから、生来、亡父ゆずりの怠け癖が強い私も、初一念を、どこまでも迷わず、今日までやって来た。

この道へ入ってからの私は、めったに〔約束〕ができなくなった。いや、しなくなった。ともかくも仕事に打ち込んでいれば、どうしても、つきあいの時間がとれなくなる。

気をはらすのも、自然に時間の余裕が生まれたとき、だれにも気をつかわず、ひとりでするのがもっともよい。約束をして、これを破ったりすると、相手も迷惑をする。

むかし、長唄の和歌山某という人は、自分の芸を磨くため、友人をひとりもつくらず、したがって、つきあいもしなかったということを耳にしたことがあるけれど、私は、それほど極端ではない。

つまるところは、私の場合、原稿を早目早目に仕あげておき、自分だけの時間をつくり、のんびりと街を歩いたり、好きな画を描いたり、映画を観たりするために、つきあいの時間を減らすということだ。これまでに一度だけだが、原稿が〆切ぎりぎりになったことがあり、そのときの苦しさをおもうと、

(もう二度と、〆切には追われたくない)

と、考えている。

一生のうちに、自分の時間をどのようにつかったらよいのか……それはまた、他人の時間についても考えることになる。何となれば、人の世は相対《あいたい》の世の中だからである。

亡師・長谷川伸は、大阪へ旅行中に〔荒木又右衛門〕の新聞連載を三回分書いて東京へ送り、「これで、挿画の木村荘八さんに迷惑をかけずにすむ」

と、むかしの日記に書いている。

いまもって私は、先生の、この日記の一節が忘れられない。

挿画を担当する画家は、小説の原稿を読んでからでないと筆をとれない。そこのところを、長谷川師は新聞社につとめていたこともあっただけに、よくよく、わきまえておられたのだろう。

たとえば、一つの出版社の中の、それぞれちがう雑誌からたのまれた原稿が前もって書きあがっていれば、一人の編集者に、ついでながら、二つの原稿をわたすことができる。私のほうも楽だが、向うも時間がムダにならない。なかなか、おもうようにまいらないが、努めてそうしている。だから、飛び入りの仕事というのが、どうしてもできにくいのだ。

四、五年前のことだが、若い友人がやって来て、

「結婚したい相手が見つかったのですが、どうも、いま一つ、物足りないところがありまして……」

と、いう。そこで私が、

「向うだって、君のことをそうおもっているよ。それで君は、相手の女《ひと》の何処が、もっとも気に入ったの？」

「いそがしいのに、約束の時間を、きちんとまもることです」

「上出来。それでいいよ。一つだけでもいいところがあれば充分だ。あとは君しだいで、よくもなれば悪くもなるのさ」

彼は結婚した。いまも円満にやっている。

若い女が約束の時間をまもるということは、男の場合よりも骨が折れるものなのだ。

先ず化粧、整髪、服装と、身仕度に相当の時間をかける。それを、段取りよくしておき、約束の時間をまもるというのは、当然のことのようでいて、いまは、なかなかむずかしい世の中になってきた。

それができるのは、彼女が、彼の時間について考えおよぶからで、約束の時間をまもらぬ人は、相手の時間が、どれほど大切なものかをわきまえぬからだ。

約束も段取り。仕事も生活も段取りである。

一日の生活の段取り。

一カ月の仕事の段取り。

一年の段取り。

段取りと時間の関係は、二つにして一つである。

いまの私が、どうやら、自分の段取りをつけられるようになったのは、戦争中に徴用され、芝浦の工場で旋盤工をしていたときの経験が基本になっている。

私は当時、航空機の精密部品をつくっていた。先ず図面をわたされる。このとき、たっぷりと時間をかけて図面を見る。読む。そして工程の段取りを考え、決める。

このときの段取りを間ちがえると、製品は失敗するか、または工程の途中で長い時間をかけて〔まわりみち〕をしなければならないことになる。

もともと、私は何事につけ、段取りが下手な男だった。

私は、理論的に物事をすることができない。すべて、勘のはたらき一つにたよる。

だから、製品の図面を見るときも自分の勘で決めた。むろんのことに、はじめは失敗が多く、われながら呆《あき》れ果てたほどだった。

生活の段取りも、脚本、小説を書くときの段取りも、すべては、四十何年か前の徴用工の経験があればこそ、何とか工夫がつけられるようになったのだと、いまにして、しみじみとそうおもう。

六十を越え、先行きも、さして長いものではなくなった現在、私のたのしみは二つある。

一つは、画を描くことの、たのしみ。

一つは、いまよりも一層、生活と仕事の段取りを工夫することの、たのしみである。

そして、いつか、自分が死ぬときの段取りがうまくつけられるようだったら、申しぶんがないのだけれど、これればかりはむずかしい。

何となれば、未経験のことだからだ。

ともかくも、段取りと時間の工夫をして、自分の勘のはたらきを、更によくしたい。

私の、勘のはたらきは、まだまだ未熟だからである。

世は〆切

山本夏彦

「諸君！」連載「笑わぬでもなし」が二四〇回まる二十年、「文藝春秋」連載「愚図の大いそがし」が「番外」二回を除くと百回になる。双方あわせて文藝春秋がこの三月十三日（土）祝ってくれる。

毎月また毎週〆切が追いかけて来て、そのつど切りぬけているうちいつか十年二十年たったのである。「世は〆切」というよりほかない。

まことに世は〆切である。私は五年前『世はいかさま』（新潮社）と題したコラム集を出した。世は〆切はそのパロディである。二十年なんて一弾指《だんし》である。月刊「室内」の連載「日常茶飯事」は四一〇回、指折り数えると三十四年二カ月になる。私は無遅刻無欠勤を心がけて一回も休んでない。めったに出来ないことだと言われるが、なに心にそれときめれば出来ないことではない。

この「愚図の大いそがし」は始めは「巻頭随筆」のしんがりをつとめるだけの名なしの権兵衛だった。しばらく休んでいた田中美知太郎先生が今度改めて巻頭に書く。ついてはしんがりを書かないかと当時の編集長堤堯にすすめられ、田中美知太郎なら尊敬惜《お》かない私の唯一の先生だから、光栄だと喜んで応じた。私は先生の読者ではあるが、お目にかかったことはたったの一回しかない。

そのとき先生はすでに八十を超えていらしたが、目の前にすっくと立っていられるといつまでも立っていると思うのが人間の常で、だから私自身も明日をも知れないぞとわが社の社員に言うが、笑って誰も信じない。そこにいるものはずうっといると思うように我々は出来ているが、むろん誤りである。

「諸君!」の「笑わぬでもなし」は始め毎号四ページ（十三枚半）と自分できめていたが、そのうち「無想庵物語」がはじまって、六ページ八ページとその月によって長かったり短かったりしだした。さぞ迷惑だったろうが、一度も文句を言われたことがない。

何を書いてもいい約束ではあったが、突然無想庵である。生田葵山《きざん》中沢臨川《りんせん》坂本紅蓮洞《ぐれんどう》以下知らない人が遠慮会釈なく出てくる。小説ならいい。小説中の人物はもともとその名を知らない人ばかりである。ところが藤村、秋声、白鳥なら知っている。知っている人と知らない人が交互に出没すると、なまじ知っている人がいるため自分が知らないだけかとつまずく。

小説中の人物と同じく全部知らない人だと思ってくれと頼んでもそうはいかぬ。しまいにはいつ終るのかと読者に言われたが、まる二年間続けてめでたく終ったら、今度は「流れる」

まった。

（改題して「最後のひと」）である。それが完結したら勝手に毎号二ページ（六枚弱）にしてし

「週刊新潮」の写真コラムもテーマは何を書いても許される。原稿がさきで、写真はあとである。写真があって書くのではない。テーマに注文がないかわり堅いものが続いたらやわらかいものをと自分で工夫しなければならない。常に発見がなければ書いてはならぬと自分でいましめてはいるが、発見なんてそんなにあるわけがない。せめて初耳のことをと心がけている。

文学は風流韻事《いんじ》である。たまには「桜かざして今日もくらした」というようなことを書きたいと願いながら、これは出来ないでいる。その代りたとえばゼネコンとは何かと道行く人にアンケートすると十人に七人は知らない、大成建設、竹中工務店なら大会社として知っている。そのゼネコンが実は国内の建築ばかりか、海外のダム、トンネル、港湾、飛行場までつくっている。日本をほとんど支配している。「ゼネコンはやっぱり土建屋」と書けば、なぁーんだと合点《がてん》する。人が多く言わないことだ。

シェークスピアはよき英語で、モリエールはよきフランス語でとインテリは言うが、どうして笠智衆の日本語にがまんできるのか、「笠智衆大っきらい」と私は書いたが、これは誰もうなずいてくれなかった。私は袋だたきにされた。そんならよきフランス語なんて言い玉うな。

ただしことさらに異《い》をたてる発言はしてはならぬと私は自分に固く禁じている。それを禁じ

たら書けまいと言われるが、そんなことはない。人の口は何のためにあるか、皆と同じことを言うためにあると書けばいい。

原爆許すまじと皆々言うときは言わなければならぬ、言えば署名せよと帳面を出され、署名しないと村八分になる。これをキャンペーンという。皆が同じことを言うことである。私はそれをパクパクと呼ぶ。すなわち私の発言は皆に喜ばれない。

二十代の婦人の一人が手紙で、今度のご発言あけてびっくりしてテーブルの一隅に押しやったが気になってならない。あけて見てさらに部屋の一隅に押しやったがまだ気になる。悪いけれどチリ紙交換に出してしまった。ひと安心と本棚のカーテンをあけたら、あなたの旧著がぞろぞろ出てきた。今度の文庫本は進んで買いました、云々とあった。

かくの如き文才ある読者があるのを私は嬉しく思わずにはいられない。けれどもそんな読者がたくさんいるはずはない。百人に一人千人に一人である。だから多く売れるわけがない。『豆朝日新聞』始末』（文藝春秋）が珍しく売れたのは、あれは朝日新聞が買い占めたのではないか。

世は〆切というのは何も原稿のことばかりではない。浮世のことはすべてそうだと言うつもりで紙幅が尽きた。賢明な読者はお察しくだすったことと思う。

作者おことわり

柴田錬三郎

読者諸君！

実は、まことに申しわけないことながら、ここまで――第一章を書きおわったところで、私（作者）の頭脳は、完全にカラッポになってしまったのです。

二十余年間の作家生活で、こういう具合に、大きな壁にぶっつかり、脳裡が痴呆のごとくなって、どんなにのたうっても、全くなんのイマジネーションも生れて来ないことは、これまで、無数にありました。そうした場合、ペンを投げすてて、銀座へ出かけて、酒場で無駄な時間（本当は無駄ではないのですが）をつぶしたり、ゴルフへ出かけたり、ホテルを転々として、気分を変えて、なんとか、締切ギリギリで、原稿を間に合せていたのですが、こんどばかりは、ニッチもサッチもいかなくなり、ついに、こんなぶざまな弁解をしなくてはならなくなったのです。

この『うろつき夜太』は、私と横尾忠則氏と、二人が、本誌編集部によって、私の家のごく近くにある高輪プリンス・ホテルに、とじこめられて書きつづけているのです。

このホテルは、外国の観光客があふれ、結婚式が一日に五組も六組も行われて居ります。それらの人々は、みな、はればれとした顔つきをして居ります。外国の観光団は、未知の国ジャパンへやって来たので、好奇心をわかせ、興味をそそられ、一人のこらず、うきうきした様子をみせて居ります。

結婚式に、新郎新婦はじめ憂鬱そうな顔をしている人は、一人も見当らないのは、いうまでもありますまい。

広いホテル内で、陰鬱な表情をしているのは、たった二人だけ――柴田錬三郎と横尾忠則だけです。

私は、うろつき夜太という奇妙な自由人にどんな行動をとらせたらいいか――毎回、苦心しているし、横尾忠則氏は、そのストーリィに合せて、どんな奇抜なアイディアのイラストレーションを生み出したらいいか、思いうかぶまで、部屋にとじこもったり、ロビイのティ・ルームに現れて、まことにやりきれなさそうな表情をして居ります。

私と横尾氏は、ティ・ルームでさし向って、三時間も四時間も、無駄話をしたり、互いに沈黙を守って、じっと、腰かけていることが、しばしばです。

いわば、ホテル内で、囚人の陰鬱な気分に陥入っているのは、どうやら、われら二人だけの模様です。

いや、囚人なら、締切というものがないので、いっそ、気楽でしょう。

われわれは、囚人でありながら、週刊誌の締切という、絶対のがれるべからざる制約を受けています。

小説というものは、締切日を迎えて、ストーリィが、すらすらと、脳裡にうかぶというのは、まず二三割の確率と考えて頂きたい。

私も、読者諸君と同じ平凡な人間であり、いったん、壁にぶっつかって、頭の中が空白になったら、まず二日間ぐらいは、七転八倒、地獄の苦しみに遭うのです。

ざんねんながら、今回は、ついに、鉄板のような壁に突きあたって、いささか大袈裟にいえば、気が狂いそうになってしまいました。

もともと、ここ数年来、不眠症がひどく、その不眠症に厭世《えんせい》感がともなっている人間なのです。

私は、三島由紀夫のように、切腹自殺する度胸はなく、川端康成のように、一人静かに、遺書ものこさずこの世を去る作家らしい勇気も持ち合せてはいない。

どうでも引き受けた以上、書きつづけなければならぬ責任感に、自身がふりまわされているのを感じて居ります。

私は、ホテルにとじこもっても、あかるい白昼の陽ざしがさし込むのをきらって、窓をふさぎ、電燈のあかりの下で、ペンを走らせるのですが、さて、ストーリィがつくれず、イマジネーションが湧かないとなると、たった一人で、机に向って、じっと坐っている時間の、なんとまあ、長いことか！

私の机の上には、ペンと原稿用紙と古びた参考書と莨《たばこ》と灰皿と、睡眠剤と新刊雑誌類があるのですが、こういうニッチもサッチもいかない、追いつめられた状況になると、それらを、ぱっと払いのけて、狂人のごとく喚《わめ》きたてたい衝動が起って来るのです。

この衝動が起って来ると、すくなくとも、五六時間は、ペンを把って、原稿用紙に、文章を書くことが、不可能なのです。

第一、こういうみじめな弁解を書くこと自体が、不快で、ひどい自己嫌悪をともないます。

世間一般では『柴錬《しばれん》』は強気と受けとられ、テレビなどでは云いたいことを、ずけずけ口にする作家と受けとられているようですが、まことの正体は、書けなくなって、頭をかかえ、

「生きているのが、面倒くさい！」

と、ノイローゼにかかっているのが、現状の姿なのです。

この苦悩は、第三者には、全く判ってもらえない。

まあ、一種の業を背負っているのですね。実際、やりきれたものじゃない。

「プレイボーイ」誌の編集者が、あと一時間もすれば、このホテルの私の部屋に入って来ます。

締切ギリギリ、というよりも、締切が一日のびてしまって、私は、断崖のふちに立たされて

いるあんばいなのです。

どうしても、あと一時間で、脱稿して、渡さなければならない。そうしないと、雑誌が出ない。

ところが――。

夜太が、

「それなら、ものはためしに、五十一の位牌を、書院へ持って行って、その前で、おめえさんがた、あの二人の娘御を、代るがわる抱いてみたら、どうですかい」

と、云ったところで、私の頭脳の働きは、ピタリと停止し、音の鳴らないトランペットのごときていいたらくになってしまった。

「助けてくれ!」

誰かに向って、絶叫したい絶望状態に襲われてしまった。

この生地獄《いきじごく》から、どう這い出せるか、目下、見当もつかない。

おそらく、諸君には、そういう経験は、ありますまい。

私が、睡眠剤を常用しているのも、こういう絶体絶命の瀬戸際に追い込まれて、不眠症になり、それを嚥《の》んで、フラフラになりながら、なんでもかんでも、締切に間に合せている苦痛のゆえんです。

読者諸君は、すらすらと読み流して、

「こんなものか」

と、思うでしょうが、作者たる者、正直のところ、かくも生地獄の中で、のたうちまわっている次第です。

弱った！

どたん場で、ついに、死んだ方がましなような悲惨な気持で、弁解しているのです。

こういう弁解を書いた原稿を、横尾忠則氏に渡すと、どんなさし絵が描かれるか、私には、見当もつかない。

二十余年の作家生活で、はじめてのことだと、受けとって頂きたい。

うろつき夜太は、全くの自由人です。自由人だからこそ、筆者の方が、参ってしまった。

困った！

かんべんしてくれ！

たすけてくれ！

どう絶叫して救いを乞おうと、週刊誌は、待ってはくれぬ。

そこで、やむを得ず、こんなみじめな弁解を書いているのです。

これは、決して、読者諸君を、からかったり、ひっかけたりしている次第ではありません。

逆説的にいえば、全くの自由人を描くことは、筆者の方が反対に、自由を奪われる、という皮肉を、いま、骨身にしみて、あじわっている次第です。

あと一時間で、「プレイボーイ」誌の編集者が、原稿を受けとりにやって来るが、私は、白紙を渡すわけには、いかない。

黙って、悠々として、さらさらと書きあげたふりをして、部屋へ置きのこしておいて、私は、ロビイへ降り、ティ・ルームで、ブルーマウンテンでも飲むことにする。

編集者は、急ぎの原稿を受けとると、その場で、読まずに、一目散に、印刷所へ駆けつけて行く習慣があることを、私は知っているからです。

「ああ、脱稿したよ」

「そうですか。間に合ってよかった！」

それだけの会話で、彼は、印刷所へ車を突っ走らせるでしょう。印刷所で、読んでみて、愕然となるかも知れぬ。

しかし、もう、書きなおしの時間はない。

こっちは、ひと仕事すませたゆったりとした態度で、ブルーマウンテンの味でも、あじわって居ればいい。

まことに、申しわけないが、いまは、この非常手段しかないのです。

読者諸君！

私は、諸君をバカにしているのではないのですよ。

こういうことは、二十年に一度の非常手段です。

何卒、お許し頂きたい。

私は、天才ではなく、諸君と同じ凡夫なのだから、心の中では、平身低頭して居ります。

横尾忠則氏が、さて、どんなさし絵にしてくれるか、いまは、神のみぞ知る。アーメン！

著者紹介・出典（掲載順）

白川静 しらかわ・しずか

1910年生まれ。中国文学者、漢字研究者。甲骨文、金文を解読し漢字の起源や成立過程を解明。長年の研究成果を『字統』『字訓』『字通』に纏めた。本書冒頭の「締」「切」の二文字は、締切ということばの由来の重みを物語っている。2006年没。

＊p8 締／切

『常用字解』平凡社

田山花袋 たやま・かたい

1872年生まれ。小説家。97年『蒲団』で自然主義文学の地位を築いた。本エッセイでは、〆切がさし迫るなかでの妻や編集者との会話が楽しく、花袋のユーモラスな一面が覗ける。1930年没。

＊p12 机

『東京の三十年』岩波文庫

夏目漱石 なつめ・そうせき

1867年生まれ。小説家、英文学者。大学時代に正岡子規と出会い、俳句を学ぶ。38才で『吾輩は猫である』がヒット、以後多くの名作を世に残す。本書の書簡やエッセイからは、室内で麦藁帽をかぶって執筆するお茶目な姿や、活版屋を待たせまいと執筆にいそしむ誠実な性格が垣間見える。1916年没。

＊p16 文士の生活 ほか 一部抜粋

『漱石全集 第二十五巻』／『漱石全集 第二十二巻』岩波書店

島崎藤村 しまざき・とうそん

1872年生まれ。詩人・小説家。北村透谷らと「文学界」を創刊。「若菜集」で詩人として名を博し、のち自然主義小説の代表的作家へ。小説『破戒』『春』『夜明け前』など。留学先のパリから、編集部宛にたびたび〆切延長願いが送られた。1943年没。

＊p22 はがき 大正三年／大正六年

『島崎藤村全集 31』筑摩書房

泉鏡花 いずみ・きょうか

1873年生まれ。小説家。尾崎紅葉に入門。『夜行巡査』『外科室』で評価を得、『高野聖』で人気作家になる。本エッセイからは、繊細な鏡花らしい時間の経過の感じ方が語られている。1939年没。

＊p24 作のこと 一部抜粋

『鏡花全集 巻二十八』岩波書店

寺田寅彦 てらだ・とらひこ

1878年生まれ。物理学者、随筆家、俳人。漱石の門下生。〝金平糖の角の研究〟や〝ひび割れの研究〟など、身辺な物理現象の研究は「寺田物理学」の名を得ている。〆切が近づくと胃が痛くなることを、我儘病と名づけている。1935年没。

＊p26 はがき 昭和六年

『寺田寅彦全集 第二十九巻』岩波書店

志賀直哉 しが・なおや

1883年生まれ。小説家。大正文学

の出発点となる『白樺』を創刊。小説に『暗夜行路』『和解』『小僧の神様』など。本書の手紙には来客が多くて仕事が捗らない旨が書かれており、作家や知識人と交流の多かった志賀らしい。１９７１年没。
＊p27　手紙　昭和二十一年
『志賀直哉全集　第十九巻』岩波書店

谷崎潤一郎　たにざき・じゅんいちろう

１８８６年生まれ。小説家。小説に『痴人の愛』『細雪』など。自ら遅筆であることを認めている。『源氏物語』全訳も刊行が遅れたが、このときは読者に詫びる一方で、高血圧症や脳溢血になりかかったなかで脱稿したことの喜びに浸るエッセイを書いている。１９６５年没。
＊p28　私の貧乏物語　一部抜粋／p368
『文章読本』発売遅延に就いて
『谷崎潤一郎全集　第二十一巻』／『谷崎潤一郎全集　第二十三巻』中央公論社

菊池寛　きくち・かん

１８８８年生まれ。小説家、劇作家、ジャーナリスト。雑誌『文藝春秋』を創刊し大成功を収める。代表作に『父帰る』。「新聞小説位、文句を付けられることの多いものはない」と書いている。１９４８年没。
＊p31　新聞小説難　一部抜粋
『菊池寛全集　十四巻』中央公論社

里見弴　さとみ・とん

１８８８年生まれ。小説家。有島武郎、有島生馬は実兄。泉鏡花らとの交流で文才が開花。『善心悪心』『極楽とんぼ』『妻を買ふ経験』など。鎌倉居住の文人としても知られる。１９８３年没。
＊p32　『文藝管見』自序　一部抜粋
『里見弴全集　第十巻』筑摩書房

内田百閒　うちだ・ひゃっけん

１８８９年生まれ。小説家、随筆家。小説『冥土』でデビュー、晩年は『ノラや』など名随筆を数多く残した。金銭的困窮を主題にした文章が多く、本エッセイでも「原稿を書くよりも知人に金の無心をしてまわるほうが性に合っている」という旨を記述。１９７１年没。
＊p38　無恒債者無恒心　一部抜粋
『百閒随筆Ⅰ』講談社学芸文庫

吉川英治　よしかわ・えいじ

１８９２年生まれ。小説家。35年から朝日新聞にて連載された『宮本武蔵』は新聞小説史上かつてない人気を博した。本書の手紙には読売新聞の新聞小説を書けないことにすっかり自信を無くし、高木という編集局次長までやってきたことが書かれている。１９６２年没。
＊p44　手紙　昭和二十六年
『吉川英治全集　53』講談社

獅子文六　しし・ぶんろく

１８９３年生まれ。小説家、演出家。フランスで演劇を学び、帰国して劇団文学座を創立。小説『悦ちゃん』は最初の新聞連載小説に、『娘と私』は最初の連続テレビ小説となるなど影響力が大きかった。近年は『コーヒーと恋愛』などの復刊が注目を集めている。１９６９年没。
＊p46　遊べ遊べ
『獅子文六全集　第十四巻』朝日新聞社

梶井基次郎　かじい・もとじろう

1901年生まれ。小説家。25年同人雑誌『青空』を創刊。若くして亡くなったものの、『檸檬』などの秀作を世に残した。本書のはがきは親友に宛てたもの。書けないことを知らせるため、上京して新潮社に出向いたことが記されている。1932年没。

＊p49　はがき　大正十五年

『梶井基次郎全集　第三巻』筑摩書房

江戸川乱歩　えどがわ・らんぽ

1894年生まれ。小説家。日本における探偵推理小説の草分け的存在。『怪人二十面相』『人間椅子』『鏡地獄』などで無類の大衆人気を得た。エッセイも多く執筆しており、短編小説を得意とする反面、長篇小説となると途端に書けなくなること、原稿の催促を恐れ温泉地まで逃亡したことなどが告白されている。1965年没。

＊p50　三つの連載長篇　一部抜粋

『探偵小説四十年 1』講談社文庫

横光利一　よこみつ・りいち

1898年生まれ。小説家、評論家。菊池寛に師事し、『日輪』『蝿』で鮮烈なデビューを果たす。代表作に『機械』など。ストイックな一面がある一方、本エッセイではそれが期せずして得も言われないユーモアをかもし出している。1947年没。

＊p52　書けない原稿／p184　編集中記

『横光利一全集 第十三巻』／『横光利一全集 第十四巻』河出書房新社

林芙美子　はやし・ふみこ

1903年生まれ。小説家。銭湯の下足番など職業を転々としながら文学を志し、自伝的小説『放浪記』で文壇に出た。ほかに『清貧の書』『浮雲』『めし』など。日記には、雑誌「改造」の原稿で苦しむ描写がたびたび登場する。1951年没。

＊p57　日記　昭和十二年

『林芙美子全集　第十六巻』文泉堂出版

稲垣足穂　いながき・たるほ

1900年生まれ。小説家。天体や文明の利器を題材にした幻想的な作風で知られる。『少年愛の美学』でタルホブームを呼んだ。作品に『一千一秒物語』など。本エッセイで死を悼んでいる友人・横光利一とは、ともに新感覚派の作家として肩を並べた。1977年没。

＊p58　友横光利一の霊に

『稲垣足穂全集　八巻』筑摩書房

古川ロッパ　ふるかわ・ろっぱ

1903年生まれ。コメディアン。戦前・戦中を中心に舞台、音楽、映画、漫談、物マネ（声帯模写）など多岐にわたって活躍した日本コメディ界の先駆者的存在。『古川ロッパ昭和日記』では精細に日々が綴られ、当時の資料としても価値が高い。1961年没。

＊p62　日記　昭和三十一年

『古川ロッパ昭和日記 補巻・晩年篇』晶文社

幸田文　こうだ・あや

1904年生まれ。小説家、随筆家。露伴の次女。おもな作品に『ちぎれ雲』『流れる』『おとうと』など。本エッセイでは、人にも自分にも誠実であろうとするあまり、連載『みそっかす』を続けることへの苦悩が語られている。1990年没。

＊p64　私は筆を絶つ　一部抜粋
『幸田文全集　第二十二巻』岩波書店

坂口安吾　さかぐち・あんご

1906年生まれ。小説家。おもな作品に『堕落論』『白痴』『桜の森の満開の下』『日本文化私観』など。本エッセイでは色情・酒・風呂を人間の古くからの愉しみだったとし、「人間は働くことのほかに愉しむことも生きる目的の一つ」と締めくくっている。1955年没。

＊p66　人生三つの愉しみ　一部抜粋
『坂口安吾全集　十一巻』筑摩書房

高見順　たかみ・じゅん

1907年生まれ。小説家。おもな作品に戦時下の良心的知識人のあり方を追求した『故旧忘れ得べき』、『如何なる星の下に』など。今回収録した日記からはマイペースな人柄があらわになる。1965年没。

＊p68　日記　昭和二十五年／昭和三十五年
『高見順日記　第八巻』勁草書房

長谷川町子　はせがわ・まちこ

1920年生まれ。漫画家。16歳でのらくろの作者・田河水泡に入門。「夕刊フクニチ」「朝日新聞」に漫画『サザエさん』を連載し人気を博す。なお、アニメ版サザエさんには常に〆切に追われてる伊佐坂先生という小説家が登場する。1992年没。

＊p74　仕事の波
『サザエさんうちあけ話　新装版』朝日新聞出版

太宰治　だざい・おさむ

1909年生まれ。小説家。玉川上水で入水死。代表作に『斜陽』『人間失格』など。エッセイ「自作を語る」の中で、一日に五枚しか書けない自分に対して「遅筆は作家の恥辱である」という厳しい言葉を残している。1948年没。

＊p78　手紙／はがき　昭和二十三年
『太宰治全集　第十一巻』筑摩書房

松本清張　まつもと・せいちょう

1909年生まれ。小説家。『点と線』『砂の器』『ゼロの焦点』など次々とベストセラーを生み、清張ブームを巻き起こす。同時代の作家の中でも圧倒的な多作ぶりは、何社にもまたがる締切の数を記した本書所収の日記からも窺い知れる。1992年没。

＊p80　清張日記　昭和五十五年
『松本清張全集65』文藝春秋

大岡昇平　おおおか・しょうへい

1909年生まれ。小説家。『俘虜記』『野火』で自らの戦場体験を内省的に描いた。『俘虜記』は5年の歳月を経て完成させた。ほかに『武蔵野夫人』『レイテ戦記』など。1988年没。

＊p81　文士の息子
『大岡昇平全集　第十四巻』中央公論社

小山清　こやま・きよし

1911年生まれ。小説家。太宰治に師事。昭和23年『聖アンデルセン』でデビュー。『落穂拾ひ』など庶民の善意と愛情をえがいた清純な作風が特徴。のちに妻となる関房子に宛てた手紙からも、繊細で無垢な心が感じられる。1965年没。
＊p84　手紙　昭和二十七年
『小山清全集』筑摩書房

吉田健一　よしだ・けんいち
1912年生まれ。小説家、翻訳家、評論家。父は吉田茂。珠玉のエッセイや小説を残した。おもな著書に『ヨオロツパの世紀末』など。本エッセイからは、追われて書くのではなく本当に書きたい言葉を紡ぐことを理想とする心が見える。なお、文中の漢詩は杜甫「贈衛八処士」の冒頭部分。1977年没。
＊p86　身辺雑記
『おたのしみ弁当』講談社文芸文庫

木下順二　きのした・じゅんじ
1914年生まれ。劇作家。平家物語をベースとした『子午線の祀り』『夕鶴』はともに代表作。いわゆる馬オタクで、本エッセイにはつい仕事より馬の本に手を出してしまう仕方なさが描かれる。2006年没。
＊p89　仕事にかかるまで　一部抜粋
『木下順二集 12』岩波書店

遠藤周作　えんどう・しゅうさく
1923年生まれ。小説家。代表作に『海と毒薬』『沈黙』など。本エッセイでは「イヤイヤ仕事をしている」「三十枚書き終えると体重が三キロ減っている」と、創作活動の厳しさを吐露している。1996年没。
＊p92　私の小説作法
『遠藤周作文学全集　12』新潮社

山口瞳　やまぐち・ひとみ
1926年生まれ。小説家、エッセイスト。寿屋（現サントリー）で広告制作に携わる。『江分利満氏の優雅な生活』で直木賞受賞。本エッセイで遅筆で知られた向田邦子と、締切前に原稿を用意する三島由紀夫の思い出を書いている。1995年没。
＊p95　ガッカリ／＊p250　なぜ？
ともに一部抜粋
『山口瞳大全　第十巻』新潮社

田村隆一　たむら・りゅういち
1923年生まれ。詩人。鮎川信夫らと雑誌「荒地」を創刊。第一詩集『四千の日と夜』。推理小説の紹介・翻訳でも知られた。詩集に『言葉のない世界』など。なお、文中の半玉さんとは、前後の日記から毎日新聞の編集者と推測される。1998年没。
＊p97　退屈夢想庵
『田村隆一全集　6』河出書房新社

吉行淳之介　よしゆき・じゅんのすけ
1924年生まれ。小説家。『驟雨』で芥川賞受賞。ほかに『原色の街』『砂の上の植物群』など。男女ともに人を惹きつける魅力の持ち主で、対談の名手ともいわれた。1994年没。

筒井康隆　つつい・やすたか
1934年生まれ。小説家。現代社会をパロディーやブラックユーモアで風刺した作風で人気を博す。代表作に『虚人たち』『大いなる助走』『朝のガスパール』

『わたしのグランパ』など。
＊p99　作家が見る夢
『恐怖対談』新潮文庫

野坂昭如　のさか・あきゆき

1930年生まれ。小説家。コント作家、CMソング作詞家を経て作家へ。代表作に『火垂るの墓』『エロ事師たち』など。「締切日になったら書く」「1時間で原稿用紙5枚」という馬力の持ち主だった。『好色の魂』の執筆に追われる中、約6時間で短篇「火垂るの墓」30枚を書いたことが『文壇』に記録されている。2015年没。
＊p103　吉凶歌占い　一部抜粋
『風来めがね』文藝春秋

梶山季之　かじやま・としゆき

1930年生まれ。小説家、ジャーナリスト。長年にわたり「週刊文春」で巻頭記事を書くトップ屋として活躍。62年産業スパイ小説『黒の試走車』でデビュー。本エッセイで「殺人的な」スケジュールを嘆き、新聞・週刊誌・月刊誌の執筆で多忙を極めたことがわかる。1975年没。
＊p108　なぜ正月なんかがあるんだろう
『梶山季之のあたりちらす』サンケイ新聞社出版局

有吉佐和子　ありよし・さわこ

1931年生まれ。小説家、劇作家、演出家。父の任地ジャワ島で育つ。代表作に『紀ノ川』『華岡青洲の妻』『恍惚の人』など。多くの作品がTVドラマ化、映画化されている。1984年没。
＊p111　私の一週間
『作家の自伝　109　有吉佐和子』日本図書センター

藤子不二雄Ⓐ　ふじこ・ふじお・えー

1934年生まれ。漫画家。藤本弘とコンビを組み、「藤子不二雄」のペンネームで活動。『オバケのQ太郎』が大ヒット。代表作『忍者ハットリくん』『怪物くん』など。自伝的漫画『まんが道』には、新人時代に〆切に苦労した話が散見される。
＊p115　解放感
『まんが道8　星雲編5』小学館クリエイティブ

後藤明生　ごとう・めいせい

1932年生まれ。小説家。出版社勤務のかたわら作品を発表。「内向の世代」の作家の一人といわれる。『首塚の上のアドバルーン』で芸術選奨受賞。ほか『夢かたり』『笑いの方法　あるいはニコライ・ゴーゴリ』など。1999年没。
＊p135　食べる話　一部抜粋
『酒　猫　人間』立風書房

内田康夫　うちだ・やすお

1934年生まれ。小説家。旅情ミステリー作家の旗手として知られる。代表作シリーズに「浅見光彦」「岡部警部」「信濃のコロンボ」など。本エッセイでは、雑誌・新聞への執筆をすべて辞退し、今後は書きおろしのみに絞ることを宣言している。
＊p137　作家生活十一年目の敗退
『存在証明』角川文庫

井上ひさし　いのうえ・ひさし

1934年生まれ。小説家、劇作家。NHKテレビの人形劇《ひょっこりひょうたん島》が人気を集めた。自他共に認める遅筆で、自ら「遅筆堂」を名乗るほど。『手鎖心中』で直木賞受賞。小説『青葉繁れる』『吉里吉里人』、戯曲『頭痛肩こり樋口一葉』など。2010年没。
＊p141　缶詰体質について
『わが蒸発始末記』中公文庫

佐木隆三　さき・りゅうぞう
1937年生まれ。小説家。ニュージャーナリズムの手法による社会派小説を執筆。『復讐するは我にあり』で直木賞受賞。印刷所まで文章を直しに行き、最後の最後まで言葉にこだわる様子が本エッセイから窺える。2015年没。
＊p145　著者校のこと
『続 人生漂泊』時事通信社

赤瀬川原平　あかせがわ・げんぺい
1937年生まれ。美術家・小説家。「朝日ジャーナル」「ガロ」誌などにイラストを連載。また、尾辻克彦の名で小説を執筆。著書に『超芸術トマソン』『新解さんの謎』『老人力』など。本エッセイでは、編集者からの電話でひたすら原稿の進捗をはぐらかし続ける会話が軽妙。2014年没。
＊p149　自宅の黙示録　一部抜粋
『純文学の素』ちくま文庫

浅田次郎　あさだ・じろう
1951年生まれ。小説家。自衛隊などさまざまな職業を経て作家となる。『地下鉄《メトロ》に乗って』で吉川英治文学新人賞。『蒼穹の昴』がベストセラーとなる。おもな著作に『鉄道員《ぽっぽや》』『壬生義士伝』『憑神』など。
＊p154　書斎症候群
『アイム・ファイン！』集英社文庫

高橋源一郎　たかはし・げんいちろう
1951年生まれ。小説家。『さようなら、ギャングたち』でデビュー。著書に『優雅で感傷的な日本野球』『虹の彼方に』『ペンギン村に陽は落ちて』『日本文学盛衰記』など。本エッセイでは、カンヅメになっても筆の進まない日々が面白おかしく語られている。
＊p159　作家の缶詰
『平凡王』ブロンズ新社

泉麻人　いずみ・あさと
1956年生まれ。コラムニスト。昭和時代の思い出や、電車やバス、昭和のB級ニュースについてのコラムなどを得意とする。著書に『大東京23区散歩』など。カンヅメされると「パワーが出てくる」と書いている。
＊p165　おいしいカン詰めのされ方
『泉麻人のコラム缶』マガジンハウス

大沢在昌　おおさわ・ありまさ
1956年生まれ。小説家。『新宿鮫 無間人形』で直木賞受賞。ほかに『パンドラ・アイランド』など。『売れる作家の全技術』で「ぎりぎりまでアイディアをひねるより、締切前に書き終えて最後の一日を推敲に当てるほうがよい」という趣旨を書いている。
＊p171　怠け虫
『かくカク遊ぶ、書く遊ぶ』角川文庫

新井素子　あらい・もとこ
1960年生まれ。小説家。高校在学中に「あたしの中の…」で作家デビュー。女学生の話し言葉を取り入れた独特の文体で注目される。『チグリスとユーフラテス』で日本SF大賞受賞。
＊p175　締切り忘れてた事件
『もとちゃんの夢日記』角川文庫

吉本ばなな　よしもと・ばなな
1964年生まれ。小説家。おもな作品に『キッチン』『アムリタ』『とかげ』『白河夜船』など。本エッセイタイトルは1989年5月『TUGUMI』で山本周五郎賞を受賞したときのこと。
＊p177　受賞の五月
『パイナツプリン』角川文庫

西加奈子　にし・かなこ
1977年生まれ。小説家。イラン・テヘラン、エジプトで幼少期を過ごす。2004年『あおい』で作家デビュー。『サラバ！』で直木賞受賞。ほかに『通天閣』『ふくわらい』など。
＊p179　肉眼ではね
『まにまに』KADOKAWA

川端康成　かわばた・やすなり
1899年生まれ。小説家。横光利一らと「文芸時代」を創刊。68年ノーベル文学賞受賞。代表作に『伊豆の踊子』『雪国』。本書の横光のエッセイには「川端だけは締め切りをきちんと守ってくれた」と書かれている。1972年没。
＊p182　自著序跋　一部抜粋
『川端康成全集　第三十三巻』新潮社

埴谷雄高　はにや・ゆたか
1909年生まれ。小説家。代表作『死霊』全九章を、長年の中断をはさみ書き継ぐ。本エッセイでは、「近代文学」30周年を記念する文集の編集にあたるも、思い通りに原稿が集まらないやるせなさが描かれる。1997年没。
＊p186　『「近代文学」創刊のころ』のこと
『埴谷雄高全集　第九巻』講談社

上林暁　かんばやし・あかつき
1902年生まれ。小説家。『薔薇《ばら》盗人《とうにん》』が出世作となる。私小説『聖ヨハネ病院にて』などの病妻物が有名。ほかに『春の坂』『御目の雫』など。編集者として、作家として「〆切という奇妙な力を持つものに振廻された」と書いている。1980年没。
＊p191　〆切哲学
『ツェッペリン飛行船と黙想』幻戯書房

扇谷正造　おうぎや・しょうぞう
1913年生まれ。ジャーナリスト、編集者、評論家。〝週刊誌の鬼〟の綽名で知られる。著作に『えんぴつ軍記』『現代文の書き方』など。本書の手紙に書かれた掲載不可になった坂口安吾の文章とは、升田幸三の陣屋事件についての原稿と思われる。（全集の注記より）1992年没。
＊p194　手紙　昭和二十七年
『坂口安吾全集　16』筑摩書房

梅崎春生　うめざき・はるお
1915年生まれ。小説家。「桜島」など戦争文学で文壇に登場、おもな作品に『ボロ家の春秋』『幻化』など。本エッセイでは、風邪を仮病だと疑う編集者とのやりとりが面白い。1965年没。
＊p196 流感記
『梅崎春生全集 第七巻』沖積舎

胡桃沢耕史 くるみざわ・こうし
1925年生まれ。小説家。『天山を越えて』で推理作家協会賞、モンゴル抑留体験をえがいた『黒パン俘虜記』で直木賞を受賞。ユーモアミステリーに「翔んでる警視」シリーズがある。1994年没。
＊p201 歪んでしまった魂
『翔んでる人生』廣済堂出版

手塚治虫 てづか・おさむ
1928年生まれ。漫画家。代表作『ジャングル大帝』『鉄腕アトム』『火の鳥』など。〝漫画の神様〟と呼ばれている。「二階から逃亡した」「どちらの原稿を先に描くか編集者が喧嘩した」など〆切にまつわる逸話が多い。1989年没。
＊p205 編集者残酷物語
『ぼくはマンガ家 手塚治虫自伝Ⅰ』大和書房

深沢七郎 ふかざわ・しちろう
1914年生まれ。小説家。姨おば捨て伝説に取材した『楢山節考』で反響を呼び、土俗の底にある下層庶民の人間的感情を描く。ほかに『笛吹川』『風流夢譚』『庶民列伝』など。本対談で「締め切りは作者に任してもらえばいい」と語る。1987年没。

色川武大 いろかわ・たけひろ
1929年生まれ。小説家。戦後、放浪と無頼の生活を送った後、雑誌編集者などを経て文筆生活に入る。代表作に『黒い布』『怪しい来客簿』『離婚』がある。戦後無頼派の生き残りという特異な存在であった。1989年没。「文芸誌は不定期でいい」と語る。
＊p208 似た者談義 憂世問答 一部抜粋
『色川武大 阿佐田哲也全集16』福武書店

嵐山光三郎 あらしやま・こうざぶろう
1942年生まれ。小説家、エッセイスト。元「太陽」編集長。『口笛の歌が聴こえる』発表以降は小説にも力をそそぐ。『素人庖丁記』『悪党芭蕉』『「不良中年」は楽しい』『追悼の達人』など。
＊p212 編集者の狂気について 一部抜粋
『編集者諸君！』本の雑誌社

岡崎京子 おかざき・きょうこ
1963年生まれ。漫画家。作品性に優れた多くの作品を発表、時代を代表する漫画家として知られる。代表作に『リバーズ・エッジ』『pink』『くちびるから散弾銃』『ヘルタースケルター』など。
＊p214 〆切の謎をさぐれ!!
『新装版 セカンドバージン』双葉社

阿刀田高 あとうだ・たかし
1935年生まれ。小説家。都会的なブラックユーモアと風刺をきかせた短編で評価される。短編集『ナポレオン狂』で直木賞受賞。他に『冷蔵庫より愛をこめて』『新トロイア物語』『だれかに似た人』など。
＊p220 パートナーの条件
『魚の小骨』集英社文庫

永江朗 ながえ・あきら

1958年生まれ。作家、ライター。幅広い分野で執筆活動をしている。著書に、『アダルト系』『不良のための読書術』『インタビュー術!』『ベストセラーだけが本である』など。

＊p223 約束は守らなければなりません
『〈不良〉のための文章術』NHK出版

川本三郎 かわもと・さぶろう

1944年生まれ。評論家、翻訳家。「朝日ジャーナル」編集部員をへてフリーとなる。代表作に『荷風と東京『断腸亭日乗』私註』『林芙美子の昭和』など。『マイ・バック・ページ』で自らの1960年代の体験を描いた。

p225 編集者をめぐるいい話
『パン屋の一ダース』リクルート出版

高田宏 たかだ・ひろし

1932年生まれ。編集者、エッセイスト。昭和39年エッソ石油に入社、広報誌「エナジー」「エナジー対話」の編集長をつとめる。代表作に大槻文彦の評伝『言葉の海へ』。『木に会う』で読売文学賞。2015年没。

＊p229 喧嘩 雑誌編集者の立場
『日本の名随筆 別巻57 喧嘩』作品社

原卓也 はら・たくや

1930年生まれ。ロシア文学者。元東京外語大学学長。トルストイ『戦争と平和』、ドストエフスキー『カラマーゾフの兄弟』など多くの訳書がある。本解説にはドストエフスキーが出版人から課された過酷な契約内容が記される。2004年没。

＊p239 ドストエフスキー『賭博者』解説 一部抜粋
『賭博者』新潮文庫

村上春樹 むらかみ・はるき

1949年生まれ。『風の歌を聴け』でデビュー、群像新人文学賞を受賞。主な長編小説に『羊をめぐる冒険』『世界の終りとハードボイルド・ワンダーランド』『ノルウェイの森』『海辺のカフカ』『1Q84』がある。本エッセイにある「この連載」とは週刊朝日に連載していた「村上朝日堂」を指す。

＊p241 植字工悲話
『村上朝日堂の逆襲』新潮文庫

山田風太郎 やまだ・ふうたろう

1922年生まれ。小説家。「忍法帖」シリーズでおびただしい数の長短の忍法小説を生んだほか、伝奇的時代小説でブームを起こす。「発想の最大原動力は原稿の締め切りである」と書いている。ほか『警視庁草紙』『幻燈辻馬車』など。2001年没。

＊p246 私の発想法
『人間万事嘘ばっかり』筑摩書房

三浦綾子 みうら・あやこ

1922年生まれ。小説家。肺結核による13年間の闘病中にキリスト教の洗礼を受ける。『氷点』が《朝日新聞》一〇〇〇万円懸賞小説に1位入選。ほかに『積木の箱』『塩狩峠』など。1999年没。

＊p248 北国日記 一部抜粋
『三浦綾子全集 第十九巻』主婦の友社

笠井潔 かさい・きよし

1948年生まれ。小説家、評論家。パリ滞在中に書き上げた『バイバイ・エンジェル』で小説家デビュー。その後『サマー・アポカリプス』『薔薇の女』『哲学者の密室』とシリーズ化、人気を得る。

＊p253 早い方・遅い方
『象徴としてのフリーウェイ』新時代社

吉村昭 よしむら・あきら

1927年生まれ。小説家。妻は作家の津村節子。長編『戦艦武蔵』で戦史小説に新境地を開き、多くの歴史小説を生んだ。著書に『破獄』『星への旅』『桜田門外ノ変』など。太宰治賞を受賞するまでの回想記『私の文学漂流』にも、締切と闘う描写がある。2006年没。

＊p258 早くてすみませんが……
『私の好きな悪い癖』講談社

北杜夫 きた・もりお

1927年生まれ。小説家・精神科医。船医の体験をユーモラスに描いた『どくとるマンボウ航海記』がベストセラーに、以後「どくとるマンボウ」シリーズで多くのファンを獲得。ほかに『楡家の人びと』など。多作で知られる。2011年没。

＊p262 〆切り
『マンボウ 共和国をつくる』樹立社

中島梓 なかじま・あずさ

1953年生まれ。小説家・文芸評論家。小説家としての名義は栗本薫。ミステリー・SF・ファンタジー執筆など幅広く活躍。『ぼくらの時代』で江戸川乱歩賞受賞。SF「グイン・サーガ」シリーズなどがある。2009年没。

＊p267 「好色屋西鶴」書き始める
『あずさの元禄繁昌記』中央公論新社

森博嗣 もり・ひろし

1957年生まれ。小説家。ミステリー誌『メフィスト』に「冷たい密室と博士たち」の原稿を応募、注目される。おもな著書に『すべてがFになる』『黒猫の三角』『そして二人だけになった』など。理系ミステリと評され人気を得ている。

＊p271 何故、締切にルーズなのか
『小説家という職業』集英社新書

外山滋比古 とやま・しげひこ

1923年生まれ。英文学者。はやくから「英語青年」編集長をつとめる。昭和39年「近代読者論」で音読から黙読への変化を論じ、読者論の領域を開拓。おもな著書に『修辞的残像』『日本語の論理』『忘却の力』など。「今日できることは明日に延ばすな」と書いている。

＊p276 のばせばのびる、か
『人生を愉しむ知的時間術』PHP文庫

樋口収 ひぐち・おさむ

1977年生まれ。一橋大学大学院社会学研究科博士課程修了。博士（社会学）。現在は、北海道教育大学特任センター准教授。専門は社会心理学。

＊p284 勉強意図と締め切りまでの時間的距離感が勉強時間の予測に及ぼす影響
「帝京大学心理学紀要 2010.No.14」

堀江敏幸 ほりえ・としゆき

1964年生まれ。小説家、フランス文学者。『おぱらばん』で三島由紀夫賞受賞。ほかに『熊の敷石』『なずな』など。本エッセイではあとがきは書かない方が良いとしているが、講談社文庫版『子午線を求めて』には、慣習により「文庫本のためのあとがき」が付されている。

＊p297　子午線を求めて　跋　一部抜粋

『子午線を求めて』思潮社

大澤真幸 おおさわ・まさち

1958年生まれ。社会学者。THINKING「O」主宰。『ナショナリズムの由来』で毎日出版文化賞、『自由という牢獄』で河合隼雄学芸賞を受賞。ほか『〈世界史〉の哲学』『夢より深い覚醒へ』『社会は絶えず夢を見ている』など。

＊p299　締切の効用

『思考術』河出書房新社

小川洋子 おがわ・ようこ

1962年生まれ。小説家。『妊娠カレンダー』で芥川賞受賞。おもな著書に『博士の愛した数式』『ミーナの行進』など。締切を守れなかったことによる白紙の一枚を、「印刷物の歴史に消しがたい汚点」と恐れる表現が印象的である。

＊p304　イーヨーのつぼの中

『とにかく散歩いたしましょう』毎日新聞社

米原万里 よねはら・まり

1950年生まれ。通訳、エッセイスト。ロシア語の同時通訳で報道の速報化に貢献した。おもな著書に『不実な美女か貞淑な醜女か』『魔女の1ダース』など。「いろいろ制限がある方が仕事がはかどる」と書いている。2006年没。

＊p308　自由という名の不自由

『真昼の星空』中公文庫

金井美恵子 かない・みえこ

1947年生まれ。小説家、エッセイスト。『愛の生活』が太宰治賞の候補作となり文壇デビュー。著書に『目白雑録』シリーズ、『お勝手太平記』『小説を読む、ことばを書く』など。

＊p311　書かないことの不安、書くことの不幸

『夜になっても遊びつづけろ』平凡社

車谷長吉 くるまたに・ちょうきつ

1945年生まれ。小説家。放浪生活の経験や煩悩から逃れられない生の苦しみを描いた私小説『赤目四十八滝心中未遂』で直木賞受賞。ほかに『金輪際』『武蔵丸』など。2015年没。

＊p316　村の鍛冶屋

『車谷長吉全集　第三巻』新書館

轡田隆史 くつわだ・たかふみ

1936年生まれ。ジャーナリスト。元朝日新聞論説委員。夕刊コラム「素粒子」を8年間にわたり執筆、豆腐好きのコラムニストとして親しまれる。著書に『10年経っても色褪せない旅の書き方』など。

＊p322　大長編にも、数行の詩にも共通する文章の原則

『「考える力」をつける本』三笠書房

池井優　いけい・まさる

1935年生まれ。歴史学者。日本外交史を研究し、主著に『日本外交史概説』がある。大リーグ通としても知られる。ほかに『白球太平洋を渡る』など。

＊p324　締め切りと枚数は守れ

『こころに響いた、あのひと言』岩波書店

谷川俊太郎　たにかわ・しゅんたろう

1931年生まれ。詩人。52年『二十億光年の孤独』で詩壇に登場。日本でもっとも親しまれている詩人の一人。『スイミー』『ピーナッツ』『マザー・グースのうた』などの訳書も多数。いまなお実験的で意欲的な創作を続けている。

＊p326　締め切りまで

『ベスト・エッセイ2009　父娘の銀座』光村図書出版

星新一　ほし・しんいち

1926年生まれ。小説家。宇宙開発時代の到来と重なり、日本のSF文学の旗手として脚光を浴びる。『ボッコちゃん』『ようこそ地球さん』『きまぐれロボット』などで幅広い読者層を得、「ショートショートの神様」と呼ばれた。多作家として知られる。1997年没。

＊p331　作家の日常

『きまぐれエトセトラ』角川文庫

黒岩重吾　くろいわ・じゅうご

1924年生まれ。小説家。証券会社などさまざまな職業を経て、『背徳のメス』で直木賞受賞。社会派推理小説の旗手と目される。ほかに『休日の断崖』『落日の王子』など。2003年没。

＊p334　明日があるのは若者だけだ。

『黒岩重吾のどかんたれ人生塾』集英社文庫

池波正太郎　いけなみ・しょうたろう

1923年生まれ。小説家、劇作家。『鬼平犯科帳』をはじめ、『剣客商売』『仕掛人藤枝梅安』など時代物の人気シリーズを生み出した。食に関する随筆や映画評論でも知られる。1990年没。

＊p335　時間について

『作家の自伝76　池波正太郎』日本図書センター

山本夏彦　やまもと・なつひこ

1915年生まれ。編集者、コラムニスト。世相を鋭く風刺した辛口コラムで知られた。おもな著書に『笑わぬでもなし』『日常茶飯事』『戦前という時代』『死ぬの大好き』など。2002年没。

＊p341　世は〆切

『世は〆切』文春文庫

柴田錬三郎　しばた・れんざぶろう

1917年生まれ。小説家、中国文学者。シバレンの通称で親しまれた。戦後、編集者生活を経て『イエスの裔』で直木賞受賞。『眠狂四郎』シリーズで剣豪小説の一大ブームを起こす。ほかに『赤い影法師』など。本エッセイの読者へのお詫び文章には「二十年に一度の非常手段」たる気迫が見られる。1978年没。

＊p345　作者おことわり

『うろつき夜太』集英社

編集付記

本文表記は原則として新漢字を採用しました。
また読みやすさを考慮して適宜ルビをふりました。

収録に際しエッセイ等の前後を省略したものがあります。

本書には、今日の観点からは考慮すべき
表現・語句が含まれる箇所がありますが、
作品が発表された当時の時代的背景や文学性を鑑み、
作品を尊重する形で原文のまま掲載いたしました。

〆切本

二〇一六年九月二〇日　初版第一刷発行
二〇二五年三月三一日　第一〇刷発行

編　者　左右社編集部
発行者　小柳学
発行所　株式会社左右社
東京都渋谷区千駄ヶ谷三―五五―一二―B1
TEL　〇三―五七八六―六〇三〇
FAX　〇三―五七八六―六〇三二
https://www.sayusha.com

装　幀　鈴木千佳子

印刷・製本　創栄図書印刷株式会社

 ISBN978-4-86528-153-8

乱丁・落丁のお取り替えは
直接小社までお送りください。

ご報告

二〇一七年十月、
本書の続編『〆切本2』を
予定よりちょうど半年遅れで
刊行いたしました。

二葉亭四迷、バルザック、
芥川龍之介、赤塚不二夫、
川上未映子らの作家に加え
巻末に本書収録作家たちの
その後を描いた堀道広氏による
描き下ろし漫画も収録しています。

『文章読本』発売遅延に就いて

谷崎潤一郎

かねて中央公論社から予告のありました文章読本の発売が、私の事情のために遅れ、読者にも、出版者にも、書店にも、迷惑を懸けてをりますことを深く遺憾に存じます。実は文章読本の原稿は、八月上旬に完成しましたので、中央公論社出版部では鋭意印刷所を督励して八月中旬には既に校正を了へ、早速それを私の手許まで送付したのでありました。随って爾後は私が眼を通すばかりになつてゐたのでありますが、校正中、内容に不満を覚ゆるところ少なからず、而も全国からの注文が未曾有と云ふ報告を聞きましては、益々責任の重大さを感じまして、できるだけ完璧なものに致したく、茲に全文に渉つての改訂を思ひ立つたのであります。しかしながら、他の要務をも控へてをりますために案外に手間どりまして、つい皆様に御迷惑をかける結果になつたのであります。

右様の次第でありますから、何卒なほ暫らく御猶予を願ひたく、唯今の予定では十月上旬を以て私の手を離れ、遅くも十月下旬には皆様の御清鑑を仰ぎ得ることを期してをります。

以上、中央公論社に代り、作者としてお詫びを申し述べます。

（昭和九年九月）